桂文我 上方落語全集

第三巻

四代目
桂文我

Pan Rolling

ごあいさつ

新型コロナの感染が世界中に拡大し、未だに着地点が見えないという現実を、二年前、誰が予想していたでしょう?

日本では、緊急事態宣言発令中に、東京オリンピックが開催されたことは、後々、どのような評価となるのでしょうか。

国民の生命・健康より、政治家・経済人の欲望を優先したとしか思えません。

そして、どの角度から質問しても、同じ返答しか繰り返さない国のトップは、恥ずかしくないのでしょうか?

落語の登場人物は、間の抜けた者が多いかも知れませんが、薄情者は出てきません。

今の政治家こそ、落語国の人物の料簡を見習う方が良いでしょう。

コロナが終息し、国が正常に機能することを、切に望みます。

そのような日常でありながら、『桂文我上方落語全集』の第三巻を纏めている時は、頭の中が落語の世界にタイムスリップし、ホンワカとした気分に浸ることが出来ました。

この度の十五席も、爆笑編・珍品などを取り混ぜ、バラエティに富んだプログラムになったように思います。

各巻、表記の違いや、解説の方向性が異なるかも知れませんが、一貫性は考えず、その時々の精神状態で、一巻ずつ纏めて行きますので、気長にお付き合い下さいませ。

そして、先輩方の芸名の後に「師」を付ける基準は、師匠（二代目桂枝雀）へ入門した昭和五十四年以降の方に、殆ど、「師」を付けることに決めました。

「何故、この人に『師』を付け、この方には付けていないのだろう？」と思われる場合もあるでしょうが、宜しく御理解の程、お願い申し上げます。

また、大阪弁の表記は、とても難しく、話し言葉と、書き言葉が混ざる場合もありますが、これも読み易さを優先した結果と思っていただきますように。

その上、ライブ録音のＣＤも聞いていただき、書いた落語と、実際に上演した落語の違いも楽しんでいただければ、幸せです。

私の場合、書いた落語が城の石垣で、ライブの高座が、その日の天守閣の形になると考えているだけに、書いた落語と、ライブの高座には、相当な違いがあると言えましょう。

それでこそ、毎回、新鮮な高座を務めることが出来る訳で、この姿勢や演じ方は、生涯変わらないと思います。

この度は、三重県四日市市の子どもの本の専門店・メリーゴーランドの店主・増田喜昭氏に、私との思い出を綴っていただきました。

今となれば、日本で一番古い子どもの本の専門店となり、絵本作家・児童文学者のレクチャーも頻繁に行われていますが、この店の三階ホールで、三十年以上、年二回の落語会を開催しています。

メリーゴーランドは、スタッフの方も楽しい雰囲気の方ばかりで、来店される親子の顔も輝いているという、全国でも稀有な存在の店となりました。

そして、親子で楽しむ落語会の「おやこ寄席」の発案は増田氏であり、そのお蔭で、私は絵本作家・児童文学者の方々と接点を持つことが出来たのです。

増田氏の一文は、「そこから来るか！」という内容だけに、乞う御期待！

いつもながら、パンローリング株式会社・後藤康徳社長、岡田朗考部長、組版の鈴木綾乃さん、編集作業の大河内さほさん、校閲の大沼晴暉氏に、厚く御礼を申し上げます。

全集を纏めていると、先人の方々の努力と工夫を如実に感じ、感謝の念に堪えません。

今後も、昔の良さを残しながら、わかり易く、面白い落語全集となるように工夫致しますので、引き続き、宜しくお付き合い下さいませ。

令和三年八月吉日　　　　四代目　桂文我

目次

ごあいさつ …… 3
二人癖　ににんぐせ …… 11
絵手紙　えてがみ …… 33
胴乱の幸助　どうらんのこうすけ …… 45
ベンチャラ屋　べんちゃらや …… 71
豊竹屋　とよたけや …… 85

景清　かげきよ……101
花筏　はないかだ……133
饅頭怖い　まんじゅうこわい……159
癪の合薬　しゃくのあいぐすり……197
てないど　てないど……207
五人裁き　ごにんさばき……219
高野駕籠　こうやかご……245

歯抜き茶屋　はぬきぢゃや……259

大仏餅　だいぶつもち……273

裏の裏　うらのうら……291

コラム・上方演芸の残された資料より……309

文我さんのこと……増田　喜昭　319

二人癖

ににんぐせ

昔から「無くて七癖、有って四十八癖」と言うて、「私に、癖は無い！」と言う者でも、七つはあるだけに、自分では気が付かんのが、癖やそうで。

辰「この頃は、どないしてる？」

○「ほんまに、暇で適(かな)わん。パァーッと、一杯呑(の)めることは無いか？　一杯呑めるような、景気の良え話」

辰「また、始まった。お前は、いつも『一杯呑める』と言うけど、世間は不景気で、『つまらん、つまらん』と言うてる。お前ぐらい、つまらんことを言う男も珍しい。わしは慣れてるよって、何とも思わんけど、知らん者が聞いたら、口の汚い、卑しい男のように思うわ。ほんまに、つまらん癖は止めた方がええ」

○「確かに、『一杯呑める』と言うけど、あんたの『つまらん』と言うのも、良え癖やないわ。『一杯呑める』は景気が良えけど、難しい顔をして、『つまらん』と言われたら、嫌な気になる」
辰「わしは、何気無しに言うてるわ。その癖で、人の気を悪させたら、つまらん」
○「まだ、言うてるわ。いっそのこと、癖の直し合いをしょうか？」
辰「長年の癖だけに、簡単には直らん」
○「タダでは直らんよって、罰金を取ろか。自分の癖を言うたら、千円の罰金を払う。これで、癖が直るかも知れん」
辰「つまらんと言うたら、千円？　千円も取られるのは、つまらん」
○「（掌（てのひら）を出して）さァ、千円！」
辰「まだ、すると決まってないわ。確かに、直るかも知れんな」
○「この湯呑みを、土間に叩きつけて割るのが、キッカケや。一（ひ）ィ、二（ふ）の、三つ！」
辰「一寸（ちょっと）、待った！　合図ぐらい、手拍子でええわ。安物の湯呑みでも、数が揃てる。一つ割れたら、端（は）になるわ。ほんまに、つま！」
○「半分言うたよって、五百円！」
辰「皆、言うてないわ」

○「武士の情けで、今のは堪忍したる。これで癖が直ったら、湯呑みの一つぐらい、安い物や。ところで、あんたの親戚の伯母が死んで、遺産が入ったそうな」

辰「実は、それで腹が立ってる。たった一人の伯母と甥やよって、病気になった時は、出来るだけのことをさしてもろた。ほな、伯母が『迷惑を懸けたよって、私が死んだら、財産を譲る』と言うて。財産をアテにして、世話をした訳やないけど、死んだ後、調べてみたら、何も無いわ。自分の土地やないし、家も古いよって、何ぼにも売れん。借金を払て、葬礼代だけ足が出た。それを儲かったように言われて、こんな、つ！」

○「『つ』の後は、何や？」

辰「つ、つ、釣り合わん話は無いと」

○「あァ、上手に誤魔化したな。こないだ、聞いた話やけど」

辰「もう、帰れ！　暫くの間、お前とは話をせん」

○「また、出直してくるわ。（表へ出て）あァ、惜しかったな。もう一寸で言う所やったけど、『つ』で止まった。何とか、千円を取る工夫は無いか。あいつも、此方に言わそうとするよって、油断は出来ん。此方から言い出して、千円を取られたら、つまらん。（口を押さえて）わしは、つまらんと言うてもええ。あァ、小林さんの家の前へ来た。小林さんは頭が良えよって、智慧を借りたろ。（家へ入って）もし、小林さん」

小「おォ、珍しい人が来た。さァ、此方へ上がりなはれ」
○「今日は、御智慧を借りに来まして」
小「一体、何じゃ？　ほゥ、なるほど。辰っつぁんと、癖の直し合いをして、千円の罰金を取る約束をしたか。ほな、先に『つまらん』と言わしたらええ訳じゃ。ほな、良え手があるわ。家へ帰って、汚れてもええような身形に着替えて、手や着物の裾へ、糠を付ける。辰っつぁんの家へ行って、トントントンと言いなはれ。『田舎の親戚から、大根を百本もろた。一遍に食べ切れんよって、漬物にしょうと思う。家中探したけど、漬物の大きな桶が無い。醤油の五升樽が出てきたけど、五升樽一つに大根百本、詰まろかな？』と聞きなはれ。ほな、『詰まらん』と言うわ」
○「あァ、なるほど！　『五升樽一つに大根百本、詰まろかな？』『詰まらん』やなんて。必ず、言いますわ！　意味は違うけど、それで宜しい。早速、やってみますわ」
小「さァ、お茶を淹れた」
○「いや、お茶は後にします。千円をもろたら、羊羹を買うてくるよって、良えお茶を淹れとおくなはれ。（表へ出て）さァ、家へ帰ってきた。汚れてもええような恰好に着替えて、手と着物を糠で汚して。千円を儲けるのは、並大抵やないわ。辰っつぁんの家へ行って、トントントンと言おか。（表へ出て）オォーイ、辰っつぁん！」

辰「何や、バタバタと」
○「取り敢えず、トントントンと行くわ」
辰「何が、トントントンや？」
○「そんなことは、どうでもええわ。田舎の親戚から、大根を百本もろた」
辰「お前の家は、田舎に親戚は無かったはずや」
○「いや、アノ。それが、あるわ。取り敢えず、田舎の親戚から」
辰「一体、どこの田舎や？」
○「そんなことは、どうでもええわ！　取り敢えず、大根を百本もろた」
辰「ほゥ、良かったな。一本、くれ」
○「ここは、トントントンと！」
辰「一体、どうした？」
○「取り敢えず、大根を百本もろたわ。食べ切れんよって、漬物に漬けようと思うけど、大きな桶が無い。醤油の五升樽が出てきたけど、五升樽一つに大根百本、詰まろかな？」
辰「大根百本やったら、どんな細い大根でも、大分の嵩(かさ)や。五升樽一つには、とても、っ！　（口を押さえて）このガキは、企んできやがった」
○「五升樽一つに大根百本、詰まろかな？」

辰「あァ、入り切らんわ」
○「何ッ、入り切らん！　いや、そこを無理やり押し込んで」
辰「ほな、底が抜けるわ」
○「えッ、底が抜ける！　田舎の親戚から、大根百本」
辰「もう帰れ！　糠だらけになって、大層にして来たけど、気が付いてるわ。今日は、そんなことを言うてる場合やない。おい、嬶(かか)。早(はよ)う、紋付を出してくれ」
○「一体、何や？」
辰「兄貴の家の婚礼へ呼ばれてるけど、お前は聞いてないか？」
○「何ッ、兄貴の家の婚礼？　わァ、一杯呑める！」
辰「さァ、千円を出せ！」
○「えッ、そんな阿呆な！　この家へ、何をしに来た？」
辰「さァ、千円を出せ。(千円を受け取って)おおきに、有難う！　あァ、紋付は要らん」
○「えッ、兄貴の家の婚礼は？」
辰「あァ、嘘や」
○「何ッ、嘘！　田舎の親類から、大根百本」
辰「コラ、もう帰れ！」

○「（表へ出て）ほんまに、ムカつく！（小林の家へ戻って）もし、小林さん！」
小「あァ、お帰り。良えお茶を淹れたよって、羊羹」
○「羊羹どころか、えらい目に遭うて」
小「一体、どうした？　何ッ、『つ』で止まったか。ほゥ、入り切らん？　はァ、底が抜ける？　『一杯呑める』と言うて、千円を取られたか。それやったら、千円を届けに行ったのと同じじゃ」
○「ほんまに、ムカついて！　何か、仕返しを考えとおくなはれ」
小「どうやら、向こうの方が役者が上じゃ。ほな、向こうへ羊羹を食べに行くわ」
○「阿呆なことを言いなはんな！　お宅を頼りにしてるよって、何とかしとおくなはれ」
小「向こうも用心してるよって、日を改めて」
○「今晩は悔しゅうて、寝られん。何とか、今日中に」
小「ほんまに、仕方の無い男じゃ。昔から、『好きな物には、心を奪われる』と言うわ。辰っつぁんに、これが好きという物は無いか？」
○「それやったら、将棋が好き！　親の死に目に逢えんというのは、あいつのことで。好きなだけに、ほんまに強い！　角一枚、飛車一枚、片馬下ろしてもろても、滅多に勝てん」

小「ほゥ、将棋は都合が良えわ。此方から乗り込まんと、向こうから来ることは無いか？」
○「仕事が片付いたら、日が暮れに、いつも風呂を誘いに来ます」
小「あァ、その時が良え。将棋盤の前で、詰め将棋を考えてるような芝居をしなはれ。これが変わった詰め将棋で、将棋盤の真ん中に、王が一枚だけ。持ち駒は、角と金と歩が三枚。角が入ってるだけに、詰め手がありそうに思うけど、名人が来ようが、八段が来ようが、詰め手の無い詰め将棋。一生懸命、それを考えてるような芝居をしなはれ。辰っつぁんが声を掛けても、二、三遍、聞こえんような振りをしてから、初めて気が付いたという顔をして、『一寸、考え事をしてる』。向こうの好きな詰め将棋だけに、放っとけんわ。辰っつぁんが将棋盤の前へ座ったら、此方の物じゃ。一生懸命に考えても、詰む訳は無い。考えるだけ考えて、『これは、あかんな』という顔をした時、傍（そば）から呼吸を図って、『詰まろかな？』と聞いたら、『詰まらん』と言うわ」
○「あァ、なるほど！　ほんまに、感心も得心もした。色々、手があるわ」
小「将棋は『詰む、詰まん』と言うて、『詰まる、詰まらん』とは言わんけど、そこは口癖じゃ。此方から『詰まろかな？』と聞いたら、『詰まらん』と言うと思う」
○「必ず、言いますわ。安物ですけど、ウチにも将棋盤はあります」
小「いつもの将棋盤で考えてる方が、引っ掛かり易いわ」

○「早速、やってみます。へェ、おおきに！　(表へ出て）何かと、手はあるわ。(家へ帰って）おい、嬶。辰っつぁんは、風呂を誘いに来んか？」
嬶「まだ、日が暮れてない。いつも、日が暮れにならんと来んわ」
○「今日は、日が暮れるのが遅いな。(将棋盤を出して）王を真ん中へ置いて、角と金と歩が三枚か。ほんまに、ケッタイな詰め将棋や。まだ、辰っつぁんは来んか？」
嬶「何遍も、同じことを聞きなはんな。まだ、日が暮れてないわ」
○「あァ、日が暮れるのが遅いな」
辰「おい、風呂へ行こか？」
○「おォ、来た！　二、三遍、聞こえん振りをして」
辰「一体、何をしてる？」
○「もう一遍、呼べ」
辰「おい、風呂へ行こか？」
○「初めて、気が付いたような顔をして。一寸、考え事をしてる！」
辰「あァ、そうか。ほな、先に行くわ」
○「コレ、行ったらあかん！　一寸、戻って！」
辰「一体、何を言うてる。ほゥ、将棋盤を出してるとは珍しい。何ッ、詰め将棋をしてる？　お前に、詰め将棋が出来るか。ほな、わしに任せ」
○「いや、これは難しい」
辰「難しい方が面白いよって、わしに任せ。（将棋盤の前へ座って）ほゥ、この詰め将棋は変わってるわ。真ん中に、王が一枚だけで、後は何も無いか。こんな詰め将棋は、初めて見た。持ち駒は、角に金に歩が三枚か。角があるよって、何とかなりそうや」
○「さァ、詰まろかな？」
辰「まだ、考えてないわ。横から、ヤイヤイ言うな。角で、ケツから王手と決まってる。一人では頼り無いよって、お前が逃げてみい」
○「王手が掛かってるよって、此方へ宿替えしょうか。先に、家賃も調べんと」
辰「其方(そっち)へ逃げたら、頭で歩を食わしたろ」
○「ほな、この歩を食おか。何やら、鯉の餌みたいやけど」
辰「金を打って、其方へ追い込む。角が成り戻って、王手。ほな、彼方(あっち)の隅へ追い詰めて」
○「さァ、詰まろかな？」
辰「一々、ヤイヤイ言うな。持ち駒は、歩しか無いか。こう行くと、こう行く」
○「さァ、詰まろかな？」
辰「一寸、黙ってえ！　今、難しい所や。一寸、待てよ。あァ、此方へ逃げてしまうわ。

　ひょっとしたら、間違えたか」
○「さァ、詰まるかな？」
辰「これは、詰まらん」
○「(辰の胸倉を掴んで）おォ、吐かした！　千円、千円、千円！」
辰「首が締まるよって、離せ！　一体、何や？」
○「さァ、千円！」
辰「何ッ、千円？　アレを言わせるために、こんなことをやってたか！　何と、恐ろしい男や。考えるだけ考えさせて、『詰まろかな？』『詰まらん』。これは、お前の智慧やないな。感心したよって、倍の二千円を払うわ」
○「えッ、二千円！　わァ、一杯呑める！」
辰「さァ、それで差し引きや」

解説「二人癖」

何冊かの国語辞典に目を通すと、癖の定義は「習慣となっている偏った好みや、性質。いつも、そうであること。きまり」ということが記してあるのが大半です。

「無くて七癖、有って四十八癖」と言うだけに、誰でも癖はあるでしょう。

上方落語の「二人癖」は、東京落語では「のめる」「将棋」という演題になり、令和の今日も、寄席や落語会で頻繁に上演されています。

人間の動作の癖を描いた落語は「四人癖」で、口癖に重点を置いたネタが「二人癖」となりました。

昔の速記本でも、『小さん落語全集』（磯部甲陽堂）、『落語／金馬集』（樋口隆文館）、『小さん落語會』（三芳屋書店・松陽堂書店）、『柳家小さん落語全集』『柳家小さん落語會』（いろは書房・大川屋）、『小勝新落語集』（三芳屋書店）、『三遊やなぎ落語選』（三芳屋書店・松陽堂書店）、『柳家つばめ落語全集』（三芳屋書店）、『講談落語頓智くらべ』（いろは書房）など、数多く採用されたネタです。

原話は、京都版『百登瓢箪（巻二）』（元禄十四年）の「癖はなおらぬ」と言われていますが、いまだに目を通していません。

『小さん落語全集』（磯部甲陽堂、明治45年）の表紙と速記。

小さん落語全集 / 440

宗匠だねえ、句だか歌だか明瞭解んねえて……明瞭解んねえ處が豪えのかも知れねえ……はい〳〵』作十『やア勘太』馬『おう何うした作十か』作『まア又歸り馬かえ、お前さま此頃とん〳〵拍子に都合がよくつて、荷を乗せてつて歸り馬に乾度客を乗せて來るだ、俺なんざア人間がぶつきら棒だから世辭てえ事が出來ねえて、客といふものは乗せた事がねえ、荷馱賃許りぢやア仕様がねえ……新しい手拭を冠つて、俺達の仲間にねえこさだ、祭でもなければそんな物は冠らねえさ、阿魔子にでも貰つたか』馬『なにそんな事でねえさ、他の人に貰つたと』作『誰に貰つたと』馬『馬の上に居る猿丸太夫に……』

のめる

無くて七癖有つて四十八癖とか申しますが、余程丹念の人が調べたものと見えます、けれども尚詳しく數へたらもつとあるかと思ひます、と云ふのは、手つきに癖

のめる / 441

があり、歩いても癖があります、寐るにも癖がありまして、癇症で右を下にしなければ到底も心持が惡いとか、仰向けに寐なければ何うも寐つかれんといふやうな癖があります、殊に言葉には澤山癖があります、尤も癖も目に立つのと目立んのと、耳立つのと耳立んのとの別はありますが、十人寄れば十人ながら皆有るやうで御座いまして、其中に最も目立つ癖があります、頭を叩かなければ口がきけないといふやうな妙な癖が御座います、人の家へ行つて疊の毛端を挘る癖だの、氣にして鼻を穿ぢくる穢ない癖もあります、けれども癖といふものは、どんな嬉しい時でも悲しい時でも出るものだと云ひます、疊の毛端を挘るなどゝいふ癖は、大概申譯の無いと云ふやうな時に能く出るやうで御座います ○『まア此方へお出なさい』○『へえ、どうも御無沙汰を致しまして相濟みません』○『いや態々御呼立申す譯ではないが、昨年の暮から全一年だ、丁度三十日の日に來て、どうしても暮の遣繰がつかないから助けて呉れろと云つてお出なすつたから、快く御用達申して書附一本取つた譯では

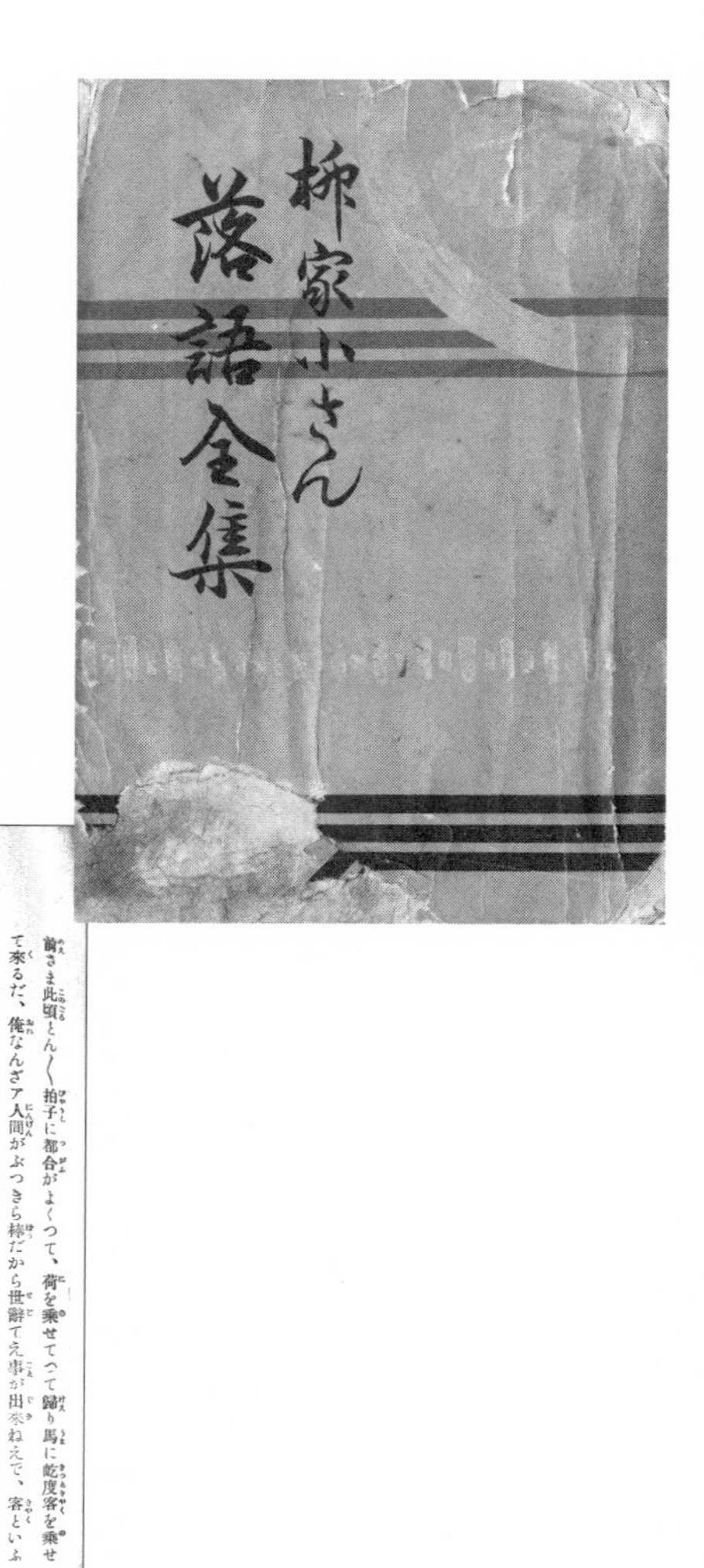

287　のめる

前さま此頃とん〳〵拍子に都合がよくつて、荷を乘せてつて歸り馬に乾度客を乘せて來るだ、俺なんざア人間がぶつきら棒だから世辭てえ事が出來ねえで、客といふものは乘せた事がねえ、荷駄賃許りぢやア仕樣がねえ……新しい手拭を冠つて、俺達の仲間にねえことだ、祭でもなければそんな物は冠らねえさ、阿魔子にでも貰つたか』馬『なにそんな事でねえさ、他の人に貰つたゞ』作『誰に貰つたゞ』馬『馬の上に居る猿丸太夫に……』

のめる

無くて七癖有つて四十八癖とか申しますが、餘程丹念の人が調べたものと見えます、けれども尚詳しく數へたらもつとあるかと思ひます、と云ふのは、手つきに癖があり、歩いても癖があります、寐るにも癖がありまして、疳症で右を下にしなければ到底も心持が惡いとか、仰向けに寐なければ何うも寐つかれんといふやうな癖

『柳家小さん落語全集』（いろは書房・大川屋、大正２年）の表紙と速記。

86　小勝新落語集

ノメル

引續いてお笑ひを一席申し上げます、誰方にも癖と云ふものは必らずあるもので癖のない人間はございません、何うも癖と云ふものは何う云ふ所から出るか知れませんが、不思議なものでございます、有つて四十八癖、無くて七癖と云ふ事を能く申します、どんなお方にも癖はある、落語家でも然うでございます、皆其れ〴〵に癖がある、私なぞは膝の上に手を置くが、之れが癖で、着物が堪らない、と云つて白い前掛を〆て出る譯にも參りません、實に可笑なもので、然うかと思ふと羽織の紐を荷厄介にして居るものもあり、火鉢の方へ手を出して鐵瓶を押へて話しをするものもある、彼れがさ押へなければ話しが出來ないと云ふは妙なもので、皆是れが癖でございます、或ひは扇を披いたり又閉めたり、今度は煽いで又閉めたりする餘計な事をして居るやうに見えますが、是れは癖であるから仕方がない、中には扇

『小勝新落語集』（三芳屋書店、大正15年）の表紙と速記。

つばめ落語全集　二九

のめる

無くて七癖有つて四十八癖とか申しますが、餘程丹念の人が調べたと見えます、けれども猶は詳しく數へたらもつとあるかと思ひます、といふのは、手つきに癖があり、歩いても癖があります、寢るにも癖がありまして、癇症で右を下にしなければどうも心持ちが惡いとか、仰向けに寢なければどうも寢つかれんといふやうな、之れも一つの癖、殊に言葉にも澤山癖があります、尤とも癖も目に立つのと目立たんのと、耳立つのと耳立たんのと別はありますが、十人寄れば十人ながら皆んな有るやうでございまして、其の中に尤とも目立つ癖があります、頭を叩かなければ口が利けないといふやうな妙な癖がございます、人の家へ行つて疊のケバを挘しる癖だの、氣にして鼻を穿くる穢ない癖もありますけれども、癖といふのは、何麼な嬉

『柳家つばめ落語全集』（三芳屋書店、大正５年）の表紙と速記。

『柳家小さん落語會』（いろは書房・大川屋、大正２年）の表紙と速記。

二人癖

エヽ今日はエヽ飲めると云ふ癖の人と詰らないと云ふ癖のある人のお笑ひを申し上げ升るが尤も癖と云ふものは無くて七癖あつて四十八癖と云ふ吾吾も貴君方も知らず識らず言葉に癖があるとか手付に癖があるとか云ふ癖がある高座へ登りましても羽織を脱ぎ掛けるかと思ふと紐を結んで見たり蠟燭の心斗り切つて居たり爲る癖が御座いますまた己れの癖に氣が注かずして御客様の方を拜見すると百人樣居りましても御笑ひ遊ばすのに癖があるシテ見ると癖の無いものは御座いません談しを爲ながら頭を扇で叩くと

—（27）—

『講談落語頓智くらべ』(いろは書房、大正５年)の表紙と速記。

頓智くらべ　208

れば差紙を下さるもあり、様々の物を下さるので、稲田九郎兵衛背負切れないほど貰つた、阿州公お歸りに相成りますると、改めて九郎兵衛を呼んで　阿『どうも九郎兵衛、其方が居なければ天下の諸侯の爲めに幇間大名といはれる處、よく留めて呉れて、心着かずして備前家に於て一さしの舞を舞はうと致したは予の誤まり、向此の後も惡しき事あらば意見を致して呉れよ』と仰せられて、其の時鼻紙料として百石の加増を頂だきました、九郎兵衛は誠に有難き事に心得たが、智惠のある人は斯うでございます、腹癒な惡口をいつて、備前家から金作りの大小を頂き、外諸侯方より様々の拜領物があり、殿様より百石の御加増、處が使ひに立つた家來は、汗を掻いて馬に乗り廻して居るにもならず、扇子と拳固で頭を毆られた、器量がなければ仕方がない、之は稲田九郎兵衛のお話でございます。

のめる　　　三遊亭圓窓講演

のめる　209

能く癖のある方の御噂を申上げますが、癖はなくつて七癖、あつて四十八癖と云ふけれどもどうせ癖でございますから、良い癖といふものはありませんが、中に臭ひ癖のある方は、鼻糞を固めて丸藥を造らへたり、人の家へ來ると火鉢の前へ座り込んで、火箸を取って無暗と灰を均したり、火をいぢつたり、果は火鉢の底を抜いて終つたりする、又言葉の内に癖のある方があります、人が話をすると、受答へて、さればにや／＼と、デロレン祭文見たやうなのもある、又人に話をするに、先方に思はせながら話をする、斯う思へ、那ア思へなぞゝ無暗に思はせて話をする方がございます、然うかと思ふと言葉の受答へに一々成程とか、夫からとか蒼蠅くいふ癖の方がある　甲『何うだえ』乙『エー』甲『アノ若旦那を取巻うぢやねえか』乙『伊勢屋か、駄目だ／＼、彼奴は錢を出しつこねえ』甲『其が出すんだよ』乙『何うして』甲『出させる事がある』乙『ヘエー』甲『奴は人の顔さへ見れば、何か話はありませんかと聞く種々いふ話があるといふと、夫から／＼と、跡を聞たがるのが癖だ』乙『ウム成程』

また、「三人癖」という噺が、初代露の五郎兵衛の遺作集『露休置土産（巻五）』（宝永四年）に「癖者の寄合」という題で載っています。

「二人癖」は、上方で生まれたのか、江戸で拵えられたのか、わかりません。

上方落語では、昔の速記本も、ＳＰレコードも見当たりませんが、ネタの雰囲気から考えると、東の香りがするように思いますが、いかがでしょうか？

一番古い音源は、明治四十二年頃に発売された四代目橘家圓喬のＳＰレコードで、演題は「癖」。

その後、五代目三升家小勝、三代目三遊亭金馬も吹き込んでいます。

口癖がテーマの落語だけに、レコードには最適と思いますが、東西落語界を通して、レコードの吹き込みは少なく、ＬＰレコードの時代になっても、三代目三遊亭金馬、三代目三遊亭小圓朝・十代目金原亭馬生・六代目三遊亭圓生、上方では三代目桂米朝という各師の録音が発売されたぐらいでしょう。

上方落語の「二人癖」は、昔の演出では、三、四日後に仕返しに行ったようですが、現在は当日の仕返しとなっています。

三代目三遊亭金馬は、東京落語でも「二人癖」としていますが、これは「のめる」という口癖を「うめえ」にしていることから、「のめる」という演題を避けたようで、八代目春風亭柳枝も「二人癖」で上演していました。

完

○二人癖

柳家小さん口演
加藤由太郎速記

エ、最早お話しも回毎に段々に無くなりまする と云ふのは尤も凡そ數は四百御座い升るそうで其内で猥褻を抜き升ると其お話しが半分無くなり升詰り二百か二百五十の話しをば是迄申上げて居たので御坐い升から最早饒舌る處が無くなつて仕舞ひました其處で小三は遂四五回以來還入りましたので御坐い升から猶苦しう御坐い升今日はエ、飲めると云ふ癖の人と詰らないと云ふ癖のある人のお笑ひを申上げ升るが尤も癖と云ふものは無くて七癖あつて四十八癖と云ふ吾々も貴君方も知らず識らず言葉に癖があるとか手付に癖があるとか云ふ癖がある高座へ登りましても羽織を脱ぎ掛けるかと思ふと紐を結んで見たり蠟燭の心を切つて居たり爲る癖が御座いますまた己れの癖に氣が注かずして御客様の方を拜見すると百人様居りましても御笑ひ遊ばすのに癖があるシテ見ると癖の無いものは御座いません談しを爲ながら頭を扇で叩くとかまたは撫でるとか云ふ位の事は宜しいが是を人の頭を叩いたら随分騒動が起りませう

甲「今日は…………

乙「ヤ何う爲たい（ポカアーリ）

と毆打つたら怒りませうが中には鼻糞を掘る人があり升鼻糞を掘つて指の先で丸めて居る人がありり升る

甲「其處へ來たのは誰だい…………

乙「エ、…………

甲「誰だ」

第百六十六號　二十七　二人癖　第十七卷　四百十七

『百花園』166号（金蘭社、明治22年）の表紙と速記。

言葉のやりとりで、相手を引っ掛けるというネタは、昔から漫才にもありましたが、短時間で、罪のない頭脳戦を楽しむのであれば、「二人癖」が最良のネタと言えましょう。

頭脳戦で金品のやりとりをする落語は、「四人癖」「しの字丁稚（※東京落語の「しの字嫌い」）」などがありますが、いずれも上演頻度の高いネタです。

これらのネタは、言葉の緩急や、目の使い方が肝心ですが、間が持てず、早口になったり、早々に場面を切り替えたりしがちですから、注意をして演じなければなりません。

古い雑誌では、『百花園／一六六号』（金蘭社）に掲載されています。

明治の名人・四代目橘家圓喬が頻繁に上演したそうですが、現行のオチとは異なり、「一本歯の下駄を誂（あつら）えようと、頼みに行くんだ」「一本歯の下駄を履いたら、のめる（※前に倒れること）だろう」「今ので、差っ引きだ」という、現在では使わないオチでした。

私の場合、内弟子を卒業した頃、米朝師の録音で聞き覚え、師匠（二代目桂枝雀）に稽古を付けてもらい、上演が叶いましたが、上演時間の割に言葉数が多く、気を入れ過ぎると、空回りをするため、慎重に演じた覚えがあります。

喜怒哀楽が如実に出る落語だけに、程良く演じるには、そこそこの実力が必要であることは間違いないでしょう。

絵手紙

えてがみ

昨今、字の読み書きが出来ん者は居(お)らんようになりましたが、江戸時代、字の読み書きが苦手な侍も居て、明治になっても、無学文盲の者も多かったようで。

吉「誠に、御無沙汰を致しまして」

家「吉(き)っつぁん、お久し振り。どうぞ、お上がりやす」

吉「旦さんは、お帰りやございませんか？」

家「主人は家を出たら、鉄砲玉。和歌山の取り引き先へ行った切りで、手紙も届かんの」

吉「今から和歌山へ行きますけど、宜しかったら、お言付(ことづ)けをしますわ」

家「それは有難いけど、主人の泊まってる宿屋を知らんやろ？」

吉「旦さんの定宿は、本町通りの大坂屋と違いますか？　前に一遍、お供をして、道成寺から那智山へ廻って、熊野詣でをした時、和歌山で泊まったのが、大坂屋でした」
家「宿屋を知ってたら、手紙を届けて。直に、支度をするわ」
吉「どうぞ、ゆっくり書いとおくれやす」
家「（手紙を認めて）ほな、この手紙を渡して」
吉「（手紙を受け取って）封筒の中に、小さな物が入ってますな」
家「主人に渡してもろたら、わかるわ」
吉「ほな、行って参ります」

鉄道も車も無かった時代は、どこへ行くにも、馬・駕籠・船か、歩くしかない。
手紙を頼まれた吉っつぁんが、和歌山の町へ。

吉「確か、この宿屋やったと思う。（宿屋へ入って）えェ、御免。木村の旦さんは、お泊まりやございませんか？」
女「お泊まりですけど、お宅様は誰方で？」
吉「大阪の上田吉五郎と申しまして、お内儀の手紙を預かって参りました」
女「まァ、左様でございますか。暫く、お待ち下さいませ。（旦那の座敷へ来て）旦さん、入らしていただきましても宜しゅうございますか？」
旦「あァ、お入り。一体、何じゃ？」
女「上田吉五郎という御方が、お内儀の手紙を預かってこられたそうですけど、通っていただいても宜しゅうございますか？」
旦「吉っつぁんが来たとは、珍客到来じゃ。早速、通ってもらいたい」
女「はい、承知致しました。（玄関へ戻って）どうぞ、お通り下さいませ」
吉「ヘェ、おおきに。（旦那の座敷へ来て）旦さん、御無沙汰を致しております」
旦「おォ、珍しい！　今、お茶を淹れるわ」
吉「どうぞ、お構いなく。お内儀が『手紙も届かん』と言うて、心配をしてはりました。和歌山へ来る用事がありましたよって、此方へ寄せてもらいまして。お内儀の手紙は、これでございます。どうぞ、お受け取りを」
旦「恥ずかしながら、家内へ手紙を出しても、字の読み書きが出来ん。手紙へ書けんこともあるし、他人に読まれると、都合の悪いこともあるわ。和歌山へ来ても、商いが纏まらん。今月は、和歌山に居ることになって」
吉「中々、大変でございますな。お内儀が、字の読み書きが出来んことは存じませんでした。お内儀から預かった封筒には、小さな物が入ってますけど、何です？」

旦「あァ、開けて見せよか。（封筒の中の物を出して）この通り、手紙は入ってない。紙に包んだ小石が、二つ入ってるわ」
吉「それは、どういう訳で？」
旦「わしが遠方から帰ってこんよって、家内が『小石（恋し）、小石』と言うてるわ」
吉「ほゥ、面白い！　仲の良え夫婦は、手紙に字が書いてのうても、わかりますか。ほんまに、感心も得心も致しました」
旦「いや、恥ずかしいことじゃ。いつ、大阪へ帰る？」
吉「今から用事を済まして、奈良の五条へ廻って、五日もあったら、大阪へ帰れますわ」
旦「家内が心配してるよって、返事の手紙を預かってくれんか」
吉「私で宜しかったら、百本でも二百本でも、お預かり致します」
旦「仰山、預かってもらわんでも結構。家内は、字の読み書きが出来ん。工夫をして、手紙の段取りをせなあかんわ。お茶を淹れたよって、菓子でも摘んで、待っとおくれ」
吉「どうぞ、ごゆっくり。和歌山も良えお茶が手廻りますけど、宇治からの取り寄せでございますな。また、羊羹（ようかん）や最中の美味しそうなこと。遠慮無（の）う、いただきます。（羊羹を食べて）モッチリして、歯応えがありますわ。チョイチョイ食べるのは、ベチャッとした、羊羹や外郎（ういろう）やわからんような物で。しっかりした歯応えが無かったら、羊羹の値打ちが無い。ほゥ、最中も大振りで。（最中を食べて）粒餡で、小豆と砂糖の塩梅が結構！　最中は、周りの皮が、歯の裏へ引っ付くのが難儀で。（茶を啜り、咳をして）ゴホッ！　咳が出るぐらい、美味しい！」

旦「一々、喧しいな！　さァ、手紙の支度が出来た。ほな、頼みます」

吉「（手紙を受け取って）確かに、お預かり致しました。ほな、これで失礼を」

旦「気を付けて、お帰り」

吉「おおきに、有難うございます」

これから、和歌山と五条の用事を済まして、大急ぎで大阪へ帰ってきた。

吉「もし、お内儀。只今、帰りました」

家「まァ、吉っつぁん。今、帰ってきなはったか？」

吉「ウチへ帰る前に、寄せてもらいました。旦さんの手紙を、お預かりして参りまして」

家「まァ、御苦労様。旦さんは、どんな塩梅やった？」

吉「お達者でしたけど、商いが纏まらんよって、往生してはりましたわ。今月一杯は掛かるそうで、御返事の手紙を預かって参りました。一寸も知りませんでしたけど、お内儀は、字の読み書きが出来んそうで」
家「主人が、そう言うてた？　まァ、恥ずかしい」
吉「お内儀の手紙の中身は、小石でした」
家「手紙の中身まで見せるやなんて、何も隠せんわ」
吉「旦さんの手紙は、どんなことが書いてあるか、教えてもらえませんか？」
家「そんなことを聞いても、何の得にもならんわ」
吉『『小石、小石』の返事に、どんなことを書きはったか、気になって寝られん。手紙の使者の余禄として、一寸だけ教えとおくれやす」
家「手紙の遣り取りをしてもろたよって、見てもらうわ」
吉「宜しゅう、お願いします！」
家「鼻息が荒なって、目の色が変わってるわ。ほんまに、ケッタイな御方。ほな、見てもらうわ。（手紙の封を切って）さァ、こんな手紙や」
吉「火の見櫓が描いてあるけど、肝心の半鐘が釣ってないわ。櫓の下で、半鐘を叩く撞木を持った人が、情け無い顔をして、櫓を見上げて立ってる。お内儀は、手紙の中身がわかりますか？」
家「へェ、何とか」

吉「流石、夫婦や。一体、どう読みます?」
家「鐘(かね)(金)が無うて、よう上(のぼ)らん」

解説「絵手紙」

このネタの全容を初めて知ったのは、音としては、中古レコード店で入手した、二世曾呂利新左衛門が独逸ライロフォンで吹き込んだSPレコードからで、活字としては、古本屋で購入した『三友落語高座の色取』（美也古書店・杉本書店）からです。

短編でありながら、何とか上演ができると思い、平成二十年三月十二日、大阪梅田太融寺で開催した「第四三回・桂文我上方落語選（大阪編）」で初演したとき、お客様のアンケートに「こんなネタがあるとは、今まで知りませんでした。今後も短編で、洒落たネタを演って下さい」という意見を頂戴し、嬉しく思いました。

安楽庵策伝が纏めた『醒睡笑』や、日本昔話にも、このネタに類似した話がありますが、和歌山市出身の民俗学者・南方熊楠が著した『南方随筆』に、「明治頃まで、熊野十津川地方で、デートの約束をして、男が来ない時、女は、その場所へ松葉と小石を残して帰る風習があり、これを『大和ことば』と呼んだ」と記されていることから見ても、紀州や奈良の風習や昔話に工夫が加わり、短編の落語に仕上がって行ったのではないでしょうか。

昔の速記では、『蓄音文藝・三遊亭圓右落語芝居噺』（三光堂本店・山口屋書店）、『傑作揃落語全集』（進文堂・榎本書店）、『名人揃ひ傑作落語全集』（贅六堂出版部）、『講談落語全集』

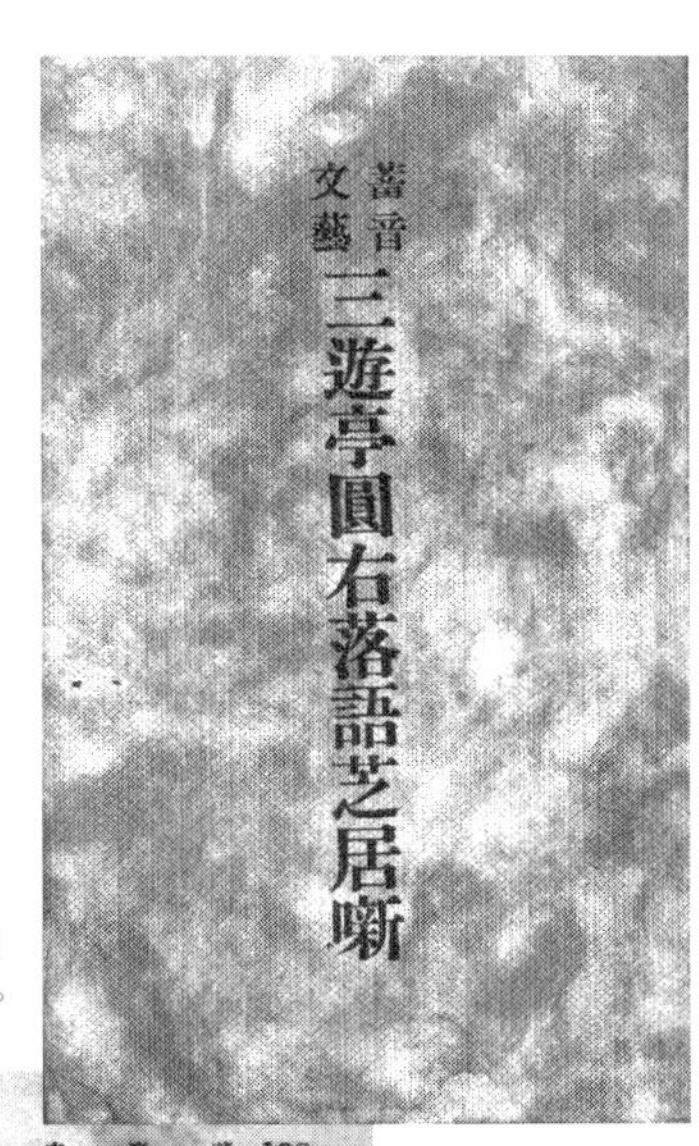

『蓄音文藝 三遊亭圓右落語芝居噺』（三光堂本店・山口屋書店、大正３年）の表紙と速記。

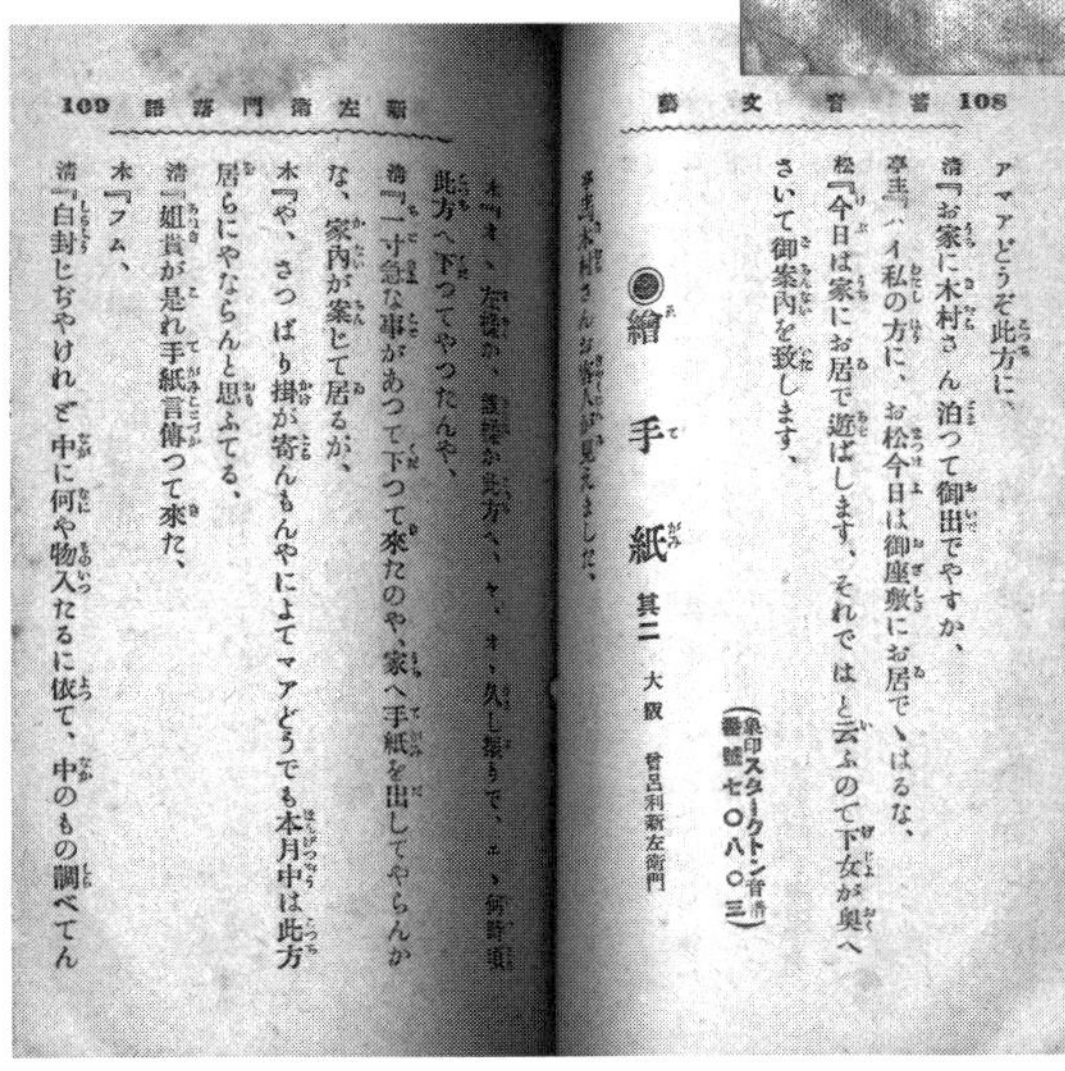

108　蓄音文藝

アマアどうぞ此方に、
清『お家に木村さん泊つて御出でやすか、
亭主『ハイ私の方に、お松今日は御座敷にお居でゝはるな、
松『今日は家にお居で遊ばします、それではと云ふので下女が奥へさいて御案内を致します、

◉繪手紙　其二　大阪　曾呂利新左衛門
（象印スタークトン音譜　番號七〇八〇三）

亭主『木村さんお客人が見えました、
木『オゝ左様か、誰様か此方へ、ヤ、オゝ久し振りで、ヱゝ何時頃此方へ下つてやつたんや、

新左衛門落語　109

清『一寸急な事があつて下つて來たのや、家へ手紙を出してやらんかな、家内が案じて居るが、
木『や、さつぱり掛が寄んもんやによてマアどうでも本月中は此方居らにやならんと思ふてる、
清『姐貴が是れ手紙言傳つて來た、
木『フム、
清『白封じぢやけれど中に何や物入たるに依て、中のもの調べてん

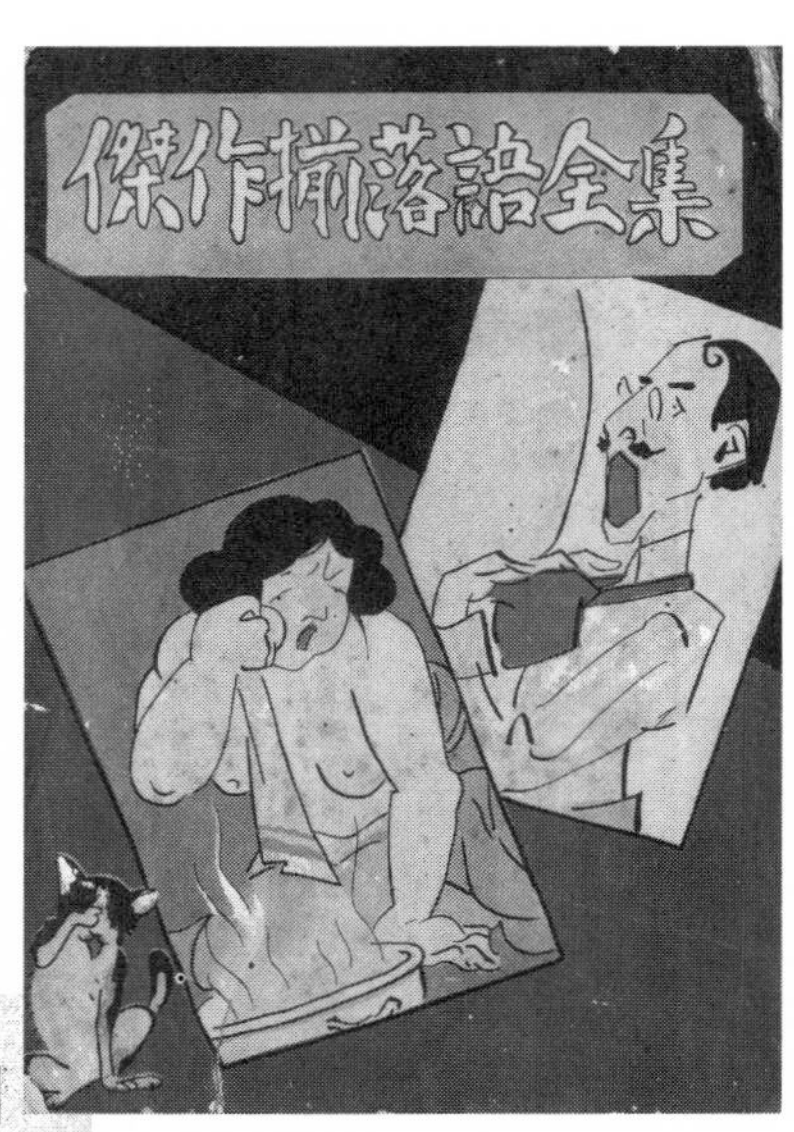

一三〇

繪手紙

曾呂利新左衛門

近頃は繪葉書と云ふものが大變に流行でございます、夫れに就いて繪手紙と云ふお話を一席申し上げます、昔時と今日とは大きに世の中が異りまして、實に一字一點讀み書きの出來ぬやうなお方は無いやうになりましたが、德川幕府の時分には、立派なお武士で大小刀差してござつたお方で、一字一點讀めぬと云ふやうなお方が幾らもあつたものでございます、マア今日では、いろはのいの字も讀めぬと云ふお方は先づ無くなりました、と云ふのは、學校と云ふのが出來まして、最う六歳になると幼稚園にお遣はしになります、學校へ行くにも小學校、中學校、大學と、追々に御勉强の世の中になつて來ましたから、讀み書きの出來ぬと云ふやうな人は實に珍らしいのです、併し當今でも、まだ日本は日本文字で事が足りますが、横文字だとか云ふやうなものになりますと未だ

『傑作揃落語全集』（進文堂・榎本書店、大正14年）の表紙と速記。

繪手紙

曾呂利新左衛門

近頃は繪葉書と云ふものが大變に流行でございます、夫れに就いて繪手紙と云ふお話を一席申し上げます、昔時と今日とは大きに世の中が異りまして、實に一字一點讀み書きの出來ぬやうなお方は無いやうになりましたが、徳川幕府の時分には、立派なお武士で大小刀差してござつたお方で、一字一點讀めぬと云ふやうなお方が幾らもあつたものでございます、マア今日では、いろはのいの字も讀めぬと云ふお方は先づ無くなりました、と云ふのは、學校と云ふのもが出來まして、最う六歳になると幼稚園にお遣はしになります、學校へ行くにも小學校、中學校、大學と、追々に御勉强の世の中になつて來ましたから、讀み書きの出來ぬと云ふやうな人は實に珍らしいのです、併し當今でも、まだ日本は日本文字で事が足りますが、横文字だとか云ふやうなものになりますと未だ

『名人揃ひ傑作落語全集』（贅六堂出版部、大正10年）の表紙と速記。

（泰光堂）などに掲載されており、晩年、二代目露の五郎兵衛を襲名した、二代目露の五郎師が放送で演じた録音も残っています。

オマケとして、バレ噺（艶噺）で「絵手紙」という別のネタがあるので、紹介しておきましょう。

気の合った仲間が集まり、鳥鍋で一杯呑むことになり、新婚早々で、無筆の八五郎も呼ぼうと、与太郎に絵手紙を持たせてやりました。

鳥と鍋と鯉の絵を見た八五郎は、男女が裸で抱き合う絵が描いてある返事を、与太郎に持たせて帰らせます。

それを見た仲間は、「お楽しみ中だから、来られないだろう」と話をしている所へ、八五郎が来たので、「お楽しみの最中だから、来られないという返事だったのじゃないか？」と聞くと、「いや、そのように読んじゃいけない。それは、『今、イクよ』と読むんだ」。

胴乱の幸助

どうらんのこうすけ

甲「一寸(ちょっと)、見てみい。向こうから、酒と肴(さかな)が歩いてきた」
乙「酒と肴が、肩を並べて歩いてるか？」
甲「いや、酒と肴を奢(おご)ってくれる人が来た。あの人が評判になってる、胴乱の幸助や」
乙「あの親爺(おやっ)さんやったら、どこかで見たように思うわ」
甲「あァ、横町の割木屋の親爺っさんや。若い時分、丹波の篠山から、無一文に近い身で、大阪へ出てきて、立派な割木屋の身代を拵(こしら)えて、今は伜(せがれ)に譲って、隠居の身になった。後は楽しみや道楽で過ごしたらええけど、それが一つも無い。酒は呑(の)まん、博打は打たん、女極道はせん。芝居や浄瑠璃は全く知らん、落語が一番嫌いという親爺っさんや。ところが、この頃、喧嘩という楽しみを見付けた」
乙「あんな背の低い親爺さんが喧嘩して、強いか？」

甲「喧嘩はせんと、仲裁や。親爺さんが『一寸、待った！　おい、わしを誰か知ってるか？』と言うた時、『割木屋の親爺さんですな』とか、『胴乱の幸助はんで？』と言うたら、『喧嘩をしながらでも、よう知ってくれてた。この喧嘩は、わしに任すか？』『へェ、任します』。ほな、満面の笑みを浮かべるわ。『ほな、わしに随いてこい！』と言うて、小料理屋で酒や肴を御馳走して、手打ちをした後で、『喧嘩は、わしが引き受けた。人類、皆、兄弟じゃ。わッはッはッは！』と笑うのが道楽や。首からブラ下げてる、胴乱という袋へ入れてる金で勘定するよって、胴乱の幸助と言われるようになったそうな」

乙「ほな、どんな喧嘩でも止めるか？」

甲「こないだ、犬の喧嘩まで止めてたわ。日が暮れ小前、そこの辻で、町内の赤犬と黒犬が喧嘩を始めたら、どこからともなしに親爺っさんが現れて、犬の間へ割って入って、『わしを、誰か知ってるか？』と言うた」

乙「ほな、犬が『ワンリキ屋の親爺っさんで？』」

甲「犬が、そんなことを言うか。犬が『ワンワンワンワン！』と吠えたら、『ワンワンワンワンと啼く所を見ると、わしを誰か知ってるな』と、勝手に勘定を付けて。『この喧嘩は、わしに任すか？』『ワンワンワンワン！』『ワンワンワンワンと啼く所を見ると、任せるな。よし、待ってえよ！』と言うなり、煮売屋へ飛び込んで、鰯の煮いた物を仰山買うて来て、犬の前へ『さァ、食え！』と放り出した。犬は畜生やよって、目の前へ食い物を置かれたら、喧嘩は忘れて、食いに掛かる。鰯を食たら、喧嘩や。『まだ、足らんか？　一寸、待ってえよ！』と言うて、鰯を買うてくる。鰯を食たら、喧嘩や。煮売屋と喧嘩の間を、二十八遍も往復した。犬は腹が膨れて、後ろへ引っ繰り返ったわ。『喧嘩は、わしが引き受けた。生き物、皆、兄弟じゃ。わッはッはッは！』と笑て、夕陽を浴びながら、どこかへ行ってしもた」

乙「ほんまに、ケッタイな親爺っさんや」

甲「ところで、酒は呑みとないか？」

乙「酒やったら、いつでも呑みたい」

甲「ほな、二人で喧嘩をしょうか？」

乙「えッ、何でや？　子どもの時分から、一遍も喧嘩したことが無いぐらい、仲が良えわ」

甲「ほんまの喧嘩やのうて、相対喧嘩・嘘の喧嘩や。犬の喧嘩でも止めるような親爺っさんやよって、相対喧嘩とは思わん。『この喧嘩は、わしに任すか？』『へェ、任します』『ほな、わしに随いてこい！』と言うて、小料理屋で一杯よばれよか」

乙「ほな、どうしたらええ？」

甲「親爺っさんの立ち話が済んで、わしらの横を通り過ぎる時、お前が息を図って、わしの肩へ、ポォーンと当たってこい。ほな、わしが『何で当たりやがった、この阿呆！』と言うて、頭をボォーンと、ドツくわ」

乙「酒が呑めるよって辛抱するけど、何方側をドツく？　右はオデキが出来て、花が咲き掛かってる。上からドツかれたら、ベシャッと潰れて、一からやり直さなあかん」

甲「ほな、左にするわ。取り敢えず、『何にも、手を掛けんでも宜しいやおへんか』と言え。わしが『コラ、生たれたことを吐かすな！』と言うて、向こう脛を蹴り上げるわ」

乙「えッ、向こう脛！　弁慶の泣き所と言うて、笑いながら死んでしまうというぐらい、痛い所や。向こう脛だけは、堪忍して」

甲「軽う蹴るよって、心配は要らんわ。ほな、『痛い所ばっかり、攻めんでも宜しいやおへんか』と言え。『コラ、何を吐かしてけつかる』と言うて、鳩尾をボォーン！」

乙「そんなことをしたら、死んでしまうわ！」

甲「軽うドツくよって、心配するな。ほな、『キャッ』とか、『スゥッ』とか言うて、ゴロンと後ろへ引っ繰り返れ。ほな、お前の両足を持って、ズルズルズルッ！　橋の上から、ボチャンと川の中へ放り込んで、頭から小便をビャーッ！」

乙「いや、止めさしてもらうわ！　僅かな酒を呑むために、川へ放り込まれたり、頭から小便を掛けられるのは、嫌や！」
甲「まァ、それぐらいの勢いでやれ。おい、親爺っさんが来た。さァ、行け！」
乙「一体、どこへ行く？」
甲「早う、当たれ！」
乙「ほな、行くわ。（甲の向こう脛を蹴って）エェーイ！」
甲「痛アーッ！　お前が向こう脛を蹴って、どうする！（泣き笑いをして）あッはッはッは！　ほんまに、笑いながら死んでしまうわ。コラ、何で当たりやがった！」
乙「いや、お前が当たれと言うよって」
甲「コラ、何を吐かす！（乙の頭を叩いて）このガキ、このガキ、このガキ！」
乙「一寸、待った！　右は堪忍してと言うてるのに、右ばっかり叩いて。プチッという音がしたけど、オデキが潰れたのと違うか？（掌(てのひら)を見て）あッ、潰れた！　わァ、血が出たわ！　血を見たら、人間が変わる。喧嘩やったら、お前には負けん！」
甲「おい、ムキになるな。指が、目に入る」
乙「目も、クソもあるか！」
喧嘩が、ほんま物になってしもた。

こんなことを、放っとけるような親爺っさんやない。

幸「一寸、待て！　おい、わしを誰か知ってるか？」

甲「あァ、割木屋の親爺っさんですな」

幸「目に指を入れられても、知ってくれてるとは嬉しい。この喧嘩は、わしに任すか？」

甲「ヘェ、任します」

幸「おォ、よう任した！　此方（こっち）の奴は、男のクセに泣くな。おい、わしを誰か知ってるか？」

乙「（泣いて）ヘェ、割木屋の親爺っさんですな」

幸「泣きながらでも、知ってくれてるとは嬉しい。この喧嘩を、わしに任すか？」

甲「ヘェ、任すことになってます」

幸「一々、訳のわからんことを言うな。手打ちをするよって、随いてこい。（歩いて）今日は、嬉しい喧嘩を止めた。一人は、頭が血まみれ。もう一人は、目に指を入れられてる。（振り返って）何でもええけど、後ろで仲良う、手を繋（つな）ぐな。もっと、いがみ合え。ほんまに、頼り無い奴じゃ。（小料理屋へ入って）あァ、御免！」

女「ヘェ、お越しやす」

幸「あァ、いつもの座敷は空いてるか？　さァ、入ってこい。何方が先に入ってもええけど、譲り合いをするな。さァ、そこへ座れ。姐ちゃん、銚子と小鉢は置いといて。話があるよって、そこを閉めといてくれるか。また、呼ぶわ。（咳払いをして）エヘン！　わしみたいな頼り無い者に喧嘩を任してもろて、おおきに有難う。改めて、礼を言います。今から手打ちをするけど、『喧嘩を途中で止められて、訳のわからん内に、ウヤムヤにされた』と言われては、片腹痛い。手打ちをする前に、どんなことから喧嘩になったかという、喧嘩の起こり・発端を聞かしてもらいたい」
甲「そんなことは、どうでも宜しい。酒を呑んで、芸者を揚げて、ワッと！」
幸「コラ、何を吐かす。誤魔化す所を見ると、お前には分が無いような。もう、お前には聞かん。其方の奴は、いつまで泣いてる？　涙と洟を拭いて、喧嘩の起こりを言え！」
乙「ほな、言わしてもらいます。この男と、道で立ち話をして」
幸「ほゥ、お前らは友達か？」
乙「一遍も喧嘩したことが無い、仲の良え友達ですわ。ほな、この男が『向こうから、酒と肴が歩いてきた』と言うて」
甲「阿呆！　もし、親爺っさん。どうぞ、この男の言うことは聞かんように」
幸「コラ、お前は黙ってえ！　酒と肴が歩いてきて、どうした？」

乙「ほな、『あの親爺っさんは、偉い人や。若い時分に、鰯を仰山買うた』。犬が、ワンワンワンワン！　頭から小便を掛けられたら、『生き物、皆、兄弟じゃ』と言うて」
幸「お前の言うてることは、サッパリわからんわ」
乙「私も、何を言うてるかわからん」
幸「あァ、難儀な男じゃ。酒と肴が、どうのこうのと言うてた。酒を呑ますの呑まさんので、揉めたような。多くは聞くまい、耳の汚れじゃ。わしが通り掛かったよって、あれぐらいの喧嘩で済んだ。わしが通らなんだら、どんな大きな喧嘩になってたか」
乙「親爺っさんが通らなんだら、喧嘩にならなんだと思う」
幸「一体、何を言うてる。お前も、こんな阿呆と喧嘩するな。勝っても、自慢にならん。さァ、盃を取れ。嬉しそうな顔をせんと、グッと空けて。次は、お前じゃ。ほな、わしも注いでくれ。(酒を呑み、手打ちをして)ヨイヨイヨイッ！　後腐れの無いように、綺麗サッパリ忘れるのじゃ。もっと居(お)ってやりたいけど、世間に大きな喧嘩が勃発してるかも知れん。世間監視のために、町内を廻ってくる。ほな、後は好きにやれ」
甲「一寸、待った！　あんな大きな喧嘩を任して、銚子一本と小鉢物が一つだけでは、情け無い。もう一寸、色を付けとおくなはれ」
幸「何ッ、厚かましい奴じゃ。あァ、何ぼでも呑め！　勘定は、わしに付けといたらええわ」

甲「ほな、鰻の折をもろて帰っても宜しいか？」

幸「ほんまに、ド厚かましい奴じゃ。あァ、お前らの好きにせえ」

甲「おおきに、有難う！　親爺っさん、好きよ！」

幸「コラ、喧しいわ！　あァ、姐ちゃん。阿呆を置いとくよって、宜しゅう頼む。二人が揉めたら、わしに知らしてもらいたい。直(じき)に、止めに来る。ほな、御免！（表へ出て）今日は大きな喧嘩を止めたけど、もっと大きな喧嘩を止めたいわ。ドスが五、六本乱れ飛んでる中へ割って入って、ドスを受けようか。眉間に受けて、死んでしまうという傷やのうて、痛みも全く無く、クッキリと傷痕だけ残って、向こう傷の親爺っさん・命知らずの親爺っさんと言われてみたいものじゃ。（笑って）わッはッはッは！」

ほんまに、極楽トンボのような親爺っさんで。

横町をグルッと廻ると、浄瑠璃の稽古屋。

周りが格子造りで、表で大勢の人が、格子の間から、中の稽古を見物してる。

師「次は、華北(かぼく)さんですわ」

華「宜しゅう、お願いします」

師「もう一寸、気を入れて稽古しなはれ。ウチに五年も通て、まともに上がった物は、一段も無い。『この浄瑠璃は嫌いやよって、他のが宜しい』と言うて、彼方を齧（かじ）り、此方を齧り。人の稽古の間、隣りの部屋で待ってる人を笑わして、華北さんの番になったら、『用事があるよって、帰らしてもらいます』。一体、何をしに来てなはる？」

華「ヘェ、しっかりやります。今日は、注文した浄瑠璃を稽古してもらえるそうで」

師「あァ、『桂川連理柵（れんりのしがらみ）／お半長・帯屋』でしたな。ほな、しっかり覚えなはれ。三味線は入れんと、叩きで行きますわ。（浄瑠璃を語って）柳の馬場、押小路。軒を並べし、呉服店。現金商い、掛け硯（すずり）。テン。虎石町の西側に、主は帯屋・長右衛門。井筒に帯の暖簾も、掛け値如才も内儀のお絹。気の取り苦しい姑に、目をもらわじと襷（たすき）掛け。洗濯物を引き伸（の）しの、皺は寄っても頑丈造り！　さァ、語ってみなはれ」

華「お師匠（つしょ）はんは慣れてはるけど、私はスッと出来ん。もう一遍、語っとおくなはれ」

師「初めだけ語りますよって、よう聞いてなはれ。（浄瑠璃を語って）シャン。柳の馬場、押小路！　さァ、語ってみなはれ」

華「まるで、雄叫びですな。一寸、本を貸しとおくれやす。ほな、語りますわ。（低い声を出して）やな、やな、やなやなやなやなやな！」

師「それでは、蛙ですわ。『柳の馬場、押小路！』と、しっかり語りなはれ」
華「ヘエ、そうします。(力を入れて) 柳のババ、柳のババ、ババ、ババ、ババ！」
師「もし、私に当て付けですか！　そこは、『柳の馬場、押小路』ですわ」
華「ヘェ、わかってます。(力を入れて) 柳の馬場、押しこかし！」
師「一体、何を言うてなはる。『柳の馬場、押小路』と、ちゃんと言いなはれ」
華「(力を入れて) 柳の馬場、オシッコしい！」
師「どこの世界に、柳の馬場がオシッコをします」
華「アノ、この浄瑠璃は嫌いですわ」
師「あァ、またや！『お半長』は、あんたの注文ですわ」
華「私が好きな所は、姑のお登勢が、嫁のお絹さんを嫁苛(いじ)めする所で。婆が嫁を苛める所を聞くと、胸が熱なってきます。実は、そこだけを内緒で稽古してまして。お登勢の婆が『親じゃわやい』と言うと、お絹さんが『チェッ、あんまりじゃわいな』という所ですわ。一寸、語ってみます。(一本調子で語って)『親じゃわやい』『チェッ、あんまりじゃわいな』と、どうです？」
師「一体、何を語りなはった？　浄瑠璃の匂いも、何もせんわ」
華「もう一遍、語ります。(語って)『親じゃわやい』『チェッ、あんまりじゃわいな』と、どうです？」
師「一寸、浄瑠璃の匂いがしましたかな」
華「『段々良くなる、法華の太鼓』というのは、これですわ。もう一遍、語ります。（語って）『親じゃわやい』『チェッ、あんまりじゃわいな』」
△「（表から覗いて）もし、珍しい浄瑠璃を稽古してますな」
●「この稽古屋は、珍しい物も稽古しますけど、『お半長』は聞いたことが無い。良う出来た筋で、作り事と知ってても、お登勢の婆の嫁苛めになると、割木でゴォーンとドツきとなる。ほんまに許せんのは、この婆の嫁苛めや！」
「婆の嫁苛め」という声が、胴乱の幸助の耳にチラッと入ったよって、たまらん。
幸「何ッ、婆の嫁苛め？　どうやら、わしを呼んでるな。一寸、物を尋ねる！　この辺りに、婆の嫁苛めがあるそうな」
△「へェ、この家の中でやってますわ」
幸「この家で、婆が嫁苛めをしてるか？」
△「京都の話を、この家の中でやってます」

幸「一体、どういう訳じゃ！」

△「誰か、代わってもらえませんか。この人は、目の色が変わってますわ」

●「ほな、私が言います。京都の柳の馬場押小路虎石町の西側に、帯屋が一軒あって。主人が長右衛門、女房はお絹で、日本一の貞女。舅の半斎は、仏半斎と言われるぐらい結構な御方。ところが、この人の後妻に来たのが、お登勢という嫌な婆で。連れ子の儀兵衛を跡目に据えたいために、長右衛門さんや、お絹さんに辛う当たりまして」

幸「何と、悪い婆じゃな」

●「ある年のこと、長右衛門がお伊勢参りの下向道。石部の宿の出羽屋という宿屋で、長右衛門の家の近所の、信濃屋のお半という娘と会うて、その晩、ゴジャゴジャとなって、お半の腹が大きなりまして。それが、お登勢の婆の耳へ入ったよって、『長右衛門や、お絹を放り出す、良え種が出来た』ということで揉めまして」

幸「ほんまに、質の悪い婆じゃな。わしが京都へ行って、婆の嫁苛めを止めてくる！」

●「ヘッ？　これは、『お半長』ですわ」

幸「『お半長』とは、何じゃ？」

●「ヘェ、浄瑠璃ですわ」

幸「いや、知らん！」

●「あァ、難儀な人や」
幸「取り敢えず、京都へ行って、婆の嫁苛めを止めてくる！」
●「京都へ『お半長』を止めに行くと言うてますけど、どうします？」
△「ほな、行ってもらいなはれ！　こんな汚れの無い人が、日本に残ってたかと思たら、嬉しいわ。早速、行ってもらいなはれ」
●「ほな、行ってもらえますか？」
幸「間違いが無いように、細こう教えてくれ。京都の、どこや？　(書いて)柳の馬場押小路虎石町の西側に、帯屋があるとな。主人の名前が長右衛門で、良え奴か。ほな、(書いて)○。女房がお絹で、日本一の貞女か？　えェ、(書いて)◎。舅が半斎で、仏半斎。あァ、(書いて)○。後妻のお登勢が、悪い婆。よし、(書いて)×！　連れ子の儀兵衛に、近所の信濃屋のお半。『お半長』と言うてたけど、それを言うたら、わかるか？」
●「へェ、誰でも知ってますわ」
幸「よし、わかった！　ほな、今から京都へ行ってくる」
●「後日談を、ゆっくり聞かしとおくなはれ」
幸「あァ、わしに任しとけ！」

頭から湯気を立てて、やって来たのが、京都。

これは明治十年代の話で、当時、京都・大阪間に鉄道は敷かれてましたが、親爺っさんは旧弊な考えがあって、「ゴヘダ（※石炭）の匂いを嗅ぐと、胸が悪なる」。

鉄道と平行して、淀川を上り下りしてた三十石船。

大阪の八軒屋から夜船に乗って、明くる朝、京都の伏見の浜へ、ポイッと下りた。

幸「今日も、良え天気じゃ。京都まで来たよって、誰かに聞いてみよか。一寸、尋ねる」
▲「はァ、何どす？」
幸「この京都に、柳の馬場押小路という所はあるか？」
▲「へェ、おす」
幸「ほな、虎石町の西側という所はあるか？」
▲「おす、おす」
幸「押してばっかりやのうて、たまには引け。そこに、帯屋が一軒ある。主の名前が、長右衛門。女房が、お絹。舅の半斎、姑のお登勢」
▲「一寸、待っとおくれやす。お宅の仰ることは、耳におっせ。ひょっとしたら、それは

『お半長』と違いますか？」
幸「あァ、大当たりじゃ！　あんたは、『お半長』を知ってるか？」
▲「知ってるも何も、『お半長』やったら、小さな子どもでも知ってますわ」
幸「何ッ、子どもが知ってるか！　わしが知らんとは、何たる不覚！」

いよいよ頭から湯気を立てて、やって来たのが、柳の馬場押小路虎石町の西側。
拍子の悪いことに、当時、虎石町の西側に、ほんまに帯屋さんが一軒あったそうで。
災難は、この帯屋さんで。

幸「中々、立派な店構えじゃ。さァ、店へ入ろか。（帯屋へ入って）えェ、御免！」
番「へェ、お越しやす。コレ、お座布を持ってきなはれ」
幸「いや、お構い無く。帯を求めに来た者やのうて、お宅の事情で参りました」
番「それやったら、尚更で。コレ、お茶を淹れて」
幸「いや、構てもらわんでも結構。一服、点けさしてもらう。（座り、煙草を喫って）中々、立派なお店じゃな。こんな立派なお店ほど、揉め事が絶えんと言うわ」
番「何か、御用事どっしゃろか？」

幸『御用事どっしゃろか？』とは、しらじらしい。お宅は、御番頭か？　ほな、聞いてもよかろう。近頃、此方のお店は揉めておられるそうな」
番「これは、何かのお間違いで。至って、ウチは安泰で」
幸「いや、隠してもろては困ります！　世間は、何もかも知ってる。御番頭が、店の恥を出すまいとするのは見上げた料簡じゃが、手遅れじゃ。先に言うとくけど、この一件で、帯の一本もいただこうとか、品物を安う買おうという、狭い料簡や無い。取り敢えず、主の長右衛門さんに出てもらいたい！」
番「やっぱり、お間違いで。ウチの主人は、太兵衛と申します」
幸「いや、隠してもろては困ります！　世間では、小さな子どもでも知ってるという話じゃ。主の長右衛門さんは、お半のことがあって、出にくいかも知れん。ほな、日本一の貞女の、お内儀のお絹さんに出てもらいたい！」
番「お間違いが、ハッキリ致しました。ウチのお内儀は、お花さんと申します」
幸「いや、隠してもろては困ります！　そこまで隠すのやったら、店へ上がって、お登勢の婆と直談判をしょうか？　それとも、近所の信濃屋のお半に会うて！」
番「一寸、待っとおくれやす。お宅の仰ることは、耳におっせ。長右衛門に、お絹。お登勢に、お半。ひょっとしたら、『お半長』と違いますか？」

幸「とうとう、泥を吐いたな！　その通り、『お半長』じゃ！」
番「『お半長』でお越しになるとは、世の中は広い。（笑って）わッはッはッは！」
幸「コレ、何が可笑しい！」
番「お半も長右衛門も、桂川で心中しましたわ」
幸「何ッ、遅かったか！　あァ、汽車で来たら良かった」

解説「胴乱の幸助」

古典芸能の浄瑠璃には、新内・清元・常磐津・義太夫などがありますが、昔から大阪で浄瑠璃と言えば、竹本義太夫が編み出した義太夫節を指すほど、大阪の庶民に馴染(なじ)んでいました。

また、浄瑠璃がテーマになるネタも、「軒付け」「豊竹屋」「浄瑠璃息子」「二八浄瑠璃」「寝床」など、数多く創作されましたが、「桂川連理柵／帯屋の段」を採り入れ、令和の今日でも演じられているのは、「胴乱の幸助」のみでしょう。

「桂川連理柵」の土台になった話は、京都の桂川で起こった殺人事件です。

宝暦十一年四月、大坂商人・帯屋長右衛門が、京都の友人の信濃屋に頼まれ、娘・お半を大坂へ連れて行く途中、桂川から船に乗ろうとし、船待ちのとき、盗賊に襲われ、二人は殺された上、犯人は二人の死骸の着物の褄(つま)を結び、心中に見せ掛け、桂川へ流した事件を土台にして、翌年、年の離れた男女の心中事件に脚色した浄瑠璃が「曾根崎模様」となり、これに菅専助が手を加え、名作に仕上げました。

京都の桂川の畔には、お半と長右衛門の供養塔があり、新京極の誓願寺の墓地に、お半と長右衛門の墓と伝えられるものもあります。

「胴乱の幸助」では、演者が「帯屋」を語る部分がありますが、この浄瑠璃が形にならなければ、ネタ自体も興醒めになってしまうだけに、ある程度、義太夫の素養は身に付けた方がよいでしょう。

浄瑠璃の稽古をしていない者が、無理に義太夫らしく演じると、洋楽のような声になってしまったり、妙な緊張感が増すだけで、落語の雰囲気が壊れてしまうことにもなりかねません。

しかし、文楽の太夫のように語るのも考え物で、ネタの中で浄瑠璃だけが浮いてしまうと、演者の自己満足になってしまうため、あくまでも落語に馴染んだ義太夫になっていることが望ましいのですが、これが本当に難しい。

このようなネタを演じるときは、どうしても浄瑠璃の部分を中心に考えがちですが、実際は義太夫の稽古で身に付けた雰囲気を、大層にならない程度に入れ込むことが肝心で、それが一番の難しさと言えましょう。

この落語は、浄瑠璃を中心にしたネタではなく、一口で言えば、長編コントであり、誰でも知っていることを知らない、真面目で片意地な親爺の困ったちゃんぶりを如実に表現することに面白さがあるように思います。

米朝師には「稽古屋の師匠の匂いがする浄瑠璃を語るように」と言われ、師匠（二代目桂枝雀）からは、「落語風の浄瑠璃を語ることが肝心」と教わりました。

米朝師は、浄瑠璃を得意とした姫路の芸妓(げいこ)から「お半長」を習い、師匠・枝雀は、九代目竹本文字大夫（後の七代目竹本住大夫）の音源を繰り返し聞き、工夫を重ねたそうです。

このネタで大切なシーンは、最初に登場する二人の相対喧嘩で、この部分が盛り上がらなければ、後で挽回するのは難しいでしょう。

昔から伝わる構成では、割木屋の親爺が稽古屋の中へ飛び込んで、浄瑠璃の師匠に揉め事の顛末を聞くシーンがあるのですが、師匠・枝雀は「それでのうても場面の多いネタだけに、この部分は格子の外の男に言わせた方が、一場面助かる」という判断で、そのシーンを省いて演じていました。

従来の構成の方が、場面の味は濃いように思いますが、ストーリーのテンポを落とさないためには、このシーンを割愛した方が演りやすいため、この演出で私も演じています。

平成二年十一月十七日、大阪梅田・オレンジルームで開催した「第一回・桂雀司独演会」で初演しましたが、浄瑠璃の部分は女流義太夫の重鎮・竹本角重師に、ネタは師匠・枝雀の高座を聞き覚えた上で、稽古を付けてもらい、上演の許可を得ました。

橘ノ円都師に米朝師が教えを乞(こ)い、師匠・枝雀へ移され、私に至るという経緯を辿(たど)ったネタですが、米朝一門以外でも、数多くの噺家が演じる落語となり、最近では上演頻度の高い演目となりました。

師匠・枝雀は、先代(三代目桂文我)が、「小そうて、痩(や)せてるのに、大きく見せようとしてる」という理由から、幸助のモデルにしていたこともありましたが、「しかし、文我兄さんは、酒を呑んでなかったら、胴乱の幸助のようなパワフルな行動は出来ん」とも述べており、六

上：第１回　桂雀司独演会
オレンジルームにて
下：第30回　落語土曜寄席
三代目林家染丸

代目笑福亭松鶴・三代目林家染丸という先輩の雰囲気を加えて上演する場合もあったということを付け加えておきましょう。

東京に在住し、上方落語の面白さを伝えた二代目桂小南師の十八番でもありました。

昭和二十八年、大阪の寄席・戎橋松竹へ来演したとき、橘ノ円都から習ったそうですが、その時の演出は、幸助が京都へ向かうため、大阪駅へ駆け付けましたが、急行の時刻に間に合わず、後発の普通列車で京都へ着き、虎石町の帯屋へ来て、お半・長右衛門の顛末を聞き、「しまった！　急行なら、間に合った」というのがオチだったそうです。

元来は、三十石船で京都へ向かいますが、時代に合わせ、鉄道に替えたのでしょう。

因みに、京都・大阪間に鉄道が開通したのは、明治十年二月で、それ以降の十年間も、三十石船は京阪間の交通機関で存在し、次第に貨物船となり、後々も運行されていました。

昭和二十八年に習った小南師が初演したのは、十六年後の昭和四十四年でしたが、これには理由があり、当時、日本芸術協会（現・落語芸術協会）の副会長・初代桂小文治の許へ身を寄せており、真打級が演じるネタの上演を禁じられていたからだそうです。

また、小南師は「胴乱の幸助」を「胴乱幸助」と、「の」を抜いていましたが、これは東京落語の他のネタの例に倣ったのでしょう。

東京落語では、八代目朝寝坊むらく・五代目三遊亭圓生が十八番にしていましたが、むらくと圓生の「胴乱幸助」には一寸した逸話があり、むらくが「是非とも、覚えてほしい」と、五代目と六代目の圓生に頼み、押し掛け稽古で伝えたと言いますが、一時期、むらくは師匠・四代目春風亭柳枝をしくじり、明治末から大正にかけて、大阪へ行ったため、その頃に仕入れたと言われています。

また、三代目桂三木助は、五代目柳家小さんと芸の上の義兄弟になる前は、「胴乱の幸助」「網船」など、二代目三木助譲りの上方ネタを演じることが多かったと聞きました。

以前、演芸評論家・保田武宏氏に「『胴乱幸助』と『の』を省くことが多くなりましたが、五代目圓生が『の』を抜いてしまい、その表記が浸透することになったのです。あなたは、『の』を入れてくださいね」と言われ、そのことを米朝師に伝えると、「わしも、そう思う」と仰ったので、その後は気を付けて、演題に「の」を入れています。

元来、ネタの題名は、噺家の心覚えに付けていただけなので、「の」が入るか入らないかは、どちらでも良いことなのでしょうが、字面から考えても、「の」を入れる方が、柔らかい雰囲気が出る上、読みやすくなるでしょう。

胴乱は、印籠や薬などを入れ、首や腰へ下げる皮製の袋で、弾薬の薬莢（やっきょう）（※火薬を詰めた金属の筒）入れにも使用されていました。

私の場合、ネタの中で、胴乱の紹介を加えるかどうかは、その時の雰囲気に任せています。説明がなくても支障はないでしょうが、一言加えることで、演題を納得される方が居られるのも事実でしょう。

ＳＰレコードには二代目桂圓枝・二代目立花家花橘・二代目桂春團治が吹き込み、ＬＰレコード・カセットテープ・ＣＤは、橘ノ円都・三代目桂米朝・二代目桂小南・三代目桂小文枝・三代目桂文我・二代目桂枝雀・桂文珍・三代目桂南光などの各師の録音などで発売されています。

ベンチャラ屋

べんちゃらや

中船場の大店（おおだな）の表に、ベンチャラ屋と染め抜いた暖簾（のれん）が掛けてある。

山形に、口の紋を添えて、玄関は面取りされた栂（とが）の荒格子（あらごうし）が嵌（は）まって、店の中は一間（けん）の敲（たた）きで、山皿の沓（くつ）脱ぎ。

主人・番頭・手代・女子衆（おなごし）・丁稚に至るまで、皆、機嫌の良え顔をしてる。

店へ入ってきたのが、二十一、二の女子。

頭は島田に結うて、お召の変わり縞の着物を着ると、黒繻子（じゅす）の帯を締めて、黒縮緬（ちりめん）の羽織。

南部表に、本天の鼻緒のすがった駒下駄を履いて、カラコロカラコロ！

女「えェ、御免下さいませ」

番「へエ、お越しやす。どうぞ、お掛け下さいませ」
女「私は座敷勤めをしてますけど、女将に『あんたぐらい、愛想の無い女子は居らん。ベンチャラ屋へ行って、愛想を仕入れてきなはれ』と言われて参りました。どうぞ、おベンチャラを教えていただきますように」
番「お座敷のベンチャラでございましたら、良え見本がございます。コレ、佐助。飛び切り上等のお座敷のベンチャラを、お見せしはなれ」
佐「ほな、極上のベンチャラを一つ。(咳払いをして)エヘン！　旦さん、お越しやす！お久し振りでございますけど、お変わりはございませんか？　お羽織は、塩瀬の上等ですけど、裏も見せとおくれやす。京都の五山で、錦紗の縫い潰し。羽織の紐も、梵天仕立ての観世縒り。着物は結城で、茶献上の帯。腰に下げてなさる煙草入れも、なめし革の印伝。煙管は、銀の延べ。手古鶴さんが『あの旦那は、品があり過ぎて、気が詰まるようやけど、粋なことをなさる。こんな勤めをしながら、心の底から惚れてしもた』と申しておりました。よッ、芸妓・舞妓・玄人殺し！　(笑って)わッはッはッは！」
番「佐助、もう宜しい。こんなベンチャラは、如何で？」
女「ほんまに、勉強になりました。今のおベンチャラは、お幾らでございます？　まァ、お安いこと。(金を置いて)いえ、お釣りは結構で。おおきに、有難うございました。

ほな、御免やす。（表へ出て）まァ、吉田屋の旦さん。お越しが無いよって、ウチへ来はる道を忘れはったかと、心配致しておりました。近い内に、顔を見せていただきますように。まァ、越後屋の旦さん！　いつも粋な恰好で、世間の女子が放っとかんわ。まァ、備前屋の旦さん！」
番「コレ、佐助。薬が効き過ぎて、どこかが壊れてしもたような。ベンチャラを商うのは結構じゃけど、世間に迷惑をかけることだけは考えなあかんわ」
金「えェ、御免！」
番「へェ、お越しやす。どうぞ、お入り下さいませ」
金「道頓堀の芝居茶屋・武田へ奉公致しております、金助と申しますが、旦那に『愛想が無いよって、ベンチャラを勉強してきなはれ』と言われて参りました。どうぞ、宜しゅうに」
番「藤七、此方へ来なはれ。芝居茶屋のベンチャラを、お見せするのじゃ」
藤「ほな、飛び切り上等のベンチャラを一つ。（咳払いをして）エヘン！　旦さん、お越しやす。御家内が、お揃いで。嬢はんに、坊ン。宜しかったら、お菓子は如何で？　こないだ、ウチの店で評判になりまして。此方の嬢はんと坊ンは、芝居の筋がおわかりになると言うて。子どもに狂言の筋はわからんと申しますけど、嬢はんや坊ンは、芝居を御覧になって、涙を零してなさる。ほんまに、利発なお子達でございます。それはそうと、役者の引き幕に、旦さんのお名前が入ってございました。この世知辛い世の中に、中々、出来んことで。今から、お芝居を御覧になる？　どうぞ、ごゆっくり。（笑って）わッはッはッは！」

番「藤七、もう宜しい。こんなベンチャラは、如何で？」

金「ほんまに、恐れ入りました。今のベンチャラは、お幾らで？　おォ、安い！（金を置いて）ほな、御免やす。（表へ出て）もし、備前屋の旦那。今度の芝居見物の節は、私方の店へ、お越し下さいますように。丁稚さんも、お使いに行かれた時、私に言うていただきましたら、一幕ぐらい、只で見せたげますわ。こんなことを申しておりますと、店の用事を怠けてることになるよって、具合が悪い。どうも、お喧しゅうございました。ほな、呉々も宜しゅうに。（笑って）わッはッはッは！」

番「また、ケッタイな人を増やしてしもた。段々、迷惑が広がって行くような。しかし、ベンチャラを言われた者は喜んでるよって、良えことをしてることに違い無いわ」

○「えェ、御免！」

番「へェ、お越しやす。ほゥ、立派なお召し物で。結城紬の藍萬の上下に、紺献上の帯。羽織の紐から、お草履まで、粋な物で。どうぞ、お座り下さいませ」

○「こないだ、此方の前を通りましたら、結構な店構え。何屋かと思いましたけど、ベンチャラ屋とは恐れ入ります。紺の暖簾に、松花堂流の細い字で、ベンチャラ屋と染め抜いて。山形に、口の紋が添えてある。栂の面取りの荒格子で、一間の敲きに、山皿の沓脱ぎという設え。正面の帳場格子も、唐紙の銀鋳の無地。ほな、お茶を頂戴致します。(茶を啜って)これは、玉露で？　大阪の水で、こんな味の良えお茶がいただけるとは思わなんだ。お茶を吟味して、お湯加減も気を付けてなさる。奥に座ってなさるのは、此方の旦那で？　福々しゅうて、大黒様のようなお顔をしてなさる。お宅が、御番頭？　旦那が大黒様で、御番頭が恵比須顔とは、七福神が集まってなさるような塩梅。本日は、極く上等のベンチャラを見せていただきたい」

番「恐れ入りますけど、お売りする訳には参りません。どうぞ、お引き取りを」

○「折角、ベンチャラを買いに参りましたのに、何で帰れと仰る？」

番「手前共は、同業者と売り買いは致しません」

解説「ベンチャラ屋」

幕末から明治半ばまでの東京落語界の巨匠・三遊亭圓朝が創作した「世辞屋」という落語は、私が学生時代、速記本で読んだときは、内容の面白さがわかりませんでした。

しかし、噺家になってから、異なる演出の速記本に目を通すと、洒落た内容が味わえるようになり、「いずれは、自分も演ってみよう」と思った次第です。

初演したのは、平成三十年七月二十四日、大阪梅田太融寺で催した「第六三回・桂文我上方落語選（大阪編）」でしたが、その時から手応えがあり、再演が可能という実感を得ました。

とにかく、一人しゃべりが多いだけに、言い淀むと面白さがなくなり、白けてしまうだけに、しっかり稽古を重ねた上で、高座のノリも加えながら、流れるような口調で演じる方が良いでしょう。

私も最初は「世辞屋」という演題で演っていましたが、上演を重ねるうちに、上方落語らしく、「ベンチャラ屋」に改めました。

ヨイショ（※人を持ち上げて、機嫌良くさせること）の上手な噺家が演れば、かなり面白い落語になることは間違いありません。

昔の速記本では、『圓朝落語集』（春江堂書店）、『落語叢書』（金泉堂）、『三遊亭新作滑稽おとし噺』（順成堂）、『三遊柳新落語集』（春江堂）などに載り、雑誌『はなし／卯月の巻』（田中書店。明治四十一年四月）には、初代三遊亭圓左の速記が掲載されました。

『圓朝全集／全一三巻＋別巻二巻』（岩波書店）の解説に、「雑誌『花筐（がたみ）』第九号（金泉堂。明治二十三年二月三日）、『中外商業新報』（明治三十年十一月五〜十日）の「商法のいろいろ（一二）」には、異なった速記が掲載され、ボール表紙本『花競落語叢書』（明治二十三年十二月）は、『花筐』と同じ速記を載せており、『百花園』二二二号（明治三十二年五月三日）には、初代三遊亭金馬が『蓄音機』の演題で掲載されている」と記されています。

『圓朝落語集』の速記の口開けに、「これは至極、風流のお咄し、世辞を商いますと言うので、愛嬌はこの世辞でございまして、（中略）これは世辞の言葉を教えるには、蓄音器という器械が日本へ舶来致しましたが、（中略）器械で聞かせる訳にはいかないが、どうか箱を開けたらば、自然に様々の世辞が出るような器械を新発明致しました」と記されました。

　蓄音機の録音は、明治十年から始まり、平円盤式レコードが開発されたのが明治二十年以降で、日本で録音が始まったのが明治三十六年。

　日本の一般庶民に流布する前に、蓄音機を題材にした「世辞屋」という落語を拵（こしら）えたのですから、三遊亭圓朝の時代の先取りは見事でした。

　日本の一般庶民は、「世辞屋」の速記を読んだり、高座で聞いたりしながら、未知の文明の利器に、憧れと羨望を持ったことは間違いないでしょう。

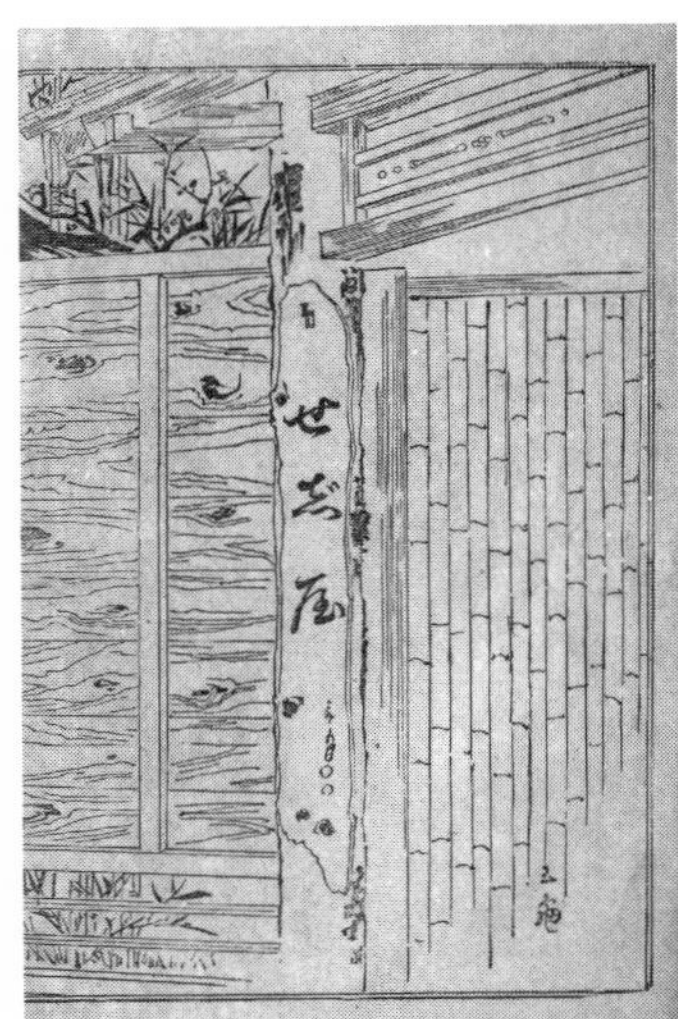

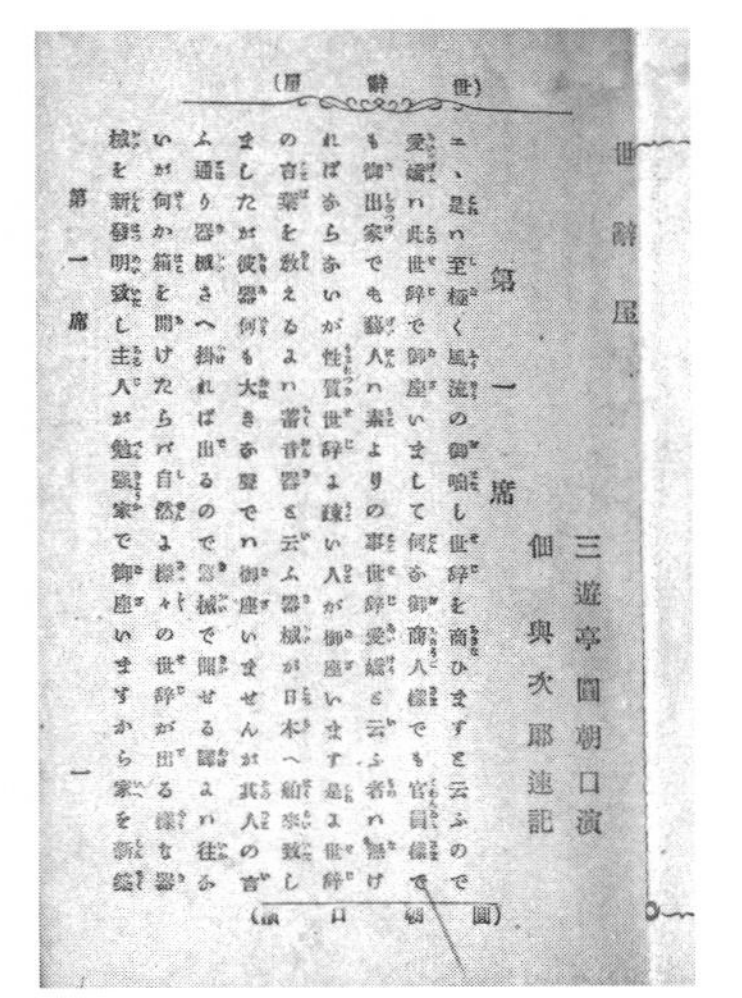

世辞屋

三遊亭圓朝口演

佃與次郎速記

第一席

ヱ、是れ至極く風流の御噺し世辞を商ひますと云ふので愛嬌は此世辞で御座いまして何か御商人様でも官員様でも御出家でも藝人は素よりの事世辞愛嬌と云ふ者は無ければならないが性質世辞に疎い人が御座います是は世辞の言葉を数えるに蓄音器と云ふ器械が日本へ舶来致しましたが彼器何も大きな聲では御座いませんが其人の音ふ通り器械さへ掛れば出るので器械で聞せる譯には往かないが何か箱を開けたらば自然に様々の世辞が出る様な器械を新發明致し主人が勉強家で御座いますから家を新築

『落語叢書』（金泉堂、明治23年）の挿絵と速記。

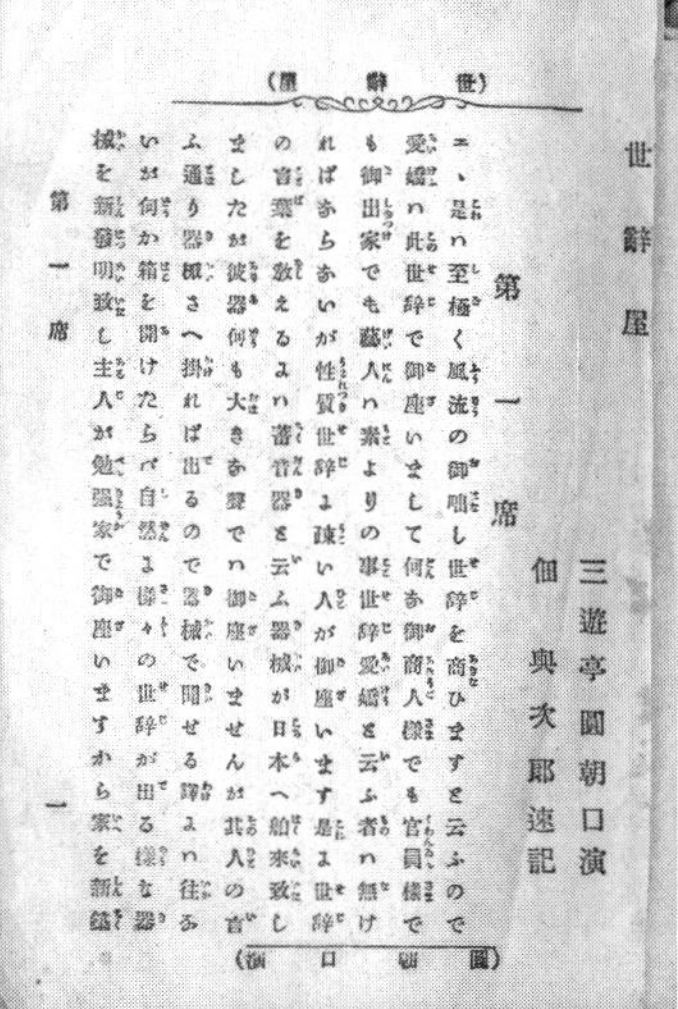

（世辭屋）

世辭屋

三遊亭圓朝口演

佃與次郎速記

第一席

エ、是れ至極く風流の御噺し世辭を商ひますと云ふので愛嬌れ此世辭で御座いまして何な御商人樣でも官員樣でも御出家でも藝人れ素よりの事世辭愛嬌と云ふ者れ無ければならないが性質世辭よ疎い人が御座います是よ世辭の言葉を教えるよれ蓄音器と云ふ器械が日本へ舶來致しましたが彼器何も大きな聲でれ御座いませんが其人の言ふ通り器械さへ掛ければ出るので器械で聞せる譯よれ往ゐいが何か箱を開けたらば自然よ樣々の世辭が出る樣な器械を新發明致し主人が勉強家で御座いますから案を新鑄

第一席　　一

（圓朝口演）

『花筐　第９号』（金泉堂、明治23年）の表紙と速記。

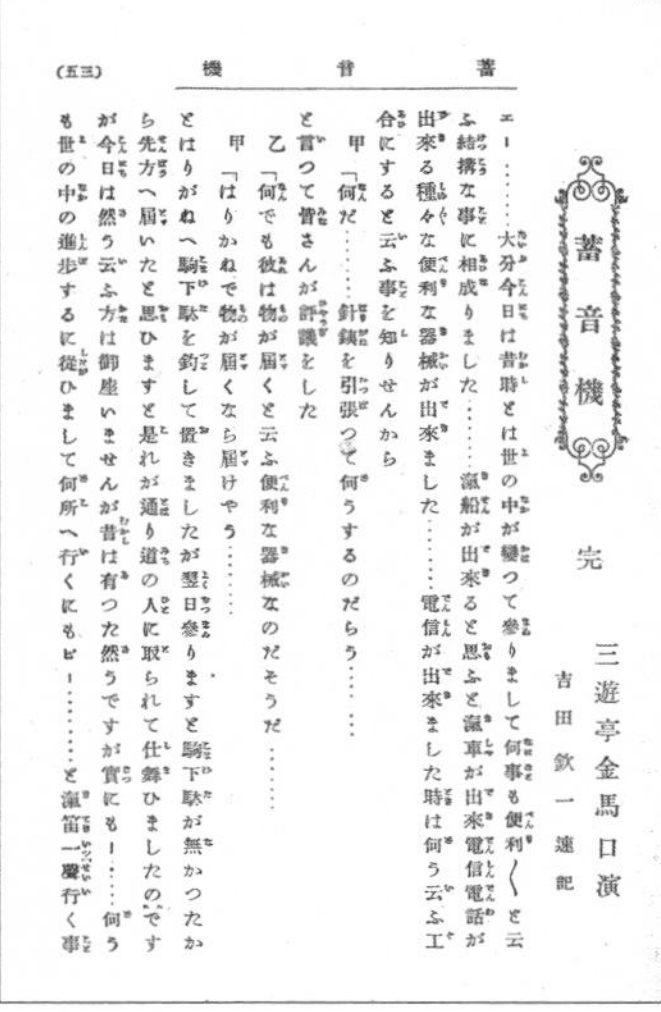

（五三）　蓄音機

蓄音機

完

三遊亭金馬口演

吉田欽一速記

エー……大分今日は昔時とは世の中が變つて參りまして何事も便利〳〵と云ふ結構な事に相成りました……滊船が出來ると思ふと滊車が出來電信電話が出來る種々な便利な器械が出來ました……電信が出來ました時は何う云ふ工合にすると云ふ事を知りせんから

甲「何だ……針金を引張つて何うするのだらう……

と言つて皆さんが評議をした

乙「何でも彼は物が届くと云ふ便利な器械なのだそうだ……

甲「はりかねで物が届くなら届けやう……

とはりがねへ駒下駄を釣して置きましたが翌日參りますと駒下駄が無かつたから先方へ届いたと思ひますと是れが通り道の人に取られて仕舞ひましたのですが今日は然う云ふ方は御座いませんが昔は有つた然うですが實にも—……何うも世の中の進歩するに從ひまして何所へ行くにもピー……と滊笛一聲行く事

『百花園』第222号（金蘭社、明治32年）の表紙と速記。

新落語集

世辭屋

橘家圓喬

エ、是れ至極く風流の御職し世辭を商ひますと云ふので
愛[illegible]れ此世辭で御座いまして何ふ御商人様でも官員様で
も御出家でも藝人れ素よりの事世辭愛嬌と云ふ者れ無け
ればならないが性質世辭よ疎い人が御座います是よ世辭
の言葉を敎えるよれ當今言葉を云ふ器械が日本へ渡來致し
ましたが彼器何も大きな器でれ御座いませんが其人の言
ふ通り器械さへ揃れば出るので蓄音機で聞せる譯よれ往る
いが何か稽古と聞けたらば自然よ僕々の世辭が出る樣な器
[illegible]と[illegible]し出入が[illegible]で御座いますから家を[illegible]

『三遊柳新落語集』(春江堂書店、大正６年)の表紙と速記。

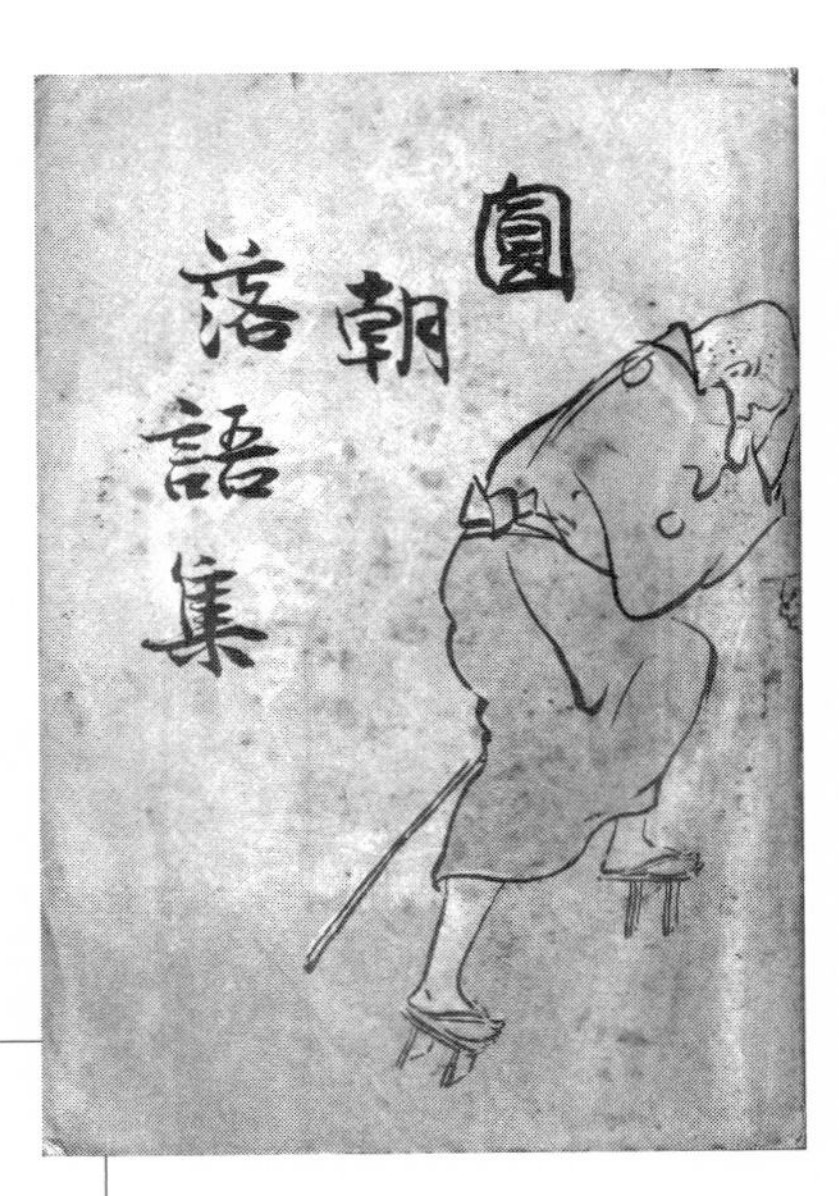

圓朝落語集

三遊亭圓朝口演
酒井、昇造速記

世辞屋

第一席

ニ、是れ至極く風流の御咄し世辞を商ひますと云ふので愛嬌れ此世辞で御座いまして何ぞ御商人様でも官員様でも御出家でも藝人ハ素よりの事世辞愛嬌と云ふ者ハ無ければならないが性質世辞よ疎い人が御座います是は世辞の言葉を教えるよれ蓄音器と云ふ器械が日本へ舶来致しましたが彼器何も大きな聲では御座いませんが其人の言ふ通り器械さへ、掛れば出るので器械で開せる譯よれ往るいが何か箱を開けたらば自然よ様々の世辞が出る様な器械を新發明致し主人が勉強家で御座いますから家を新築

『圓朝落語集』（春江堂書店、明治41年）の表紙と速記。

これほど時代の先取りをした最先端のネタでも、今となれば、古臭く感じ、上演する者も少なくなったのは、物の新しさで拵える創作落語の宿命なのかも知れませんが、そこに改変を加えると、面白く聞いていただけるのも事実です。

豊竹屋

とよたけや

浄瑠璃好きの豊竹屋節右衛門という人は、師匠に習(なろ)た訳やのうて、目に付いた物へ、勝手に節を付けて、何でも浄瑠璃にしてしまおうという、不思議な御方。

朝風呂が好きで、今日も風呂屋の湯へ浸かって、周りの様子を浄瑠璃で語り出した。

節「（浄瑠璃を語って）彼方(あちら)の隅で、背中を洗(あろ)うている人は、随分、頭が禿げておる。向こうの隅の、若い衆さん。お尻に毛をば、モジャモジャ生やし。秋になったら、コオロギでも飼おうという算段か。何れ(いず)にせよ、怪しやなァ！」

自分の方が、余程、怪しい。

人のことばっかり言うてると、罰が当たったようで、お尻の下から熱い湯玉が、ボコボコッ！

節「おォ、熱いッ！　(浄瑠璃を語って) 私のお尻の下よりも、滾(たぎ)りし湯玉が煮え上がり。(泣いて) トホホホホッ！　背筋へピリピリ染みるのは、これが堪えて居(お)らりょうか！」

そんなに熱かったら、早う上がったら宜しい。

辛抱が出来んようになって、片足を流しへ出した途端に、クラクラッと目眩(めまい)がして、ドタッと倒れた。

○「今、誰か倒れました。何ッ、節右衛門さん？　いつも浄瑠璃を語り過ぎて、逆上(のぼ)せて、倒れるわ。冷たい水を、頭から掛けて。節右衛門さん、しっかりしなはれ！」

節「(浄瑠璃を語って) ヤレヤレ！　御親切なる、御厄介」

○「まだ、語ってるわ。私の手へ掴まって、起きなはれ」

節「(浄瑠璃を語って) 掛かる手をば、振り払い。我は再び、湯船の中！」

○「また、入って行った。逆上せるよって、止めなはれ」

節「(浄瑠璃を語って) 掛かる声をば、耳にも掛けず。我はひたすら義太夫を語ることとそ、有難や。（湯船へ沈んで）ブクブクブクッ！」
○「とうとう、沈んでしもた。一寸、見てみなはれ。沈みながら、ニヤッと笑てますわ」
節「（湯船から、飛び出して）ピャーッ！」
○「わァ、ビックリした！　湯船から、飛び出してきたわ」
節「（浄瑠璃を語って）十分、お湯へ浸かりし上は、この上、湯船に未練無し。脱衣場指して、走り行く！」
○「わァ、出て行きました。早う、帰りなはれ」
節「あァ、そうするわ。（着物を着て）風呂屋のオッさん、おおきに。（表へ出て）朝風呂で浄瑠璃を語ると、気持ちが良えわ。さァ、帰ろか。何やら、良え匂いがする。鰻屋と天麩羅屋の匂いが混ざって、攻めてきた。（浄瑠璃を語って）彼方は鰻屋、此方は天麩羅。腹の空いたる、その上は、一寸買うて食べたいけど、風呂の帰りで、お金が無い。食うに食われぬ、この辛さ。推量してたべ、町内の衆！」
嬶「また、家の前を通り過ぎてるわ。御近所が笑てはるよって、家へ入りなはれ」
節「おォ、嫁はんか。（浄瑠璃を語って）さっぱり、ワヤや」
嬶「そんなことまで、節を付けなはんな。早う上がって、朝御飯を食べてしまいなはれ」
節「（浄瑠璃を語って）して女房、飯のおかずは？」

嬶「一々、目を剥きなはんな。今朝は、香香と味噌汁や」
節「(浄瑠璃を語って) 今朝は、香香と味噌汁とな。(笑って) フゥフ、ハァハ！」
嬶「もう、ええ加減にして！　早う、食べてしまいなはれ」
節「(浄瑠璃を語って) チン！　箸取り上げて、お碗の蓋。チチン！　開くれば、味噌汁、絹ごし豆腐。煮干の頭の浮いたるは、怪しかりける。ピャーッ！」
嬶「ソレ、引っ繰り返したわ。空のお碗を持って、座ってなはれ」
胴「(家へ入り、浄瑠璃を語って) 一寸、お尋ね致します。豊竹屋節右衛門さんのお宅は、此方かえ？」
嬶「ソレ、見なはれ。あんたと同じような、阿呆が入ってきた」
節「コレ、阿呆という奴があるか。豊竹屋節右衛門は、私で」
胴「お初に、お目にかかります。この横町に住んでます、糸沢胴駒という者ですけど、私は生まれ付き、出鱈目な三味線を弾くのが大好きで。世間の噂では、お宅は出鱈目の浄瑠璃を語る名人やそうな。そこで、お手合わせが願いたいと思いまして」
節「私の浄瑠璃へ、三味線を？　そんな人が居られたらと、前々から思てましたわ。どうぞ、お上がりを。私の浄瑠璃は出鱈目で、お宅の三味線に合いますか？」
胴「お宅が、どんな浄瑠璃を語っても、三味線で拾いますわ」

節「ほゥ、有難い！　ところで、三味線をお持ちやございませんな？」
胴「私の三味線は、皮が破れる、糸が切れるという、頼り無い三味線やない。どこへでも持って行ける、口三味線という奴で」
節「口三味線やったら、腹が減らなんだら、いつまでも弾けますわ。お宅から弾き出してもろたら、私が語り出します」
胴「いや、お宅が太夫さん。先に語り出したら、私が三味線を入れますわ。どんな謎を掛けられても、ちゃんと拾います」
節「やっぱり、三味線から」
胴「いや、太夫から」
節「先ずは、あんたから」
胴「いえ、其方（そちら）が先」
節「ほゥ、私が先？（浄瑠璃を語って）先に旗持ち、踊り出す。三味や太鼓で、打ち囃す！」
胴「チン、チン、チンドン屋」
節「なるほど、お見事！　駄洒落で、私の浄瑠璃を拾とおくなはるか。コレ、水を出しっ放しにしなはんな。何ッ、隣りのお婆（ば）ンが洗濯をしてる？（浄瑠璃を語って）水を次々、出しっ放し。隣りの婆が、洗濯か！」
胴「ジャ、ジャ、ジャジャジャジャ。シャボン、シャボン」
節「あァ、なるほど。（浄瑠璃を語って）去年の暮れの大晦日、酒屋と米屋に攻め立てられ！」
胴「テンテコマイ、テンテコマイ」
節「（浄瑠璃を語って）子どもの着物を、親が着て！」
胴「ツンツルテン、ツンツルテン」
節「（浄瑠璃を語って）襦袢に、袖の無い物は！」
胴「チャンチャンコ！」
節「ほんまに、上手いなァ！（浄瑠璃を語って）これは夏の食べ物で、饂飩に似たれど、饂飩でない。蕎麦に似たれど、蕎麦ではない。これは何かと、尋ねたら！」
胴「トコロテン、カンテン」
節「（浄瑠璃を語って）それを、あんまり食べ過ぎて、お腹を壊して、行く所は！」
胴「ハアーッ、セッチン！」
節「わァ、汚い三味線や。（浄瑠璃を語って）アレアレ！　向こうの棚へ、鼠が三ツ出で。また、三ツ出でて、睦まじゅう、一つの餅を引いて行く！」

棚の上から、鼠が「チュチュ、チュチュ。チュチュチュチュチュ」。

胴「流石、節右衛門さんの家の鼠だけあって、よう弾（引）きますな」

節「いえ、一寸、齧（かじ）るだけ」

解説「豊竹屋」

私が噺家になった昭和五十四年頃は、上方の噺家も百人未満で、落語会の数も少なく、出番も稀だったので、「自分たちの力で、高座の数を増やさなければ」と思っていました。

当時、親睦団体だった上方落語協会の毎月の公演は、島之内寄席（京橋ダイエー）と、千里繁昌亭（千里セルシーホール）でしたが、それらの公演で四代目林家染丸兄（当時・林家染二）が演じた『豊竹屋』の口演を面白く思い、私も演ってみたくなり、師匠（二代目桂枝雀）から染丸兄に許可をいただいたあと、師匠に稽古を付けてもらい、全国各地の落語会で上演するようになったのです。

京都安井金比羅会館の「桂米朝落語研究会」という米朝一門の勉強会で、米朝師に聞いていただき、「時代物と世話物は、浄瑠璃の声の出し方に違いがあるよって、パロディとは言え、気を付けて演りなさい」という教えを受けました。

「豊竹屋」は、昭和五十年代前半まで、東京落語界の昭和の名人・六代目三遊亭圓生師の独壇場で、幼い頃、豊竹豆仮名太夫という義太夫語りだったことから、義太夫に因んだ落語を得意にしていましたが、殊に「豊竹屋」を大切にし、いろんな節を使いながら、変化を付け、正月の席は高座へ掛けたり、重要な会で演じることが多かったようで、昭和五十三年、真打問題に異議を唱え、落語協会を脱退したあと、落語三遊協会を設立し、本牧亭の旗揚げ公演のトリの高座でも上演したそうです。

『圓生全集』（青蛙房）に掲載されている速記は、節右衛門が女房に起こされるシーンから始まりますが、これは三遊派の演り方で、柳派は風呂屋の場面から演りました。

チンドン屋の様子を浄瑠璃で表現する場面で、節右衛門が「やりにつけても思い出す、脇坂様の槍の鞘（さや）」と語ると、口三味線で「てんてん、貂（てん）の皮」と合わせていたそうですが、これは大名の脇坂様が、槍の鞘に貂の皮を使っていたことが、江戸時代は有名だったからだそうです。

他にも「隣りの爺さん、抱き火鉢」「たどん」と言ったり、「蜜柑（みかん）の皮の干したのは」「陳皮（ちんぴ）、陳皮」と受けたりすることもありました。

オチの「齧（かじ）る」という言葉は、昔の人形浄瑠璃の楽屋の符牒で、三味線を弾くことを「齧る」と言ったそうで、前田勇氏の『近世上方語辞典』（東京堂出版）でも、「かじるは、三味線を弾くことで、浄瑠璃世界の社会用隠語の中で、最も一般に広まった語の一つ」とされています。

昔の速記本では、『蓄音文藝・柳家小さん落語集』（三光堂本店・山口屋書店）、『浪華落語真打連講演傑作落語名人揃え』（文友堂書店・三芳屋書店）、『競演落語十八番』（進文堂・榎本書店）、『小さん落語全集』（磯部甲陽堂）、『十八番落語集』（村田松栄館）、『新選落語集』（春江堂）に掲載され、SPレコードは三代目柳家小さん・立花家圓三郎が吹き込み、LPレコ

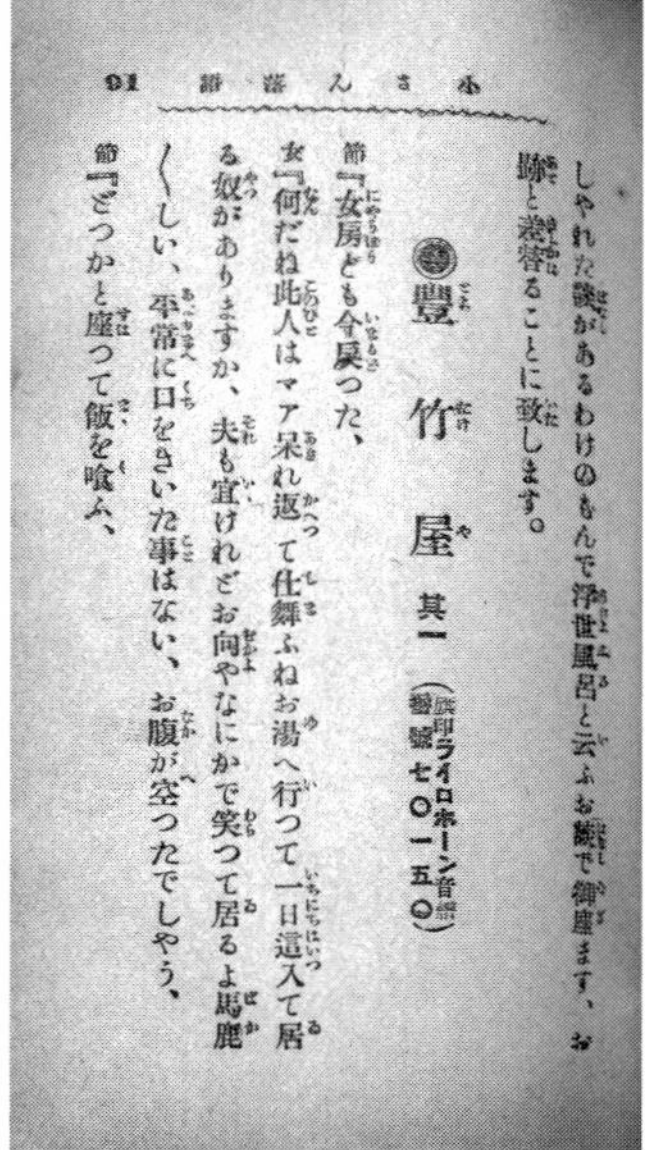
小さん落語　91

しやれた談があるわけのもんで浮世風呂と云ふお噺で御座ます、お跡と差替ることに致します。

豊竹屋　其一（旗印ライロホーン音譜番號七〇一五〇）

節『女房ども今戻つた、

女『何だね此人はマア呆れ返て仕舞ふねお湯へ行つて一日這入て居る奴がありますか、夫も宜けれどお向やなにかで笑つて居るよ馬鹿〳〵しい、平常に口をきいた事はない、お腹が空つたでしやう、

節『どつかと座つて飯を喰ふ、

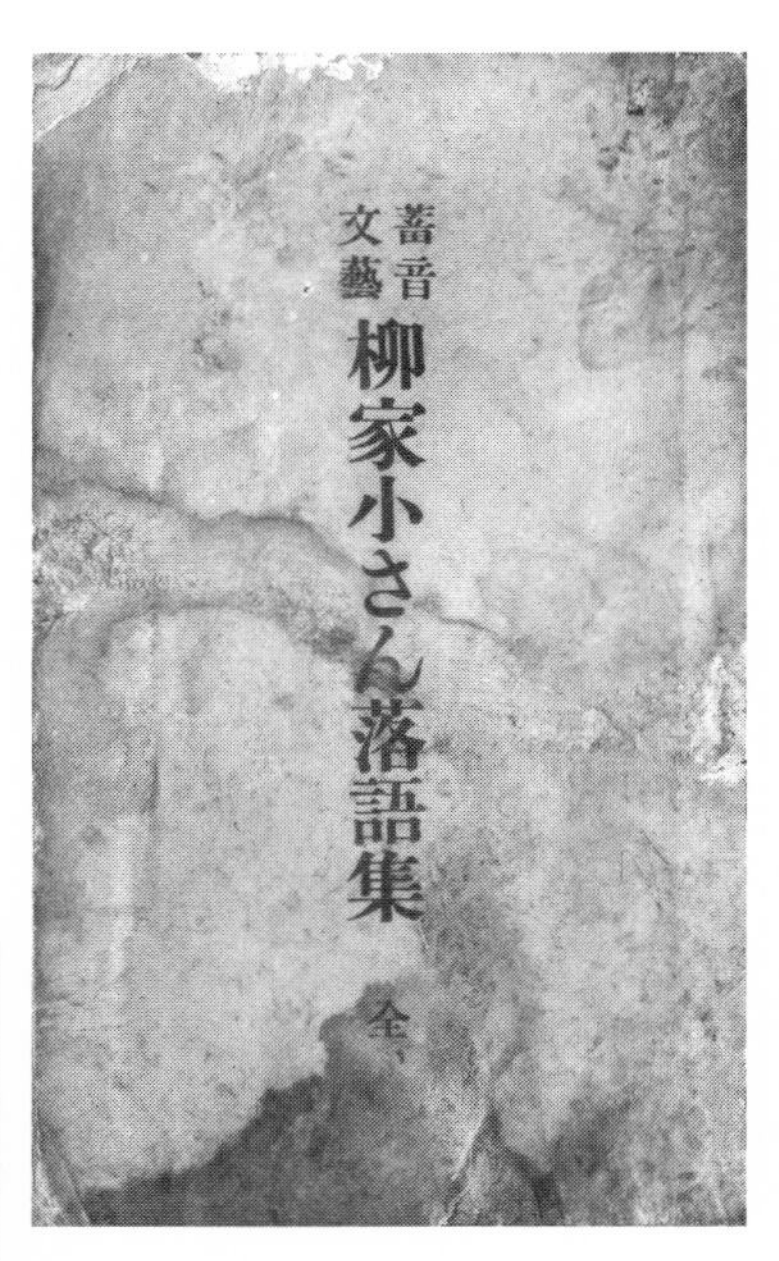

『蓄音文藝 柳家小さん落語集』（三光堂本店・山口屋書店、大正２年）の表紙と速記。

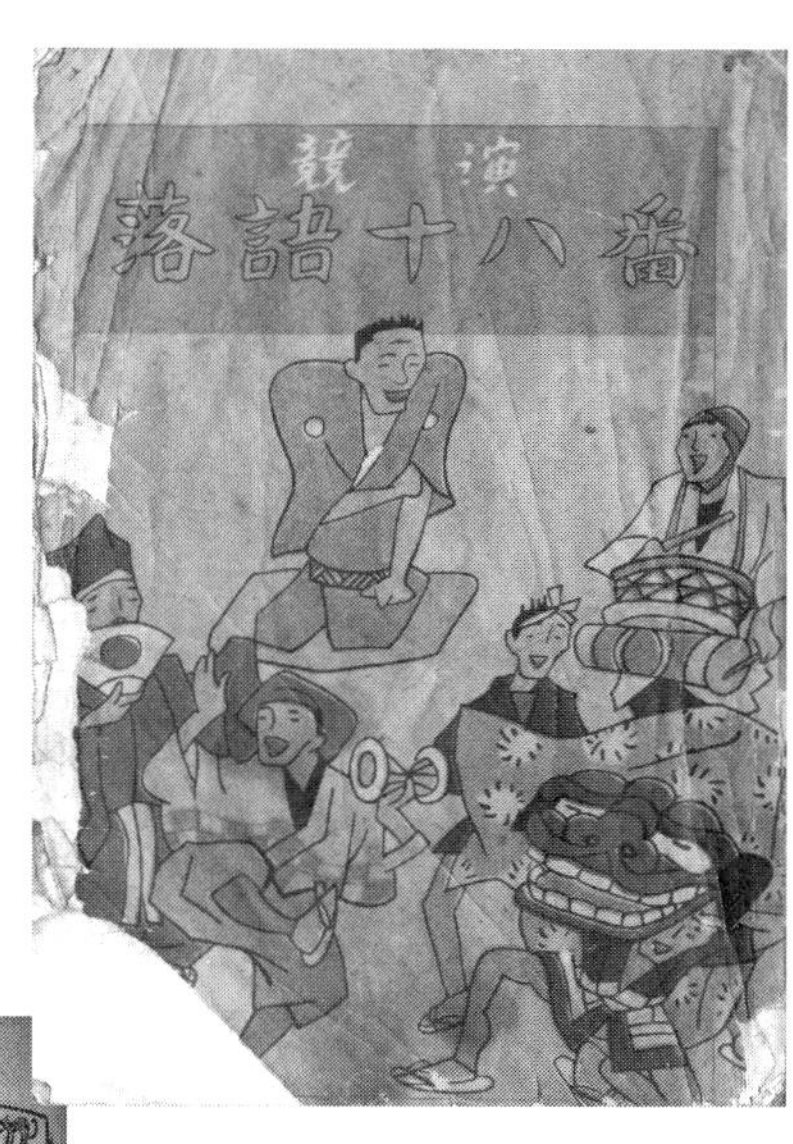

両人は顔見合して　両「オヤマー」

◎節右衛門　哥楽

先づ大阪の名物と申せば浄るりで、東京は清元やとか、常盤津やとか一中節やとか其の他都々逸、端歌と云ふやうに之れらは東京の御方に限ります、これは何んでかと申すと全然音の出所が違ひます、先づ物を云ふても、オイナンダイ、ドウスルンダイとお頭の天辺から聲が出ますが大阪はさうじやございません、ソレナンダスイナ、ドウデヤスチらやうな工合で腹から聲が出まする、又それが紀州邊になりますと、首筋から聲が出ます……従つて關西では浄瑠璃に凝る人が澤山ございます「素人は藝が下手ほど上手なり、上手になれば家がへたばる」茲に何を見ても浄るりをやりたいと云ふ人がございます、人呼んで通稱竹屋節右衛門さ

……(121)……

『競演落語十八番』（進文堂・榎本書店、大正13年）の表紙と速記。

新選落語集

吉「ナカ〳〵あざやか〳〵……コレ定吉、布團を出して何うするのじや」

定「夜具拂ひまへう」

◎節右衛門　　桂　文三

先づ大阪の名物と申せば淨瑠璃で、東京は淸元やとか、常盤津やとか、一中節やとかその他都々逸、端歌と云ふように之れらは東京のた方に限ります、これは何んでかと申すと全然音の出所が違ひます、先づものを云ふても、オイナンダイ、ドウスルンダイとた頭の天邊から聲が出ますが大阪は然うじやございません、ソレナンダスイナ、ドウデヤスちうような工合で腹から聲が出ます、又それが紀

○節右衛門　八十一

『新選落語集』（春江堂、大正13年）の表紙と速記。

兩人は顔見合して 両「オヤマー」

○節右衛門

哥楽

先づ大阪の名物と申せば淨るりで、東京は清元やとか、常盤津やとか一中節やとか其の他都々逸、端歌と云ふやうに之れらは東京の御方に限ります、これは何んでかと申すと全然音の出所が違ひます、先づ物を云ふても、オイナンダイ、ドウスルンダイとお頭の天邊から聲が出ますが大阪はさうじやございません、ソレナンダスイナ、ドウデヤスチらやうな工合で腹から聲が出まする、又それが紀州邊になりますと、首筋から聲が出ます……從つて關西では淨瑠璃に凝る人が澤山ございます『素人は藝が下手ほど上手なり、上手になれば家がへたばる』茲に何を見ても淨るりをやりたいと云ふ人がございます、人呼んで通稱竹屋節右衛門さ

……（121）……

『十八番落語集』（村田松栄館、大正13年）の表紙と速記。

ード・カセットテープ・CDは、六代目三遊亭圓生・二代目三遊亭百生などの各師の録音で発売されました。

百生師は、上方色が濃厚で、昔のギャグや、当時に流行っていた事柄まで入れ、楽しい一席に仕上がっています。

昭和四十九年〜五十三年まで放送された、大阪朝日放送の人気番組だった「夕焼け笑劇場」の月曜日は「仁鶴のとんち教室」で、その中での大喜利の「ベンベン」のコーナーは、「豊竹屋」を引用した遊びでした。

この趣向は、昔から漫才でも演じられていましたが、すべてが「豊竹屋」の形式を踏襲した形だったといえましょう。

太夫が謎を出して、それを三味線が駄洒落で返すという趣向ですが、謎や答えが突飛過ぎると、落語の世界が崩れますし、古過ぎては観客は理解できず、笑うにも笑えません。

この辺りの加減を考えて、昔の和やかさを加えながら、爽やかに演じると、ネタの楽しさが光ってくるでしょう。

「駄洒落のアイデアだけで、何とかなる」と考え、義太夫を習いもせず、「豊竹屋」を演じる者もいますが、形にならないのは、誰が見ても明らかです。

また、義太夫以外の邦楽を習って、「豊竹屋」を演じる者もいますが、奇妙な節廻しのネタになるだけに、短編とはいえ、上演するには難易度の高いネタといえましょう。

その場の様子を折り込んで語る浄瑠璃を、三味線が駄洒落で拾うという趣向も、さまざまな考え方があり、私の場合、節右衛門が「こんな駄洒落で拾ってくれたら、嬉しい」と思いながら、自らも三味線の駄洒落を推測し、問い掛けの浄瑠璃を語るようにしています。

少しだけしか登場しませんが、風呂屋の客や、節右衛門の妻は、どんな気持ちで節右衛門と共に過ごしているかと考えるだけで、楽しくなるでしょう。

因みに、東京落語では、節右衛門の家を訪れる三味線方は「三味線堀の花梨胴八」という名前ですが、私の場合は「横町の糸澤胴駒」としています。

景清
かげきよ

刀の鍔（つば）や飾りを拵（こしら）える仕事の目貫師で、「京都で、一と言うて、二と下がらん」という立派な腕を有してる定次郎が、ソコヒ（※緑内障）という目の病いで、両眼が見えんようになった。

至っての見栄張りで、いつも杖を担（かた）げて、鼻唄を唄（うと）て、歩いてる。

定「（唄って）開いた目で見て、苦労するよりも、いっそ見えぬが、マシであろ。チャラチャンのチャンチャンで、ナラメコホイホイか！」
甚「ケッタイな唄を唄てるのは、定次郎と違うか。一体、どこへ行く？」
定「その声は、甚兵衛はんで？　今から、お宅へ寄せてもらおと思て」
甚「最前、ウチは通り越したわ」

定「わかってるけど、唄の食い切りが悪いよって」
甚「また、片意地なことを言うてる。手を叩くよって、此方へ来なはれ。(ポンポンと、手を鳴らして)さァ、此方じゃ。右に犬が寝てるよって、左へ寄り」
定「いや、その手は食わん。最前、隣り町で、『左へ寄ったら、犬が寝てる』と言われて、右へ寄ったら、犬の頭を踏んで、吠えられた。私は、人が言う反対へ行く」
甚「わしは、そんな根性の悪いことは言わん。コレ、右へ寄ると危ない。ソレ、犬の尻尾を踏んだ！」
定「あァ、居った」
甚「居るよって、居ると言うてるわ」
定「世の中には、長い犬が居るわ。最前、隣り町で頭を踏んで、今、尻尾を踏んだ」
甚「それは、犬が替わってるわ。さァ、此方へ入りなはれ」
定「ほな、上がらしてもらいます。杖を草履の鼻緒の間へ通しといたら、忘れる心配が無い。(座敷へ上がって)どうも、御機嫌さん」
甚「目の塩梅は、どうじゃ？」
定「へェ、追々と」
甚「ほゥ、良えか？」

定「いや、悪い」
甚「コレ、追々と悪いと言う奴があるか。医者は、どう言うてる？」
定「どの医者も診立ては一緒で、『もう一寸（ちょっと）、早う（はよ）診せに来たら』とか、『あァ、手遅れや』とか、情け無いことばっかり言うよって、諦めてしもて」
甚「コレ、自棄（やけ）になりなはんな。今では、目貫師の定次郎という名前が、東の方まで知られてる。目を治して、仕事をする気にならんか？」
定「そうしたいのは山々でも、目が見えんと何も出来んし、医者も匙を投げてる」
甚「医者を頼らんでも、神仏の袖へ縋（すが）って、片眼だけでも開けてもらいなはれ」
定「願掛けやったら、『柳谷の観音さんが、目に霊験あらたか』と聞いたよって、三七、二十一日通て」
甚「ほゥ、どんな塩梅やった？」
定「十日ぐらいで、ウッスラと障子の桟（さん）が見えたり、人が前を通ったら、影が追えるようになったよって、神信心は有難いと思て。お賽銭を持って、一生懸命、日参しました。二十一日の満願の日に、母親が『随（つ）いて行く』と言うのを、『一人で、お願いする』と言うて、一人で柳谷の観音さんへ、お籠りして。昼間でも怖い柳谷の観音さんで、延命十句観音経を唱えました。（唱えて）観世音南無仏、与仏有因与仏有縁、仏法僧縁常楽

我浄、朝念観世音、暮念観世音、念々従心起、念々不離心。（女の声になって）観世音南無仏、与仏有因与仏有縁、仏法僧縁常楽我浄、朝念観世音、暮念観世音、念々従心起、念々不離心」

甚「ケッタイな声を出して、何じゃ？」

定「一寸離れた所で、女子の声がする。こんな夜中に、女子が居る訳が無い。（唱えて）観世音南無仏、与仏有因与仏有縁、（女の声になって）仏法僧縁常楽我浄、（唱えて）朝念観世音、暮念観世音、（女の声になって）念々従心起、念々不離心。何遍聞いても、女子の声。狐や狸が、心を迷わせに来たと思て、思い切って、声を掛けた。『そこで声がするのは、お女中のようで。一体、誰方？』『無理なお願いがございまして、お籠りをしております』『声の様子では、若いお女中のようで。お願いは、（親指を出して）コレですか？』『コレとは、何です？』『（親指を出して）ヘェ、コレですわ』『はァ、コレと申しますと？』『（親指を出して）いや、コレですがな！』。コレでは、わからんはずや。向こうも、目が見えん」

甚「女子も、目が見えんか」

定「『両親が達者な内に、目を開けていただきとうて、お籠りをしてます』『私も、母親が生きてる内に、片眼だけでも開けてもらおと思て。一緒にお願いをしたら、御利益を仰山いただけるかも知れん』『ほな、そうさしていただきます』。二人で肩を並べて、(唱えて)観世音南無仏、与仏有因与仏有縁、(女の声になって)仏法僧縁常楽我浄、(唱えて)朝念観世音、暮念観世音、(女の声になって)念々従心起念々不離心。髪の油の良え匂いがしてきたよって、小指と小指を絡ませて」

甚「コレ、何をする!」

定「狐や狸かも知れんよって、指の先を探っただけですわ。人間やったら、指の先が五つに分かれてます。魔性の物は、指先が丸い。ソッと指先を探ったら、五つに分かれてる。小指と小指を絡ませると、女子も力を入れてきて。有難いと思て、一本・二本・三本・四本・五本・六本。六本は無いけど、グッと握ったら、グッと握り返してくるよって、そのまま、ダァーッと押し倒して!」

甚「コレ、何をするのじゃ!」

定「とうとう、嬉しい仲になりまして。『これを御縁に、宜しゅうお願いします』『此方こそ、宜しゅうに。不思議な御縁で、こんな仲になりました。お近付きの印に、小料理屋で一杯』と言うて、手に手を取って、山を下りると、鶏の鍋で一杯やりまして」

甚「銭は、どうした?」

定「それは、賽銭箱を引っ繰り返して!」

甚「コレ、罰当たりなことをしなはんな。目は、どうなった？」
定「明くる日から、うずいて、うずいて！」
甚「当たり前じゃ！　命があっただけ、マシと思え」
定「腹が立ったよって、観音さんに文句を言いに行った。『ヤキモチを焼くのも、ええ加減にせえ！　お宅の前で、仲良うなった。これが縁で夫婦になったら、あんたが仲人や。盆暮れに、鮭の一本もブラ下げて、挨拶に来るわ。ヤキモチを焼いて、罰を当てやがって。もう、お前の世話にはならん！』と、啖呵を切って帰ってきて」
甚「そんな料簡では、目は開けてもらえんわ。柳谷の観音さんへお詫びをして、改めて、日参さしてもらいなはれ」
定「いや、もう宜しいわ。目貫師は諦めて、按摩にでもなろと思て」
甚「それも悪い思案やないけど、定次郎が日本一の名人になると思てるのは、わしだけやない。『定次郎は、どうじゃ？　一体、どうしてる？』と言うて、皆が案じてるわ。後々、『定次郎という目貫師が、立派な仕事を残した』と言うてもらえる品が、一つでもあるか？　こんな塩梅では、情け無い。わしの言うてることが、間違てるか？」
定「もし、甚兵衛はん。これは、私のことです。言われんでも、わかってますわ！　小さい時分から、親方に頭をドツかれて、修業をした。目は見えんでも、真似事ぐらい出来ると思て、仕事場で金槌と鑿（のみ）を持ったけど、これだけは手探りでは出来ん。母親は泣くし、情け無い。いっそのこと、死のうと思て」
甚「さァ、そこじゃ！　死ぬ気になったら、一心が定まる。もう一遍、神信心をしなはれ」
定「柳谷の観音さんを、しくじってますわ」
甚「柳谷の観音さんだけが、仏さんやない。手近な所で、清水の観音さんがあるわ」
定「清水の観音さんは、目の方をやりますか？」
甚「コレ、医者のように言いなはんな。清水の観音さんは、目に縁が無いこともない。その昔、平家の武士で、悪七兵衛（あくひちびょうえ）景清という豪傑が、平家が滅んだ後、源頼朝の命を狙（ねろ）た。奈良の大仏供養の時に捕まって、命の無い所を、頼朝に助けてもろて。恩が出来て、命は狙えんようになったけど、源氏の御世（みよ）を見るのは辛いと思て、自分で両眼をくり抜いて、清水さんへ奉納したという話がある。一生懸命、日参しなはれ」
定「それは、あかんと思いますわ。観音仲間の寄合があった時、柳谷の観音さんが、『おい、清水の。お前の所へ、定次郎という男が日参してるやろ。ウチで、こんなことをした』『あァ、そうか』と言うて、スッと帳面へ筋を引かれるのと違いますか？」
甚「観音さんは、そんな意地の悪いことはなさらん。定次郎の目は、仏罰（ぶつばち）を被ってる。百日の日限を定めて、百日で開かなんだら、二百日。二百日で開かなんだら、三百日。三年や五年掛かっても、目を開けてもらえるまで、日参しなはれ。『信あれば、徳あり』という言葉もあるよって、一心込めて通たら、御利益がいただけるわ」

定「ほな、そうします！」

口では無茶を言うても、至って、根は善人。
心を入れ替えて、清水寺へ日参する。
月日に関守無し、光陰矢の如し。

定「今日は、百日の満願や。この坂も、今日で上(のぼ)り終いにさしてもらいたい。あァ、仰山のお参りや。今日は十八日で、観音さんの御命日か。百日の満願が、観音さんの御命日やなんて。仰山、御利益をいただけるかも知れん。早う行って、目を開けてもらおか。

(御詠歌を唱えて) 松風や　音羽の滝の　清水の」

○「檜皮(ひわだ)屋根の建立！〔ハメモノ／禅の勤め。三味線・大太鼓・銅鑼で演奏〕お蝋燭(ろうそく)は、六文より献じられまァーす！」

定「一寸、通しとおくなはれ。(財布の銭を、賽銭箱へ放り込んで) 観音さん、定次郎でございます。百日の間、一日も欠かさず、お参りをさしてもらいました。今日は、百日の満願。どうぞ、目を開けてもらいますように。（唱えて）観世音南無仏、与仏有因与仏有縁、仏法僧縁常楽我浄、朝念観世音、暮念観世音、念々従心起、念々不離心。どうぞ、両眼が明らかになりますように。（目を開けようとして）観音さん、定次郎です。どうぞ、宜しゅうに。（唱えて）観世音南無仏、与仏有因与仏有縁、仏法僧縁常楽我浄、朝念観世音、暮念観世音、念々従心起、念々不離心。どうぞ、両眼が明らかになりますように。（目を開けようとして）キッカケが無かったら、観音さんも開けにくい。手拍子を三つ打つよって、宜しゅうに。ほな、行きますわ。一イ、二の、三つ！（ポンと手を鳴らし、目を開けようとして）もし、観音さん！ わしの目を、よう開けんのか？ ほな、三日目ぐらいで、夢枕へ立って、『よう開けん』と言うてくれ。毎日、賽銭ばっかり取りやがって。詐欺！ 盗人！」

甚「（定次郎の頭を叩いて）コレ！」

定「（頭を抱えて）目の見えん者の頭を叩くのは、誰や？」

甚「あァ、わしじゃ」

定「その声は、甚兵衛はんですな」

甚「心配になって、後を随けてきた。こないだ、『定次郎の目は、仏罰を被ってる。百日で開かん時は、二百日・三百日と、気長に通わせてもらえ』と言うたじゃろ」
定「あァ、あんたは偉いわ！　一寸、此方の身になってみなはれ。年老いた母親の手内職で、賽銭を捻り出してくれてる。その内に、親子二人が干上がってしまうわ」
甚「お賽銭を上げたら、御利益があって、お賽銭を上げなんだら、目を開けてもらえんということは無い。信心は、お参りをする者の一心が」
定「いや、もう宜しい！　目を開けてもらえなんだら、家へ帰れん。この着物は、手の痛い母親が縫うてくれた。家を出る時、後ろから着せ掛けて、『コレ、定よ。やっと、満願の日までに縫い上がった。これは縞物やよって、この柄が見えるようになって帰っといで』という声が、耳の底に残ってる。母親に『開けてもらえなんだ』と言うたら、ガッカリして、死んでしまう。母親に死なれたら、私も生きてられん。一人ならずも、二人まで殺すのは、この観音のせいや。軽う見積もっても、三年の島流し！」
甚「観音さんを、島流しにする奴があるか。わしも乗り掛かった船だけに、親子を養おやないか。ウチの離れへ親子で住んで、三度の物も食べさせる。お賽銭を持たせて、お参りにも行かせるよって、目を開けてもらえるまで日参しなはれ」
定「ほんまに、甚兵衛はんは良え御方や。お宅の親切が、例え半分でも観音にあったら！」
甚「コレ、愚痴なことを言いなはんな。（合掌して）根は良え男ですよって、御勘弁を。

後から、篤と言い聞かせます。さァ、立ちなはれ。（定次郎の膝前の砂を払って）あァ、砂だらけじゃ」

定「観音、これを見習え！」

甚「コレ、罰当たりなことを言いなはんな。手を引くよって、此方へ来なはれ」

定「ヘェ、おおきに。ここへ来る時は、一人で来ました。帰りは、甚兵衛はんと二人ですわ。（芝居口調になって）一人来て、二人連れ立つ、極楽の」〔ハメモノ／鐘の声。三味線で演奏。『清水寺の鐘の声』の唄の途中で、銅鑼を打つ〕

甚「コレ、芝居をする奴があるか。石段があるよって、気を付けなはれ」

定「手を引いてもらわんでも、一人で下りますわ」

石段の一番下へ杖が下りた時、空の隅へ黒雲が現れると、磨る墨を流すが如く、空一面へ広がって、大粒の雨がポツッ、ポツッ。〔ハメモノ／雨音。〆太鼓・大太鼓・銅鑼で演奏〕

その内に、車軸を流すような雨が、ザァーッ！

雷が、ガラガラガラガラッ！

甚「この男は、目が見えん。コレ、押さんように！」

×「コラ、目も糞もあるか！　さァ、そこを退け！」
定「甚兵衛はん、どこへ行きなはった？　もし、甚兵衛はん！」

人波に呑み込まれた甚兵衛は、向こうへ行ってしまう。
急に巻き起こった竜巻が、定次郎を巻き込んで、中天高く、ビューッ！
キリキリキリキリッ、ドシィーン！
どれぐらい時が経ったか、どこかへ黒雲は行ってしまう。
雨も止んで、木々の間から漏れ出ずる、陽の光。
木の葉へ溜まった雫が、定次郎の口へ、スルスルスルッ。

定「ここは、どこや？　甚兵衛はんとはぐれてから、覚えが無い。杖はあるけど、一体、どこや？　池や沼へ落ちても、惜しい命やない。ボツボツ、歩いて行こか」

杖に縋って歩き出すと、お堂の扉が、ギィーッと開いて、出てこられたのが、清水寺の御本尊・楊柳観世音。
柳の枝を手に持って、それへ指して、ズゥーッ！　〔ハメモノ／ドロドロの後、楽。三味線・大

太鼓・能管・当たり鉦で演奏〕

観「善哉(せんざい)、善哉！」

定「こんな所に、善哉屋があるか？　ケッタイなことを言うのは、甚兵衛はんで？」

観「我は、甚兵衛にあらず。当・音羽山、楊柳観世音なるぞ」

定「えッ、観音さん？　こうなったら、直談判や！　私の目は治るか、治らんか、何方(どっち)です？」

観「汝(なんじ)の目は、悪業因縁深きを以て、治らぬ」

定「もし、そんな不人情な言い方をしなはんな。そこを、何とかなりませんか？」

観「なれども、汝の母が、我を念ずること久し。その信心に愛(め)で、汝へ両眼を貸し与えん」

定「お宅に、貸し目がありますか？」

観「貸し目とて無けれども、その昔、平家の武士・悪七兵衛景清と申す者。我と我が手で両眼をくり抜き、当音羽山へ奉納せり。その目を、汝へ貸し与えん」

定「景清は、昔の人や。カチカチに、干からびてるのと違いますか？」

観「我も、そのように思うた故、三日前から塩水へ浸け置きたり」

定「わァ、数の子や。ほんまに、景清の目を貸していただけますか？」
観「努々(ゆめゆめ)、疑うこと勿(なか)れ。観音経を唱えてあれ、善哉、善哉！」
定「直に、善哉屋を呼ぶわ。今のことは、ほんまですか？（頬をつねって）あァ、痛いッ！　やっぱり、夢やないわ。観音さんが、観音経を唱えるように言うてはった。（唱えて）観世音南無仏、与仏有因与仏有縁、仏法僧縁常楽我浄、朝念観世音、暮念観世音、念々従心起、念々不離心。観世音南無仏、与仏有因与仏有縁、仏法僧縁常楽我浄、朝念観世音、暮念観世音、念々従心起、念々不離心。〔ハメモノ／薄ドロ。大太鼓で演奏〕（目が開いて）あァ、綺麗な夕焼けや。あッ、見える！　おォ、わしの手や。ほんまに、御機嫌さん。久し振りやけど、達者やったか？　（右手の人指し指で、左手の指を数えて）一本・二本・三本・四本・五本・六本・七本・八本・九本。わァ、一本足らん！　（人指し指と親指の間を指して）あァ、ここが広い！　ここに、一本あったに違いないわ。（両手で、左右の指の本数を数えて）一本・二本・三本・四本・五本・六本・七本・八本・九本・十本！　あァ、あった！　観音さん、有難うございます。改めて、御礼に参りますわ。昔の物は、玉の出来が良え。蟻が、アリアリ見えるわ。景清の目を入れてもろて、力が満ち溢れてきた。目が開いたのを、母親に見せて、喜ばせたろ」

喜んで山を下りて、寺町まで来ると、向こうから大名行列が来た。

京都は王城の地だけに、御所へ遠慮して、「下に、下に」と言わずに、「控え、控えェーッ！」と言うたそうで。

金紋・先箱・大鳥毛（おおとりげ）、行列美々（びび）しく、「控え、控えェーッ！」〔ハメモノ／大拍子。三味線・〆太鼓・大太鼓・当たり鉦・篠笛で演奏〕

皆が道の両側へ座って、定次郎も同じように控える。

そこへ出てきたのが、目の見えん男の子で、恐れもなく、行列の前を横切ろうとした。

侍「それなる小児、無礼であろう！」
△「お侍様、恐れ入ります。その子は、目が見えません。どうぞ、お許し下さいませ」
侍「いや、ならん！　無礼討ちに致す故、それへ控えよ！」
定「（大手を広げて）侍、待った！　わしも、目が見えなんだ。その辛さは、身に染（し）みて、わかってる。況（ま）して、子どもを無礼討ちにするとは薄情な。さァ、わしが相手をするわ！」
武「コレ、狼藉者じゃ。方々、出合え！」

大勢の侍が出てきて、定次郎を取り押さえようとする。

定次郎には景清が乗り移って、百人力になってるだけに、右から来る奴を摑んでは右へ投げ、左から来る奴を摑んでは左へ投げ。

お殿様が乗っておられる駕籠に近付くと、いきなり棒端（ぼうばな）へ手を掛けて、

定「乗り物、やらぬ！」〔ハメモノ／ツケ〕

殿「行列の妨げをなす狼藉者、名を名乗れ！」

定「我が名が聞きたくば、名乗って聞かせん。耳を淩（さら）えて、よく承れ！〔ハメモノ／一丁入り。三味線・〆太鼓で演奏〕頃は治承三年、春風立つる頃。時の権臣、小松内大臣・平朝臣（たいらのあそん）重盛公。君三世を見抜き給い、今に平家の運命、危うし、危うし。七月二十九日に雲隠れ遊ばしてより、平相国（へいしょうこく）清盛入道、我意盛んにして、近臣の諫めを用いず、栄耀栄華（えいようえいが）を極めたりしが、奢る平家は久しからず。平家、壇の浦の藻屑となる。我、無念ながら戦場を切り抜け、恨み重なる頼朝に、せめて一太刀報いんと、夜叉法師と姿を変じ、南都東大寺大仏供養へ紛れ込み、今一息という折柄、智者と呼ばれし畠山庄司重忠に見破られ、既に命の無き所、頼朝、我の器量を惜しみ、『我に随身（ずいしん）なさば、平家倍増しの知行

で召し抱えん』とのことなれど、『暑くとも、悪木の蔭に佇もうや。渇しても、盗泉の水食らわず』とは、義者の戒め。なれど、命を助けられし恩人にも違い無し。『我に両眼あらば、終生、仇と付け狙う』と思い、我と我が手で両眼くり抜き、音羽山清水寺に奉納せり。今、定次郎の姿を借り受け、両眼、世に出る上からは、姿形は変われど、心は正しく、平家の武士・悪七兵衛景清なるわ。この小児を許さんとあらば、汝ら如きの下に居ろうや、奇怪千万。何を、小癪な！」

大見得を切ると、お殿様は駕籠から、お出ましになって、

殿「その方の怪力は、恐れ入った。それに免じ、小児は許して遣わす。しかしながら、平家の武士・悪七兵衛景清の目を借り受けたとは、妙じゃのう」
定「いや、何の妙なことがあろう。我は、京都一の目貫（抜き）師じゃ！」

解説「景清」

師匠（二代目桂枝雀）が「景清」を初演したのは、平成四年十月二日～四日に開催した、大阪サンケイホールの「桂枝雀独演会」でした。

ネタに趣向を加えようと、物語のラストで、定次郎の目が開いたあと、場内が暗転となり、舞台転換が行われ、再び、舞台が明るくなると、浄瑠璃の見台の前に、裃を着けた師匠と、三味線は女流義太夫の竹本角重師、ツレ弾きに桂雀司（現・文我）が並び、浄瑠璃「壺阪観音霊験記」のラストの「萬歳唄」の部分を語り、終演とする段取りになったのです。

師匠と私は、何度も角重師の許へ稽古に通い、万全の態勢で本番に臨みましたが、舞台は魔物で、何が起こるかわかりません。

師匠・角重師・私も、初日は極度の緊張に包まれましたが、大きなミスもなく、連日、アクシデントが起こらなかったのは有難いことで、不思議でもありました。

その時の音源は、『枝雀大全・第三三集』のＣＤで発売されていますので、よろしければ、お聞きくださいませ。

「景清」の原話は、元文（一六三六～四一）頃に刊行された米沢彦八作『軽口大矢数』の「祇園景清」、正徳二年江戸板『新話笑眉』巻一の十「盲人の七日参り」で、上方で演るオチは、安永二年江戸版『楽牽頭』後編『坐笑産』の「眼の玉」に掲載されています。

昔の速記本では、『松鶴の落語』（三芳屋書店）、『滑稽落語集』（同文館書店・吉岡書店）、『新作落語扇拍子』（名倉昭文館）、『むらく新落語集』（三芳屋書店）などに掲載されました。

LPレコード・カセット・CDは、八代目桂文楽・橘ノ円都・二代目三遊亭百生・三代目林家染丸・三代目桂米朝・三代目桂文我・二代目桂枝雀などの各師で発売されています。

景清を題材にした邦楽も多く、能「景清」「大仏供養」、歌舞伎「壇浦兜軍記」「娘景清八嶋日記」などが景清伝説を踏まえて成立していますが、この伝説についても、少しだけ触れておきましょう。

平家の侍大将・悪七兵衛景清は、平家没落後、源氏に一太刀報いんと、東大寺・大仏供養の際、法師に身をやつして紛れ込みますが、畠山重忠に見破られ、頼朝の情けで、一命を助けられました。

それでも怨念は消えず、頼朝の後ろ姿を見ると、一太刀報いんとし、これも両眼あるがためと、自らの両眼を抉り出し、頼朝へ差し出すと、目は日頃信仰する清水観音へ預けられ、盲目となった景清は琵琶を抱いて、日向へ落ちて行くという哀しい伝説です。

落語の話へ戻しますが、「景清」を一席の形にまとめたといわれているのは初代笑福亭吾竹で、文政後期に京都で活躍し、都喜蝶と並び称された名人でした。

「こぶ弁慶」も創作したといわれ、最初は素噺を得意とし、後に芝居噺を演じ、天保年間に

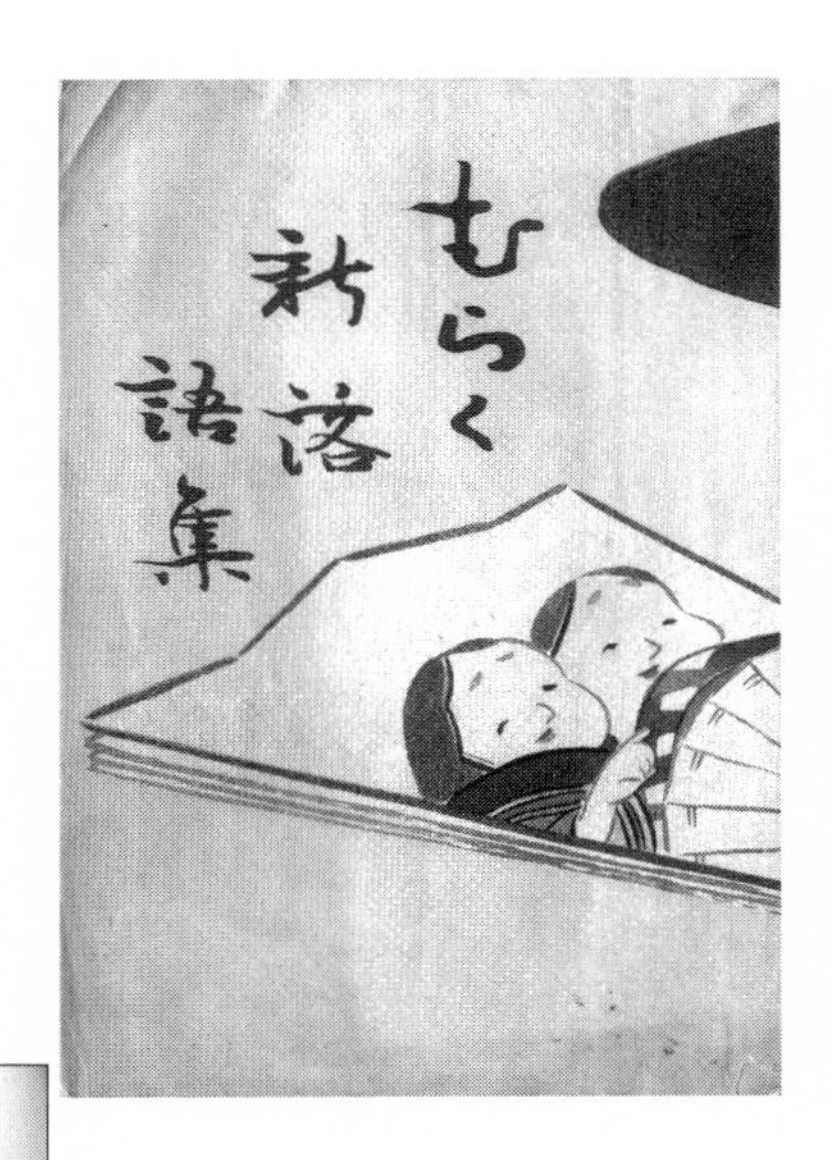

景清

一席申上ます、物には研究と云ふものがあります、落語家は種々なる事を研究せねばなりません同じ杖を突盲目さんでも中年と、子供からの盲目と、杖の突方が違ひます、役趣味事の研究ではありますが、子供の内からの盲目は杖を手許に寄て、頭を向ふへ突出して歩行ます、さうでげせう恐ひと云ふものがない赤がドンナものだか牛がドンなものだか、犬が何うするか、一向御感じがない中年者は恐ひと云ふ念が頭にあります、自然と頭を下げて、杖を向ふへ突出してお歩行になる目の悪ひ御人では巧みませんで可笑しい事があります ○「アッ痛エ何突当るンだへ △「汝が突当つたのだ、盲目め ○「盲目に突當る汝が盲目だ △「俺が盲目だ、さう云ふ汝が盲目だ ○「俺は盲目だ、オヤ梅ノ市さんじやアありませんか ○「ブー杢市さんですか何も失禮を突當らねへ内は判らねへ 兩人「御機嫌よろしゆ

153

『むらく新落語集』（三芳屋書店、明治43年）の表紙と速記。

『松鶴の落語』（三芳屋書店、大正３年）の表紙と速記。

と云ふと何しろ芋を食ふては腹を揉み、牛蒡を食つては垂れ出した屁が一パイ詰めてあるので、長持の目張を剝ると殿樣と善右衛門との鼻ッ柱へ臭いやつがフウーッと吹いて來たから堪りません、二人は鼻が千切れさうでございます。

殿「善右衛門、何うしたのぢや、此の須磨の浦風は………」

善「ハツ、殿樣に斯る粗忽なるものを差上げまして、誠に何とも申し譯もございません、嚴しく取調べたる上お詫を申し上げまする」

殿「コリヤ〳〵善右衛門、叱つてやるナ、暑氣の折柄ぢや、須磨の浦風が腐敗たと相見えるわい。」

景清物語

此のお話しは京都の事でございます、お名前にお差支がありましたら御免を蒙りますが、刀の目拔師でございまして名前を定次郎と申します、中年から目を患ひまして見えぬやうになりました、此の盲目も生來の盲目は誠に感の强いものでございますが、中途半盲目といふ奴は自分の眼が開いて居つた時の事を忘れませんから實に不器用なものでございます、晝間表を歩きますのにも杖を突いて歩きません、杖を擔いで歩いて居ります、此の定次郎も中年盲目でございます、今日も往來を大きな聲を出して歌を唄ふて歩いて居ります。

定「開いた眼で見て氣を揉むよりはいつそ盲目がましであろ………」

こんな負惜みの强い歌を唄ひながら歩つて來ました、すると向方から聲をかけた甚兵衛はん。

甚「コレ〳〵、其所へ行くのは定ちやないかい」

定「イヨー、これは〳〵甚兵衛はんでやすかいナ」

甚「甚兵衛はんぢやない、晝中に大きな聲を出して歌を唄ふて歩く奴があるかい、一體お前は何所へ行くのぢや」

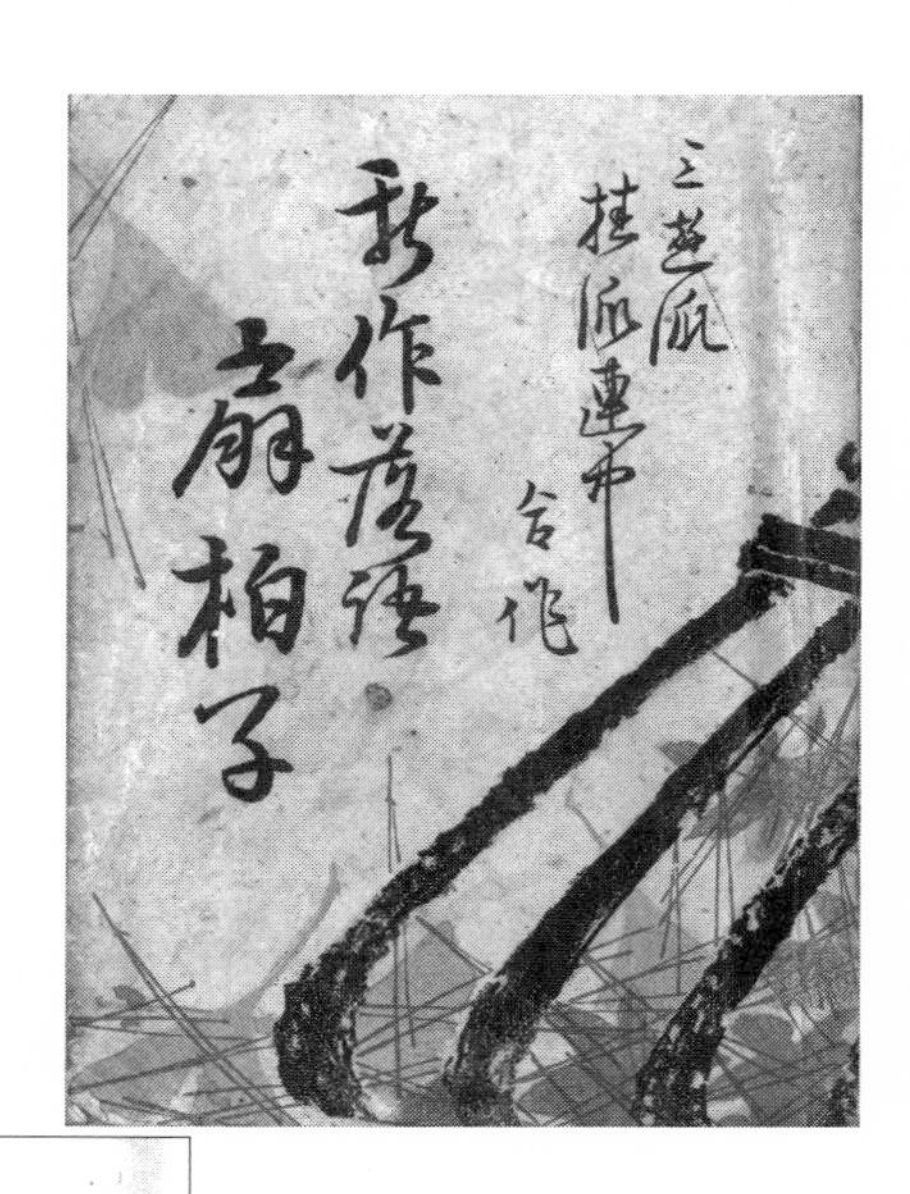

着けたら、鼠の形になるワイ、人の一心……、オー爾じや、ぬの字鼠を描いてやらう」ト、サテ一心にぬの字の鼠を描きましたら、不思議なるかな、其ぬの字鼠が脱て出て、縛られたる縄を嚙み切りました、小僧は喜んで跳り上つて居りますを、和尚サンは此様子を小蔭に見て居りましたが、アッと手を拍つて、住「ア、鼠が縄を嚙ひ断つたナア……、さても大黒の子は争へぬものじやナア」。

念悲力景清

扨てチト小長ふござりますが一席伺ひます、尤とも舊幕時代の事でござりますが、京都の人で、職業は帯刀の目貫彫で、名は定次郎と言ひます、親は幼少の節に没なりまして、母親と二人暮し、至つて仕事が上手で、一日に何両と云ふ金を儲けますけれど、又至つての

四十一

『新作落語扇拍子』（名倉昭文館、明治40年）の表紙と速記。

は「所作事ばなしの親玉」と謳われており、文政末から天保までの約二十年間、高座生活も長く、長寿だったようです。

万延二年のネタ帳に「景清」が記されており、明治初期の五代目吾竹が最も得意にしていたことから考えても、初代吾竹以降も連綿と上演され続けていたことが知れましょう。

因(ちな)みに、笑福亭という亭号は、最初は松富久亭（※吾竹より少し先輩の京都の噺家で、松竹が居る）としていたのを、吾竹が笑福亭と改めたと伝えられています。

別名は「入れ眼の景清」「盲景清」「清水景清」などと言い、上方落語と東京落語の両方を演じることが出来た名人・三代目三遊亭圓馬が、上方から東京へ移植しました。

三代目圓馬が、朝寝坊むらくを名乗った頃に刊行した『朝寝坊むらく新落語集』（三芳屋書店。明治四十三年九月）では、明治四十三年八月、上野の御霊屋(おたまや)へ雷が落ちた日として、赤電車・一円・七五銭・二五銭・巡査という言葉を使っていますし、主人公の定次郎が唱える御詠歌を「普陀落や　岸打つ」としていますが、これは西国三十三カ所第一番・那智山青岸渡寺の御詠歌。

上方落語の定次郎は目貫師ですが、東京落語では木彫師になっており、全盲になった定次郎が、石田の旦那の勧めで、赤坂の日朝様へ二十一日間、日参しますが、後に石田の旦那が、上野の清水堂の観音に願掛けを勧めるという構成になりました。

ネタの舞台を上野の清水の観音様にしたり、オチのない人情噺にしたのも、三代目圓馬の

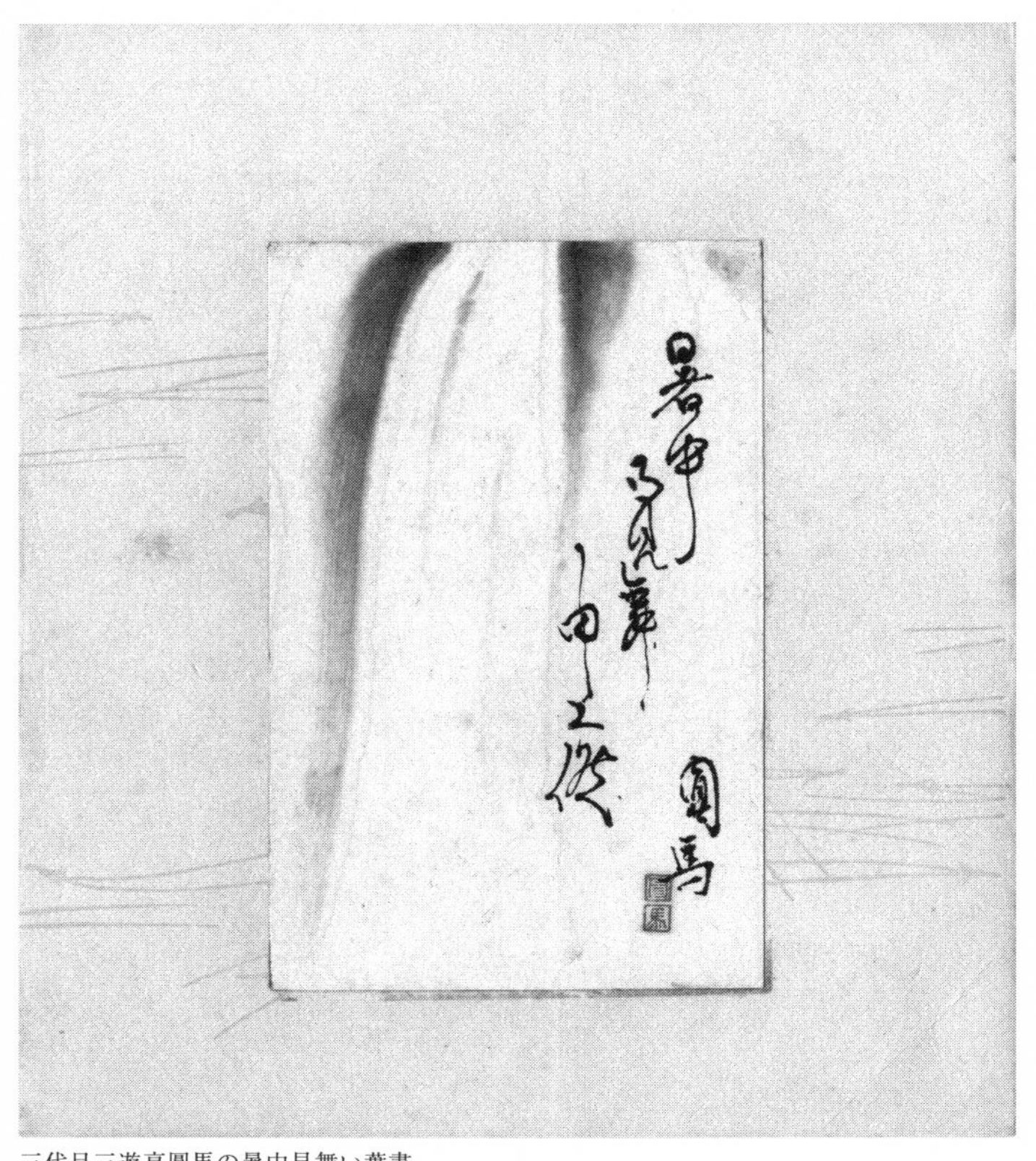
暑中御見舞申上候
圓馬
圓馬

三代目三遊亭圓馬の暑中見舞い葉書

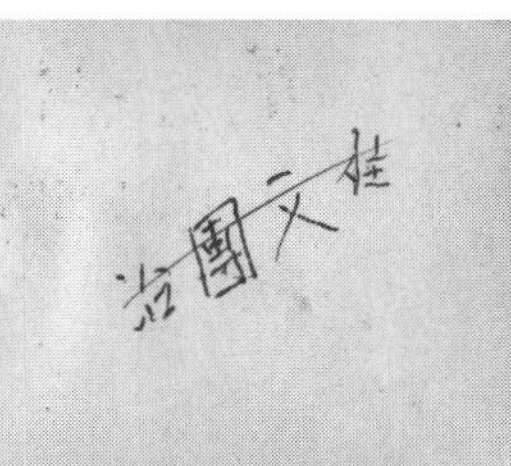

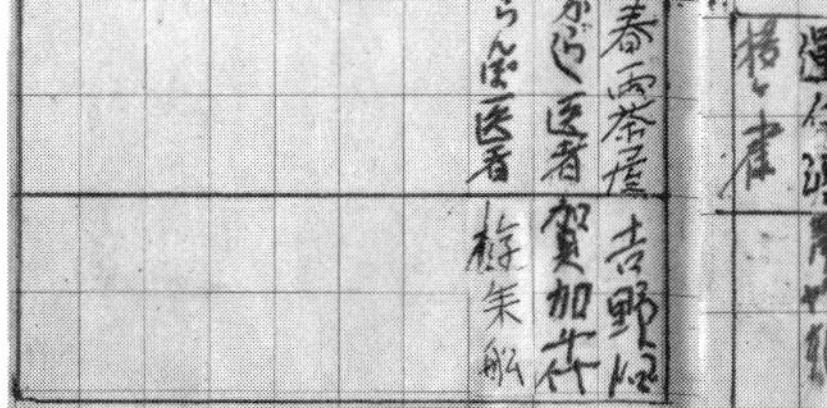

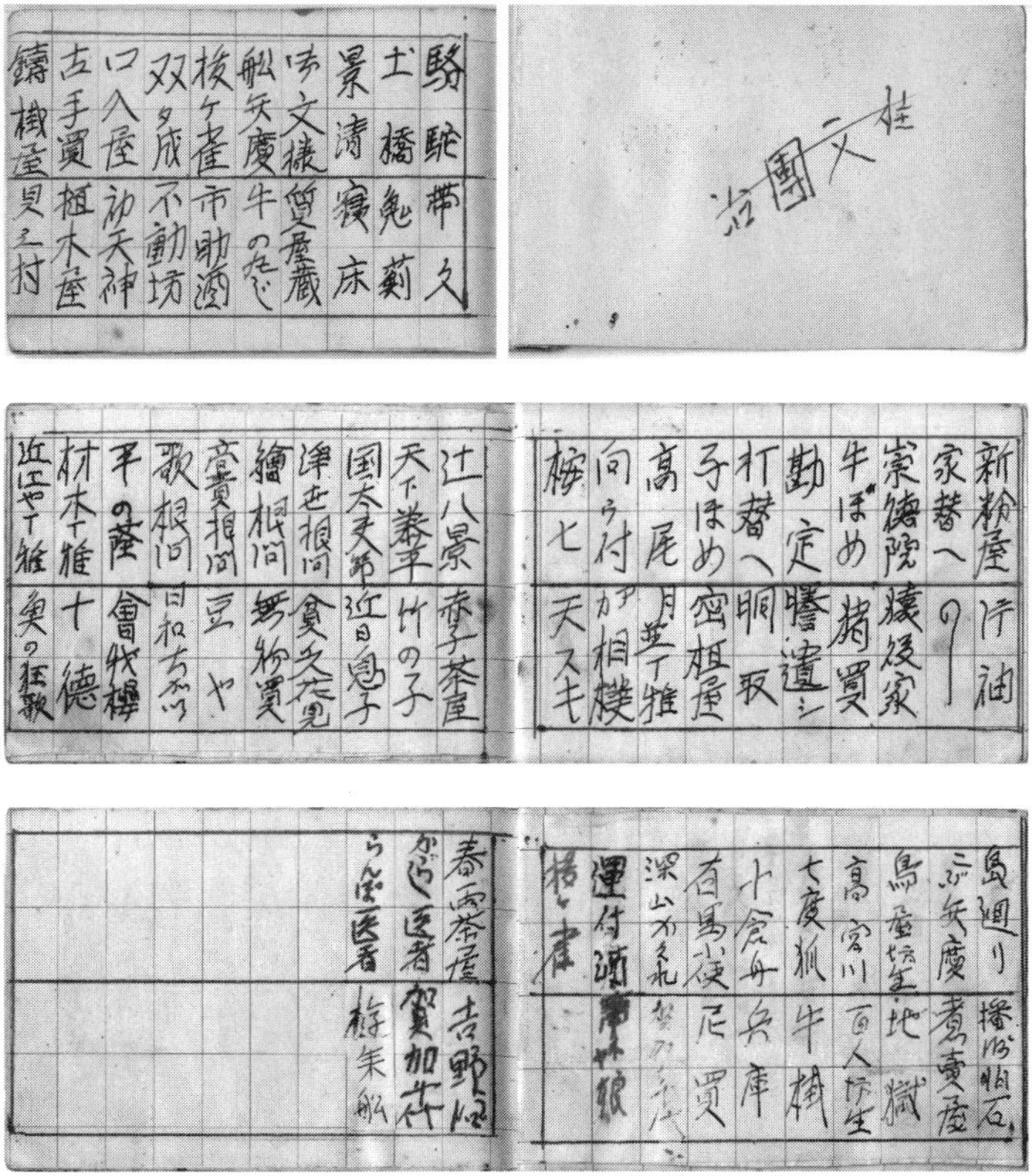

四代目桂文團治　ネタ控①

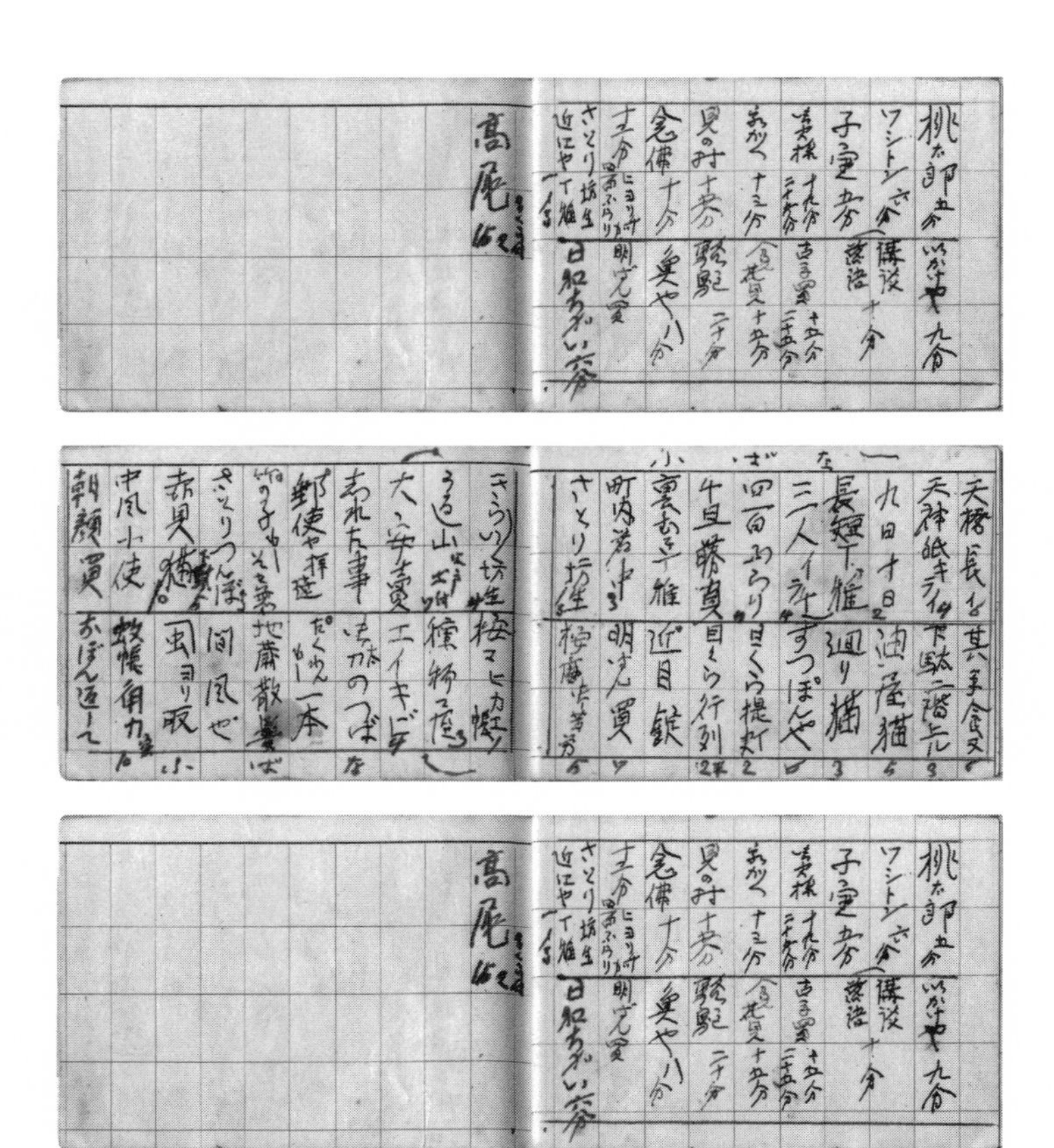

四代目桂文團治　ネタ控②

考案でしたが、『むらく新落語集』ではオチを付けており、巡査が「貴様、気が違ってるな?」と言うと、定次郎が「何、目が違っている」となります。

八代目桂文楽は、三代目圓馬から稽古を付けてもらい、得意ネタとしましたが、ネタの中で唱える観音経は本当の文句ではなく、文楽自らが、それらしく聞かせようと拵(こしら)えた物であり、文楽の「景清」には、景清という言葉も出てきません。

これは余談ですが、八代目文楽は「景清」の他に、「心眼」「大仏餅」「按摩の炬燵」と、盲人の登場するネタが多いと言えましょう。

文楽が、占いの行者に見てもらったとき、「両国橋の盲人が……」という、謎めいたお告げが二度もあり、それは塙保己一(はなわほきいち)の霊と暗示されたことで、保己一の墓参りをしたそうですし、盲人の動作を研究するとき、盲人の新内語り・柳家紫朝、「心眼」のモデルになったといわれている音曲師・極真坊楽丸、三遊亭圓丸などを観察したそうです。

「二代目桂三木助の『景清』も、立派だった」と述べていますし、昭和二十八年、月の家圓鏡改め、七代目橘家圓蔵の襲名披露のため、七月上席の大阪松竹演芸場へ訪れたとき、「七月六日より、圓蔵。小さん。文團治氏の家に行き、稽古を付けてもらう。『景清』の観音経を書いてもらう。また、『景清』の物語の台詞(せりふ)を習う」と日記に記しました。

上方落語の「景清」へ話を戻しますが、定次郎が御詠歌を歌い終わって、「禅の勧め」(※「禅」「禅つと」ともいう)という囃子に掛かる所のキッカケの台詞は、古くは「檜皮屋根の建立」と言いましたが、桂米朝師は「瓦の御寄進」とするときがあり、これは三代目三遊亭圓馬の演出に準じたようです。

しかし、『朝寝坊むらく新落語集』には、「瓦の御寄進」のあとで、ハメモノは入りません。

この時に使用する「禅の勤め」は、「天神山」「軽業」などで使う「禅」とは違い、もっと明るい雰囲気の曲で、「天王寺詣り」の天王寺境内の雑踏場面や、「地獄八景亡者戯」の冒頭シーンでも使用されます。

三味線は落ち着いて弾き、鳴物は大太鼓と銅鑼で「ドン、ガン、ドン、ガン、ドン、ドン、ガドドン、ガン」という手を繰り返しますが、各々のセンスで打ち方を変化させても、面白い演奏になるでしょう。

当たり鉦や笛は入れませんが、曲の半ばで銅鑼を打つと、寺院の雰囲気が出ると思います。

定次郎が甚兵衛に宥(なだ)められ、清水の観音から帰り掛けるとき、「一人来て、二人連れ立つ極楽の」というキッカケで銅鑼を打ち、地唄「鳥辺山」の「清水寺の鐘の声」という下座唄と共に、ゆっくり石段を下りて行く演出は、古い昔の歌舞伎芝居の型から取りました。

「清水寺の鐘の声」のハメモノについて述べると、昔、京都・東山の中腹の清水寺から、西大谷へ下る辺りは「鳥辺野」と呼ばれ、人の死骸を焼く、淋しい場所で知られていたといいます。

元禄頃、鳥辺野で「おまん源五兵衛」の心中事件があり、これを唄った俗謡を土台に、宝

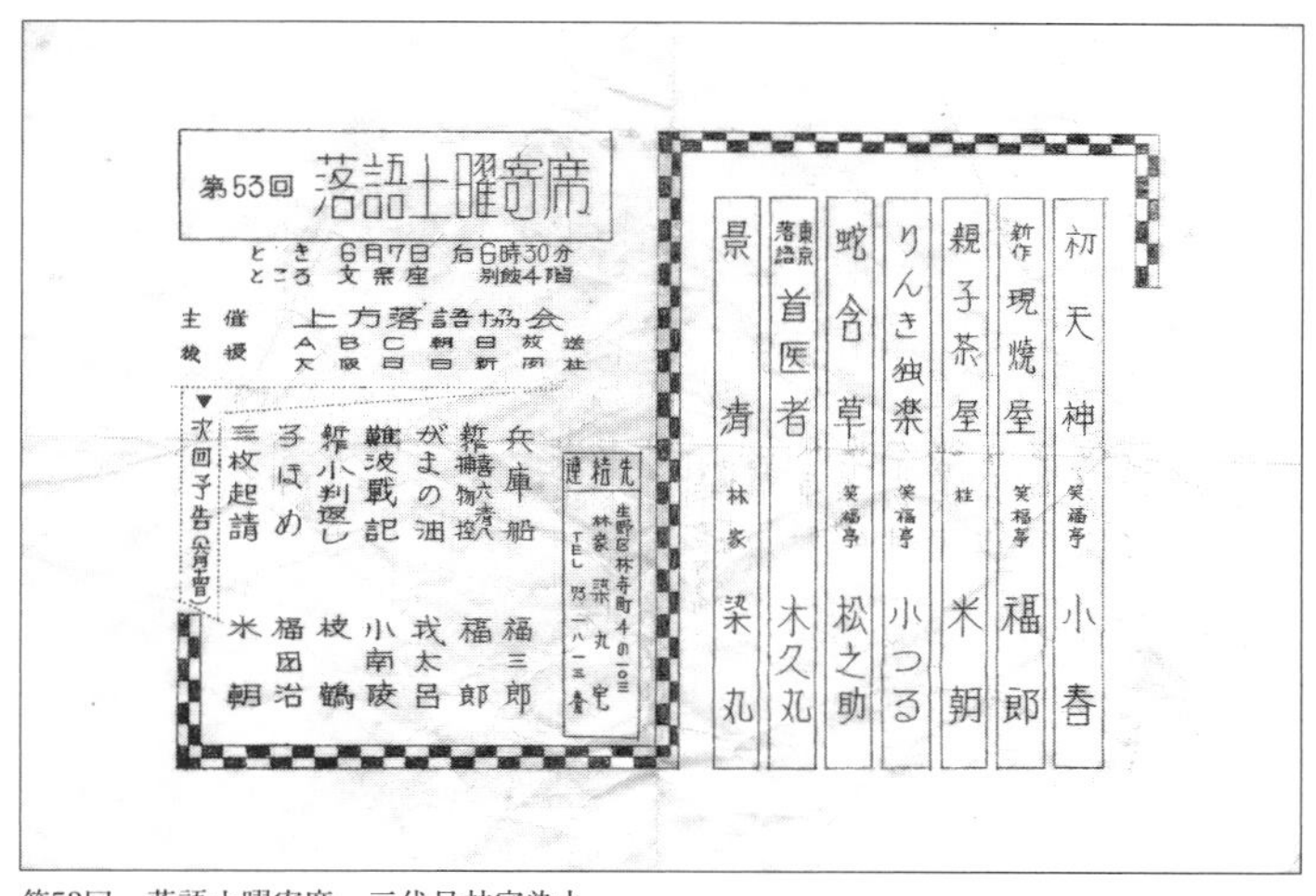

第53回　落語土曜寄席　三代目林家染丸

永三年、京都で「鳥辺山心中」という芝居が上演され、その中の「二人来て、二人連れ立つ、死出の旅」という文句の場面が評判を集めました。

同年、大坂で再演された時、主人公の名前を「お染半九郎」に替え、近松門左衛門が道行の文章を「二人来て、二人連れ立つ極楽の、清水寺の鐘の声」と書き替えた物が、二上りの地唄で残り、義太夫「太平記忠臣講釈」などに採り入れられたのです。

三味線と唄は、短い曲でありながら、ゆっくりと哀愁を帯びた演奏にしなければならないので、気が抜けません。

鳴物はキッカケの台詞で銅鑼を入れますが、唄の間で呼吸を図って打つと、雰囲気が良くなるでしょう。

〆太鼓や大太鼓、当たり鉦や笛は入れま

せん。

満願の日、甚兵衛とはぐれた定次郎の前に、観音様が現れるシーンで演奏する曲が、二上りの「楽」で、公家や高官の出入りや、神霊の出現や宮殿の場などに使用される、雅楽の雰囲気を採り入れた歌舞伎下座音楽の「楽の合方」を、寄席囃子へ編曲し直しました。

落語のハメモノでは、「景清」の他、「地獄八景亡者戯」で居並んで平伏する亡者の前へ、閻魔大王が姿を現すシーンや、「質屋蔵」で質屋の主人の前へ菅原道真公が現れる場面にも使われ、三味線は格調高く演奏し、鳴物は大太鼓と当たり鉦で、ドォーン、ドォーンという手を繰り返し、笛は能管で「楽」の唱歌を吹きます。

「楽」には、本調子で三曲、三下りにも一曲あることも述べておきましょう。

さて、このネタの舞台になる清水観音は、京都東山の清水寺のことで、奥の院下の音羽の滝は、清水寺の名前の由来になった所で、霊水として、五名水の一つとされています。

また、京都府長岡京市の柳谷観音も、昔、山の中から清泉が湧き、眼病に効験があり、観音像を祀ったのが寺の起こりで、正式名称は立願山楊谷寺。

私が初演したのは、平成九年七月十五日、大阪梅田太融寺で開催した「第一三回・桂文我上方落語選（大阪編）」でしたが、その後も全国各地の落語会や独演会で上演するネタになりました。

出来るだけ、気が入り過ぎず、一人芝居へ近付かないように、アッサリと演じるように心掛けています。

　ネタ下ろしを聞いて下さった、大阪池田の真言宗別格本山・常福寺の前住職・松尾光明師が、「定次郎の母親が、観音様を日頃から信心していたことで、定次郎に景清の目を貸し与えるという言葉は、誠に結構ですなァ。本来、信心とは、そういうことです」と仰り、「善哉を、落語では『ぜんざい』と言いますが、仏教では『せんざい』と言いますから、そのように言われた方が良いと思います」と教えてくださいましたので、その言い方を私は採用させていただきましたが、他の僧侶で「ぜんざい」と仰っているのを聞いたのも事実だけに、どちらでも良いのかも知れません。

　因(ちな)みに、四代目桂米團治が拵えたオチは、観音様の御利益で、両眼が開いた定次郎が、今までの目を拾おうとすると、観音様が「コレ、下追い（※下取り）は置いてゆかぬか」。

花筏
はないかだ

親「徳さん、居てなはるか？」
徳「あァ、親方。こんなムサ苦しい所へ、お越しいただきまして。御用があったら、此方(こっち)から伺いますわ。どうぞ、お掛けやす」
親「いや、構(かも)てもらわんでも結構。わしは、いつも感心してる。あんたは手を休めんと、一日中、提灯(ちょうちん)を張ってるわ。ケッタイなことを聞くけど、一日中、汗水垂らして提灯を張り続けて、どれぐらいの稼ぎになる？」
徳「中々、儲からん。痩せてたら小廻りが利きますけど、こんな身体をしてるよって、一日中、張り続けても、一分(ぶ)稼げたら御(おん)の字ですわ」
親「職人で、一日一分稼ぐとは、立派じゃなァ。さァ、物も相談じゃ。倍の二分出すよって、あんたの身体を二十日ほど、貸してもらえんか？」

徳「一分でも御の字と言うてるのに、倍手間の二分もいただけますか。ほな、何ぼでも貸しますわ。貸したからには、どんな形の変わった提灯でも張らしてもらいます」

親「提灯を張ってもらう時は、二分も払わんと、一分で頼むわ。そこを二分出すと言うには、訳がある。ウチの大関・花筏が、一寸前から病気になって、枕から頭が上がらんのじゃ」

徳「えッ、関取が？」

親「医者に診せたら、『命に別状は無いけど、外の風に当てたらあかん。敷居一寸、表へ出しても、具合が悪い』と仰る。ところが、五日後に控えてるのが、播州高砂の相撲興行。手金を取って、番付も送ってしもた後で、花筏の病気。先方へ知らせたら、『この度は、大関・花筏の人気で、お客さんが集まる興行。花筏関に休まれたら、興行が成り立たん。病気とあれば、相撲を取ってくれとは言わんけど、せめて高砂まで来てもろて、土俵入りだけでも務めてもらいたい。花筏関の顔を見せるだけで、お客さんは得心すると思う』と仰る。ところが、花筏は敷居一寸、表へ出せんような病人。何か良え手は無いかと思て、フッと思い付いたのが、徳さん、あんたじゃ。提灯屋にしとくのは勿体無いぐらい、良え身体をしてる。面差しが花筏と似てて、横顔なんかは、ソックリじゃ。こんなことを言うたら、高砂のお客には悪いけど、花筏の顔を知ってる人は、先ず居らんと思う。あんたの頭を大銀杏に結い上げて、『大関・花筏でござい！』と乗り込んで、土俵入りの真似事だけ務めてもろたら、何とか誤魔化しが付くと思うわ。助けると思て、花筏になりすまして、高砂まで行ってくれんか」

徳「もし、親方。寝言やったら、寝てから言うとおくなはれ。私は肥えてるのやのうて、腫れてます。生まれてこの方、相撲は一遍も取ったことが無い。日本一と名高い大関・花筏になりすまして、相撲が取れますかいな」

親「終いまで、ちゃんと話を聞きなはれ。誰が、相撲を取ってくれと頼んでる。相撲は取らんと、土俵入りの真似事だけ務めてくれたらええ。後は宿屋へ戻って、呑み次第・食い次第。それで、日当が二分。満更、悪い話やないと思うわ」

徳「あァ、相撲は取らんで宜しいか？　呑み次第・食い次第で、日当が二分。確かに、悪い話やないわ」

親「あんたも、そう思うじゃろ。こんな良え仕事は、滅多に無いわ。頭を下げて頼むよって、高砂まで行ってもらいたい」

徳「ほな、行かしてもらいます」

親「あんたに断られたら、どうしょうと思てた。気の変わらん内に、手付けの三両を置いとく。今から断ってもろたら、どんならん。乗り込みは、明後日じゃ。それまでに、支度をしてもらいたい。ほな、宜しゅう頼むわ」

親方は喜んで、帰ってしまう。

提灯屋の徳さんは、二分という金に目が眩(くら)んで、頭を大銀杏に結うて、立派な着物を着せてもらうと、大関・花筏になりすまして、一行の何十人と共に、播州高砂まで、やって来た。

宿屋へ着くと、土地の顔役・勧進元・宿屋の亭主が挨拶に来る。

女子衆(おなごし)連中に、キャアキャアと騒がれるような塩梅。

その晩は休んで、ガラリ夜が明けると、相撲は初日で、晴天十日の大相撲。

久し振りの大坂相撲だけに、朝の早い内から、ゾロゾロゾロゾロと大勢の見物が近郷近在から詰め掛けて、場内は立錐の余地も無い。

花筏の徳さんは、生まれて初めて、化粧回しを付けてもらう。

ブルブル震えながら、土俵へ上がる。

満員のお客さんが、「よォ、待ってましたアーッ！　花筏アーッ！　日本一ィーッ！」と、大喜び。

えらい盛り上がりで、親方に教えられた通りに土俵入りを済ませて、宿屋へ帰った。

土地の顔役が挨拶に来る、勧進元が挨拶に来る、宿屋の亭主が挨拶に来る。

女子衆連中に、キャァキャァと騒がれて、呑み次第・食い次第。

相撲は二日目で、昨日と同じように、土俵入りを済ませて、宿屋へ帰ると、酒攻めの、魚攻めの、ベンチャラ攻め。

これで、日当が二分！

こんなことやったら、十日と言わず、二十日と言わず、八年半も続かんかと、虫の良えことを考えてる。

話は変わって、土地の網元の伜で、千鳥ケ浜大五郎という素人相撲。

これが強い男で、大坂相撲を向こうに回して、初日から勝ち続け。

花筏が休んでる分は、千鳥ケ浜の評判で、人が集まるというぐらいの人気。

九日目に、明日の千秋楽の取り組みを、行司が「明日の千秋楽、結びの一番。千鳥ケ浜には花筏、千鳥ケ浜には花筏！」と読み上げると、見物は大喜び。
○「おい、聞いたか？　明日は、大関・花筏が出るそうな」
×「明日の相撲だけは、隣りの嫁を質に置いても、見に行かなあかん」

訳のわからんことを言うて、見物は盛り上がる。
たった一人だけ、真っ青な顔をしたのが、花筏の徳さん。

親「コレ、徳さん。荷造りをして、何をする？」
徳「へェ、親方。今から、大坂へ帰らしてもらいます」
親「一寸、待ちなはれ。相撲は、もう一日残ってるわ」
徳「あァ、勝手に残りなはれ。そんなことは、私の知ったことやないわ。最前、行司が言うたことを聞きなはったか。『明日の千秋楽結びの一番、千鳥ケ浜に花筏』とは、何です？　花筏は、他の誰？　病気が治って、ほんまの花筏が来ますか？　私は、相撲は取らんという約束で来てる。況して、相手は千鳥ケ浜。毎日、大坂の玄人が、土俵の真ん中で引っ繰り返されてますわ。そんなに強い千鳥ケ浜と、生まれてこの方、一遍も相撲を取ったことが無い者が相撲を取ったら、両方の肩を持たれて、ピィーッと引き裂かれて、醤油を付けて、食べられてしまう。私は、人間のスルメにはなりとない。千鳥ケ浜は、人間と思いますか？　噂で聞きましたけど、天狗さんの子やそうで。天狗が人間の娘を攫て、無理に産ませた子やそうな。化け物のような千鳥ケ浜と、相撲は取れん。約束が違うよって、大坂へ帰らしてもらいます」

親「一寸、待ちなはれ。それでは、わしの顔が潰れる」
徳「あァ、勝手に潰れなはれ。何方（どっち）みち、潰れたような顔や。私は、大坂へ帰ります！」
親「そこまで言うのやったら、止めやせん。しかし、徳さん。確かに、相撲は取らんという約束やったけど、あんたにも悪い所があるわ」
徳「私の、どこが悪い！」
親「コレ、大きな声を出しなはんな。確かに、呑み次第・食い次第と言うたけど、物には加減がある。宿屋の亭主が、わしと勧進元の前で、どう言うたと思う。『あんな達者な病人は、見たことが無い。花筏関は、相撲が取れん病人と聞いてますけど、毎日、飯は二升食べて、酒は三升呑む』と言うよって、『大坂で達者にしてた時分は、一日に飯は三升食べて、酒は五升呑んでた。病気で、それだけしか入らんか。やっぱり、病気には勝てんわ。わッはッはッは！』と、笑（わろ）て誤魔化したけど、ここに誤魔化しの利かんことが出てきた。一昨日（おとつい）の晩、あんたは女子衆の部屋へ這（ほ）うて行ったそうな」
徳「わッ、知れてますか？」
親「何で、そんな行儀の悪いことをする。宿屋の亭主に、『そんな元気があるぐらいやったら、高砂のお客に相撲を一番見せてもろても、罰（ばち）は当たりますまい』と言われた時は、返事に困った。『大分、病気が良うなってるのかも知れん。ほな、千秋楽には、土俵へ上げる』と言うたのは、大坂の相撲と組ませて、ええ加減な相撲を取らそうと考えた訳じゃ。ほな、わしの『土俵へ上げる』という言葉尻を取って、『九日目まで勝ち続けてる、千鳥ケ浜と組ましてもらいたい。千秋楽の人気は上がって、この興行が尻跳ねすることは間違い無いわ』と言われて、断れるか？　向こうは素人、此方は大関。黙って、引き受けて帰ってきたけど、わしの言うことが無理か？　あんたにも悪い所があるよって、明日、覚悟を決めて、相撲を取ったらどうじゃ！」

徳「親方、堪忍しとおくなはれ！　日当が二分で、身体を預けましたけど、命まで預けた訳やない。私が悪いよって、土俵で殺されても文句は言えんけど、大坂で何にも知らんと、私の帰りを楽しみに待ってる、二五になる娘と、三つの嫁はん」

親「それは、あっちゃこっちゃこっちゃじゃ」

徳「その、あっちゃこっちゃが待ってます。（泣いて）命ばかりは、お助けを」

親「コレ、泣かんでもええ。何も、命までくれとは言わん。あんたさえ、その気になったら、花筏の名前に疵が付かず、あんたの身体も無事で、勧進元・土地の顔役の顔も立て、お客も大喜びという手が、一つだけある」

徳「えッ、そんな良え手がありますか？」

親「あァ、心配は要らん。相撲は、此方が玄人じゃ。取り敢えず、わしの言う通りにしなはれ。明日、土俵へ上がったら、『日本一の大関・花筏は、わしでござい！』と、立派に仕切れ。行司が『ヨイショ！』と軍配を引いたら、何も考えんと、パッと手を前へ突き出せ。手先が千鳥ケ浜の身体へ一寸でも触ったら、ゴロッと後ろへ引っ繰り返れ。見てたお客が、どう思う？　『大関・花筏が、不細工な負け方をした。やっぱり、病気やったような。病気を推してでも、わしらに相撲を見せてくれた。日本一の大関は、心根が違う。花筏、日本一！』と、花筏の名前に疵が付かず、あんたの身体も無事。勧進元や、土地の顔役の顔も立ち、お客も大喜びと、八方丸う納まるわ」

徳「(両手を、前で交差させて) あァ、なるほど！」

親「一体、何をしてる？」

徳「感心し過ぎて、手が合わん」

親「コレ、しょうもないことをしなはんな。それやったら、出来るじゃろ？」

徳「ヘェ、出来ます！　相撲は取れませんけど、尻餅をつくのは上手やと思います」

親「そうと決まったら、明日の土俵が大事じゃ。今日は、早(はよ)う寝なはれ」

徳「ヘェ、お休みやす」

暫(しばら)くすると、二階の方で、ドタァーン、バタァーン！

親「徳さん、何をしてる？」
徳「一寸、相撲の稽古」
親「明日、ほんまに相撲を取る気か？」
徳「いえ、尻餅をつく稽古」
親「ケッタイな稽古をせんと、早う寝なはれ」
徳「ヘェ、お休みやす」

一方、千鳥ケ浜。

千「お父っつぁん、今、帰った」
父「あァ、お帰り」
千「今日も、また勝ったわ」
父「店の若い者に、『九日の間、皆、坊(ぼ)ンが勝ちました』と聞いた。わしは、相撲に勝っても負けても構わん。ケガさえ無かったら、それで良えわ」
千「ところで、お父っつぁん。明日、誰と取ることになったか、聞いてるか？」

父「いや、知らん」
千「聞いて、ビックリするな。明日、大関・花筏と取ることになったわ」
父「何ッ、大関・花筏？　ほゥ、断ってきたな？　何ッ、喜んで承知した？　あァ、こんな阿呆じゃとは思わなんだ。一寸、ここへ座りなはれ。お前が毎日勝ってるのは、自分の力で勝ってると思うか？　そう思てたら、大間違いじゃ。寒中、ヒビ・あかぎれを切らして修業した大坂の玄人が、お前ら如き、素人に負けよぞい。この興行に、土地の素人に勝たせたら、その興行に人気が出る。況して、わしは網元じゃ。この興行に、仰山のお金を出してるわ。言わば、お前は旦那衆の伜。大坂の相撲が、祝儀返しのつもりで負けてくれてる。大坂の相撲は、さぞ無念じゃったと思う。『金のためとは言いながら、こんな素人に負けんならんとは、情け無い！』と、腹の中が煮えくり返るような思いやったじゃろ。明日、千秋楽を打ち上げたら、次は何年先に来るやわからん。言わば、恩も義理も無い土地。『あの憎い千鳥ケ浜を、土俵の上で叩き殺して、溜飲を下げて、大坂へ帰ろか』というので、一番強い花筏が出てくるのじゃ。花筏は、病人と思てるか？　宿屋の亭主に聞いてるけど、『高砂くんだりで、阿呆らしゅうて、相撲が取れるか』と、毎日、朝から酒を呑んで、寝てるそうな。その上、夜這いをするそうじゃ。そんな達者な身体とも知らんと、花筏と相撲を取ることを承知する阿呆があるか！」

千「親に口答えしてすまんけど、わしも長年、相撲を取ってるよって、態と相手が負けてくれてるか、自分の力で勝ってるかぐらいは、わかるつもりじゃ。それに、日本一と言われてる花筏と相撲が取れたら、腕の一本や、足の一本。折れようが、曲がろうが」

父「腕の一本や、足の一本？　親が思うほど、子は思わん。明日、相撲でも何でも取ったらええわ。今日限り、勘当じゃ」

千「何ッ、勘当？」

父「親の言うことを聞けんような者は、勘当じゃ」

千「お父っつぁん、勘当は辛いわ。ほな、もうええ！　明日、相撲は取らんわ」

父「おォ、諦めてくれたか。他に何の道楽も無いよって、相撲を取ることぐらいは許してやりたいけど、命には代えられん。決して、相撲は取ってくれるなよ」

千「あァ、くどう言うな。必ず、取らん。わしが出なんだら、代わりの者が花筏と相撲を取る。どんな取り口をするか、見るぐらいは構わんじゃろ」

父「見るのは、何ぼ見ても構わん。必ず、相撲は取ってくれるなよ」

千「おォ、わかった。ほな、休むわ」

父「あァ、お休み」

此方は此方で、寝てしまう。

ガラリ夜が明けると、暗い内から鳴り響く、一番太鼓。

天下太平・五穀豊穣・国家安穏と打ちますが、東の相撲は大太鼓で、ドドンガドガドガと打って、西の相撲は小さい太鼓で、テテンガテン、テテンガテンと打ったそうで。

鳴り出す太鼓に誘われて、近郷近在から大勢の見物が押し寄せる。

夜明け前には、大入り満員で、立錐の余地も無い。

当時の相撲は、周りを筵（むしろ）か何かで囲てあるだけで、上は青天井。

雨が降ったら、日延べ。

ズルい人はお金を払わず、彼方（あちら）此方の筵の破れから、ゴソゴソッと入ったりする。

表では、褌（ふんどし）担ぎがウロウロして、「こんな所から入らんと、向こうから銭を払（はろ）て、入っとおくれ」と言うて、ズボッと引き出されてしまう。

頭の良え人は、頭から入らんと、足から入るそうで。

「こんな所から出んと、中へ入ってなはれ」と言うて、ドォーンと中へ押し込んでくれる。

いつの時代も、頭の良え人は居（お）るようで。

千鳥ケ浜は、相撲を見る時も、「締め込みを締めとかんと、気分が出ん」というので、グッと回しを締めて、派手な浴衣を引っ掛けて、一番後ろで見てた。

相撲番数が取り進むと、次第々々に熱を帯びて、知らず知らず、前の方へ出てきて、気が付くと、砂被りの所で、腕を組んで座ってるという塩梅。

いよいよ、千秋楽結びの一番。

呼出し奴（やっこ）が、パラリ扇子を開く。

呼「東ィーーッ、花筏、花筏ァーーッ！　西ィーーッ、千鳥ケ浜、千鳥ケ浜ァーーッ！」

○「千鳥ケ浜アーッ！」

×「花筏アーッ！」

△「千鳥ケ浜アーッ！」

□「花筏アーッ！」

ウワァーッという声を聞くと、千鳥ケ浜。

親の意見も何も、ポォーンと飛んで、パッと浴衣を脱ぐと、土俵の真ん中へ、ノッシノッシと出てきた。

花筏の徳さんは、生まれて初めて相撲を取るだけに、ブルブル震えて、下では親方が一人で気を揉んでる。

親「コレ、徳さん。杓(しゃく)で水を掬(すく)て、口へ含んで、ガラガラガラッと濯(すす)ぎなはれ。コクンと、呑みなはんな。塩を掴んで、此方へ撒いたらあかん！」

行司が双方を呼び出して、土俵の真ん中で、仕切りに掛かる。

花筏の徳さんは、そんなことは思わんでもええのに、「目の前の千鳥ケ浜は、どんな顔をしてる？」と、怖い物見たさで、ヒョイと顔を上げた。

目の前には、千鳥ケ浜の燃え立つような目玉が、グリグリッ！

徳「わッ、あかん！　ほんまに、えげつない顔や。あァ、引っ繰り返る暇は無いわ。立ち上がるなり、肩を持たれて、ピィーッと引き裂かれて、食べられてしまう。あッ、身体が固まってしもた。大坂で大人しゅう一分もろて、提灯を張ってたら良かった。二分という金に目が眩んだばっかりに、ここで命を落とすのか。これが、この世の見納めか」

そう思うと、熱い涙が、ボロボロボロボロッ！

徳「南無阿弥陀仏！」

思わず、念仏が出た。

日本の南無阿弥陀仏信仰は大した物で、何かの時、フッと出るのは、「南無阿弥陀仏！」やそうで。

キリスト教の牧師さんでも、「南無阿弥陀仏！」と言うてしまう時があるそうですが、これはアテにならん。

徳さんの「南無阿弥陀仏！」と言う声が、目の前で仕切ってる千鳥ケ浜の耳にチラッ。

千「何ッ、南無阿弥陀仏？　相撲取りが、土俵の上で念仏を唱えるとは、何じゃ？　ボロボロッと涙を零して、泣いてるわ。あッ、そうか！　お父っつぁんが言うてたように、わしを土俵の上で、叩き殺すつもりか。『何にしても、可哀相な奴』と、わしのために涙を零して、念仏まで唱えてくれてる。あッ、身体が固まってしもた。親の意見を聞かなんだばっかりに、ここで命を落とすのか。これが、この世の見納めか」

熱い涙が、ボロボロボロッ！

千「南無阿弥陀仏！」

行司が、ビックリした。

相撲を取る二人が「南無阿弥陀仏！」と言うてるだけに、息も何も合う訳が無い。

「もう、勝手に取れ」という奴で、ええ加減に「ヨイショ！」と、軍配を引いた。

花筏の徳さんは、行司の「ヨイショ！」という声で、我に返って、立ち上がるなり、思い切り、パッと両手を前へ突き出した。

千鳥ケ浜は「怖い、怖い」の一点張りで、相撲を取る気も何も無い。

フラフラッと立ち上がった所へ、徳さんの大きな掌(てのひら)が、顔へバシィーン！

フラフラフラッ、ドタァーン！

行「花筏ァーッ！」

徳「何で、あんたが転(こ)けてる？　転けるのは、わしや。一体、どうなってる？」

これを見た見物が、大喜び。

○「おい、見たか。やっぱり、日本一の大関は違うわ。千鳥ケ浜は強いと言うても、高砂の素人や。パシィーンと花筏が張ったら、ピューッと飛んで行ったわ」
×「何と、見事な張り手や。花筏は、張るのが上手いなァ」

張るのが上手いはず、提灯屋の職人でございます。

解説「花筏」

相撲の親方が、提灯屋の徳さんの家へ来るという場面から始まる落語ですが、それについて、私の忘れられない思い出を記しておきましょう。

中学・高校で落語研究会を作り、覚えた落語を演ったり、友達の落語を聞いたりしていましたが、その中に理数系はトップの成績で、文科系は最低という、偏った才能を持った、ユニークな友だちがいました。

落語を覚えても、自らの工夫はなく、テキストを丸暗記して演じるという、私とは逆のタイプだったのです。

ある日のこと、「米朝さんの録音テープで、『花筏』を覚えたから聞いてくれ」と言って、演り出しましたが、最初の部分で不思議な言い種がありました。

相撲の親方が「徳さん、居てなはるか?」と入ってくる台詞を、「りきっ徳さん、居てなはるか?」と言うのです。

その後は、すべてが「徳さん」になり、オチまで演り終えて、「どうやった?」と聞かれたので、「最初の『りきっ徳さん』というのは、何や?」と聞くと、「米朝さんが、そう言うてるから、その通りに言うた」との返答。

米朝師のLPレコードでは、「徳さん、居てなはるか?」から始まるのを知っていたので、「米朝さんが、『りきっ徳さん』と言うわけがない」と言うと、真っ赤な顔をして怒り出し、「ほな、これを聞いてみぃ!」と、米朝師の「花筏」の録音テープを出し、レコーダーで再生した時、やっと理由が知れました。

カセットテープに録音されていたのは、ある放送局の音源でしたが、米朝師が珍しく、最初の台詞を言い間違えているのです。

よく似た入り方のネタは、うっかりすると、別のネタの台詞を言ってしまうことがありますが、このときの米朝師は、「不動坊」の最初の台詞の「利吉っつぁん、居てなはるか?」から入りそうになり、「りきっ」まで言った所で、間違いに気付き、「徳さん」と言い直していました。

気にせずに聞くと、「徳さんの前に、何か付いている」ぐらいにしか聞こえないのですが、理数系の友だちは、そのまま覚えてしまったのです。

しかし、言い間違えを急に言い替えるのは、プロの噺家でも、至難の業。

言い間違えた所で、ネタが破綻するか、そのままの名前で通すかしかなく、何もなかったように、淡々と演り続けるのは不可能に近いことなのです。

このエピソードだけでも、いかに米朝師がアクシデントに強いかが知れるでしょう。

私の思い出話は、これぐらいにして、「花筏」の解説に入ります。

この落語は、講釈の「関取千両幟(のぼり)」の「提灯屋相撲」の件(くだり)が独立し、当時の上方の噺家の工夫で、滑稽な一席物の落語となっただけに、別題を「提灯屋相撲」とも言い、対話以外の説明で、筋を運ぶことが多いと言えましょう。

講釈の「関取千両幟」は、同じ名題の浄瑠璃と内容は異なりますが、昔は誰でも知っている芝居として頻繁に上演され、浪曲にもなりました。

講釈の「関取千両幟」の粗筋は、周防(すおう)・岩国から、稲川の弟子の人気力士・千田川留吉を買いに来たとき、千田川は大病を患い、行くことができませんでしたが、大金を得たい稲川は、千田川に瓜二つで、番付の低い花籠を千田川として送り込み、ニセ相撲がバレて、大騒ぎになるという筋立てです。

米朝師の兄弟子・三代目桂米之助師は、「大坂の相撲頭取で、千田川という人がございましたが、この人の弟子で、花筏十吉という大関がございます」から始まり、千田川という名前を、ネタの中へ残していました。

上方落語では、大坂相撲の巡業先を、江州長浜や、播州加古川にしていましたが、三代目三遊亭圓馬が東京落語へ移入した後、六代目三遊亭圓生師は房州銚子にし、八代目春風亭柳枝は水戸大浜、八代目三笑亭可楽は仙台にしています。

ここで、大坂相撲のことにも触れておきましょう。

現在の大相撲は、東京の日本相撲協会に統一されていますが、昔は大坂・京都・名古屋と、全国各地で、土地の相撲同士が交流し、玄人の力士も居ました。

『相撲大事典』（現代書館）によると、大坂相撲は、元禄十五年四月、南堀江（※現在の大阪市西区南東部）で、一三日間の興行をしたのが、町奉行の許可による勧進相撲の最初とされていますが、これは堀江開発のための地代納入や、土地の繁栄を目的として、前年に願い出て、許可された興行で、他の地方の勧進相撲に比べて、当初から営利目的が強かったようです。

その後、宝暦年間（一七五一～六四）に至るまで、約六〇年に亘り、堀江で開催されたため、「堀江勧進相撲」とも呼ばれました。

明治維新後も独自の横綱を作り、江戸・東京相撲とは別の興行集団で存在し、昭和二年、東京相撲と合併するまで、約二二〇年の歴史があったと言います。

昭和に入ってから、東京相撲の脱退組が、関西相撲を名乗ったことがありましたが、純粋の大坂相撲は、大正で滅びました。

宝暦頃までは、大坂相撲の方が盛んだったようですが、その後、江戸で各大名が競って力士を抱えるようになり、江戸相撲へ人気が移ります。

地方の力士は、まず大坂へ出て、一人前になると、江戸の本場所の砂を掴むという算段で、江戸へ下ったようですから、一時期は江戸相撲の方が実力も上だったのでしょう。

しかし、大坂相撲からも、若島や大木戸という名横綱を輩出しており、江戸相撲で横綱を張った梅ケ谷も、大坂相撲から移籍しました。

元力士で演芸研究家・小島貞二氏の言によると、大坂相撲は「うっちゃっても、体は死んでいるのだから、負け」という、死に体の拡大解釈により、「うっちゃり」を認めなかったそうです。

落語の「花筏」へ話を戻しますが、元来、花筏という言葉は、桜の花びらが、川の水面へ落ち散り、花びらの筏を浮かべたように見えることを言いますが、それを相撲のしこ名にするとは、美しい演出の一つと言えましょう。

古い速記本では、三代目三遊亭圓馬の『圓馬十八番』(三芳屋書店)に「提灯屋相撲」の演題で掲載されており、八代目春風亭柳枝も「提灯屋相撲」「千鳥ケ浜」という演題で演ったことがあるそうです。

上方弁が得意で、相撲好きだった六代目三遊亭圓生師は、親方を上方弁にして、楽しそうに演じていました。

SPレコードは初代三遊亭圓右が吹き込み、LPレコード・カセットテープ・CDは六代目三遊亭圓生・八代目三笑亭可楽・八代目春風亭柳枝・三代目桂米朝・二代目桂枝雀・六代目笑福亭松喬・三代目桂南光などの各師の録音で発売されています。

相撲の歴史上、本当に「花筏」のしこ名を付けた力士もいました。

当時、二ツ目だった柳家小団治(後の五代目柳亭燕路)を初めとする噺家と親交を深めた、立浪部屋の三浦という力士が、昭和四十一年一月場所に花筏と改名し、三月場所で十両に昇

大阪府民劇場奨励賞受賞記念

オ131回 三越落語會

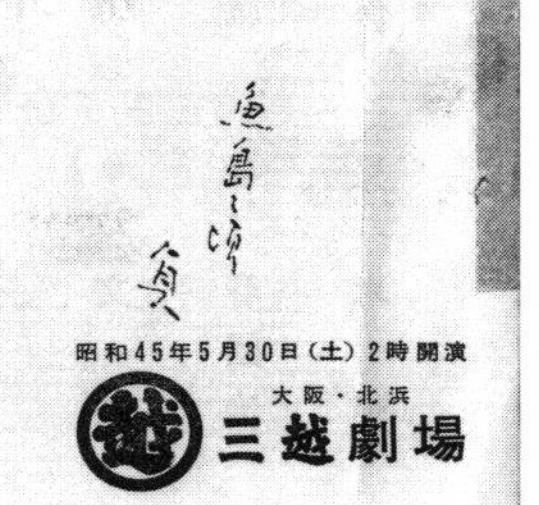

番組

1、兵庫船　桂 文紅

2、平野の地雷火（講談）　旭堂 南陵

3、崇徳院　桂 小文枝

4、夏の医者　橘の円都〔特別出演〕

中入り

5、日和違い　桂 文我

6、いかけ屋　桂 春団治

7、花筏　桂 米朝

第131回三越落語会　桂米朝①

落語復興　沼艸雨

昨年度の大阪府民劇場奨励賞が、三越落語会をつゞけている、三越劇場に贈られた。

大阪府が、大阪の誇る芸能にたずさわる人か、それの育成に尽力した団体かに贈られるものであるが、これは府下のあらゆる公演場という公演場すべての、一ケ年間の公演何千の中で、僅に四、五件を選ぶのだから、その選に入ることは大変なことなのである。

三越劇場が、昭和二十九年七月から、現在にいたる迄、落語復興の努力によって、表彰されたのは当然のことである。

今の落語ブームから見ると、実際夢のようなといってよいのが当時の落語界であった。

寄席は既になく、演芸場でも、落語といえば敬遠されていた戦後早々、進んで会場を提供するだけでなく、落語新人会を作って、公演をつゞけたのは、実に三越劇場だった。

これを舞台にして、今の松鶴、米朝、春団治、小文枝、松之助、露の五郎、文我、染語楼、それに南陵などが巣立ったのである。落語家の上方落語を護るという使命観による精進と、劇場側の心の通う応援が実を結んで、次才に世人に認められるようになり、必然的に、新人の域を超えたものとして、三越落語会となったのである。これが昭和二十九年七月であった。

それからの躍進は、上方落語の成長が物語っているのは、よく知られている所である。その現われとして、落語協会が組織された。

この頃から、各テレビ、放送の出演の機会は追々増加して来た。その様な活況は、当然二軍養成の必要から、上方噺の会が、やはり三越劇場の好意で作られたのである。今を時めく、仁鶴、可朝はこの路線が生んだのである。

このように見ると、上方落語界を論じる時、三越劇場を措いては、語ることが出来ないのである。この度の受賞は、大阪府民の名に於ての顕彰として、意義の深いものがある。

戦後、歌舞伎の復興は東京三越劇場より、ということは、既に昭和演劇史の重要な頁になっているが、大阪の三越劇場も、これに分裂派の文楽、越路、喜左衛門、紋十郎らが拠って、後の大同団結に至るまでの熱演をつゞけた外、三越名人会の二百二十九回に至る歴史と共に、落語復興を加え、三越劇場の果して来た文化への貢献の大きさをしみじみと感じるのである。

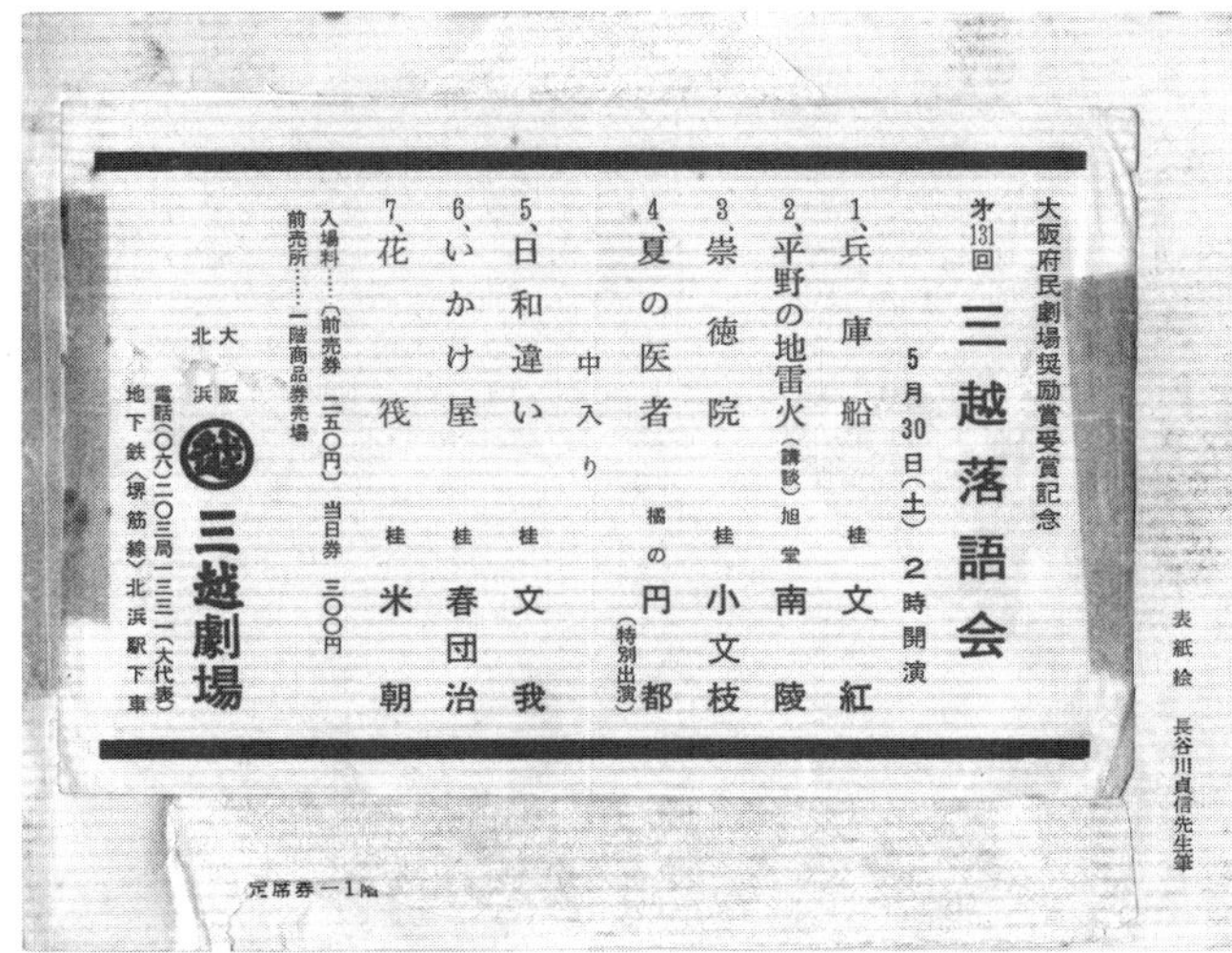
大阪府民劇場奨励賞受賞記念
オ131回
三越落語会
5月30日(土) 2時開演
1、兵庫船　桂文紅
2、平野の地雷火(講談)　旭堂南陵
3、崇徳院　桂小文枝
4、夏の医者　橘の円都(特別出演)
中入り
5、日和違い　桂文我
6、いかけ屋　桂春団治
7、花筏　桂米朝
入場料……(前売券 二五〇円) 当日券 三〇〇円
前売所……一階商品券売場
大阪 北浜 三越劇場
電話(〇六)二〇三局一三三一(大代表)
地下鉄〈堺筋線〉北浜駅下車

表紙絵　長谷川貞信先生筆

第132回三越落語会　桂米朝②

進しましたが、一場所で幕下へ陥落し、十一月に廃業し、愛知県瀬戸市の製鉄工場へ勤務した後、郷里・山形県鶴岡市で、ちゃんこ料理店「花筏」を開業しながら、相撲研究家でも活躍したそうです。

私は「花筏」を、米朝師のLPレコードで学生時代に覚えましたが、噺家になり、五年ほど経ってから、師匠（二代目桂枝雀）に稽古を付けてもらい、高座で上演し始めました。

弟弟子・桂む雀も、その後に演り出しましたが、三代目林家染丸の録音で覚えたため、ショートバージョンであり、それを聞いた師匠が「む雀の『花筏』を聞いたけど、コンパクトに纏まってる。どこを抜いたという訳でもないのに、全ての要素が入ってるだけに不思議や。やっぱり、林家の落語は整理されてる」という感想を漏らしたことが忘れられません。

「花筏」の、もう一つのエピソードとして、岐阜・日の丸会館の「桂枝雀独演会」のとき、師匠の声が出にくくなった上、足に痛風の症状が出てしまい、喉と足の痛みを堪えながら、「花筏」を落ち着いて演じたのも、強烈な思い出の一つです。

いつものような演じ方ではありませんでしたが、一つ一つを確かめるように演じ、帰りの新幹線の中で一言、「こんな時こそ、新しい演り方が見付かる」。

四代目桂米團治は「この噺は、お終いの二分やで」と述べていたそうですが、この落語を演じる度に、「落語は、オチに向かって、物語を構築して行く芸能」ということを痛感します。

饅頭怖い

まんじゅうこわい

○「皆、聞いてくれ。今、この男が『人間は顔が違うように、好きな物が違う』と言い出した。確かに、こんな美味い物は無いと思て食べる物を、皆が美味いと思うとは限らん。今日は、好きな物の尋ね合いをしょうか？」
×「ほゥ、面白い！　やろ、やろ！」
○「ほな、此方(こっち)から尋ねるわ。一番好きな物は、何や？」
△「一番好きな物は、酒か」
○「聞いてて、厭味が無いわ。一番好きな物が酒とは、男らしい。次は、何や？」
▲「あァ、二番目が酒」
○「聞かんとわからんのは、ここや。この男は、酒が一番好き。その隣りは、二番目が酒。一番好きな物は、何や？」

▲「一番好きな物は、二番目が酒」
○「それは、わかってる。わしは、一番好きな物を聞いてるわ」
▲「えェ、三番は」
○「コラ、張り倒すで！　一番好きな物は、何や？」
▲「一番好きな物は、（右手の小指を立てて）女子（おなご）」
○「ほんまに、いやらしい奴や。何やら、言いにくそうにしてると思たわ。その隣りは、
何や？」
◎「油っこい物が好きやよって、上等の天麩羅か」
○「あァ、なるほど。ほな、その次は？」
☆「この男と反対で、アッサリした鯛の造りが良えわ」
○「なるほど、面白い！　その隣りは、何や？」
★「麺類やったら、牡丹餅（ぼたもち）か」
○「また、ケッタイなことを言い出した。牡丹餅は、麺類か？」
★「ほな、魚類？」
○「コレ、阿呆なことを言うな。その次は、何や？」
一「好きな物は、これぐらいの丼鉢」

○「何と、ケッタイな物が好きや。あんたは、丼鉢を食べるつもりか？」
一「丼鉢やのうて、炊き立ての、まだ、うめてない熱々の飯が、丼に山盛り一杯。その上に、極く新しい鯛のブツ切りを五切れ並べて、山葵（わさび）を摩って、上から掛ける。卵を五つ、六つ、ポンポォーンと割って。白身を放かすと、黄身だけを掛けて、その上から浅草海苔の上等を、トロ火で炙って、上から揉んで、パラパラパラッと掛けて、上等の醤油を垂らした奴を、グルグルッと掻き廻して、八杯食う！」
○「わァ、化け物や！　何と、えげつない食べ方やな。次は、何や？」
二「一番好きな物は、朧月夜（おぼろ）か」
○「また、ケッタイなことを言い出した。朧月夜とは、何や？」
二「朧月夜の晩に、人通りの無い道を歩いてたら、爪先へ当たる物がある。拾うと、これぐらいの風呂敷包み。家へ持って帰って、包みを開けると、札や銀貨で、一二万三四五六円。早速、警察へ届ける。警察へ行くと、風呂敷の一件。そのことを忘れた時分に、警察から呼び出し。何事やと思て、一年ぐらい経って、『落とし主が知れんよって、お前にやる。これだけの大金を拾いながら、己の懐へ入れんと、正直に届け出た。偉い男、感心な奴、見上げた者や』と、警察署長に誉めてもろて、最前言うた、一二万三四五六円をもらうのが好き！」

○「それは、誰かて好きや！　ほんまに、厚かましいことを言うてるわ。尋ねてるのは、そんなことやない。食べる物は、何が好きや？」
二「それやったら、乳ボーロ」
○「お前は、子どもか！　皆の好きな物は、わかった。次は、嫌いな物の尋ね合いをしょうか。其方の一番嫌いな物は、何や？」
×「虫の好かん物は、蛇か」
○「大概、蛇は嫌がるわ。隣りは、何や？」
△「蛇だけやのうて、鰻や泥鰌やミミズのように、長て、ヌルヌルした物が嫌い」
○「あァ、なるほど。次は、何や？」
▲「ナメクジ」
○「ほな、隣りは？」
◎「蛙」
○「蛇・ナメクジ・蛙と、順に行ってるわ。ほな、隣りは？」
☆「ゲジゲジ」
○「次は？」
★「デンデン虫」

○「わァ、情け無いな。次は、何や？」
一「わしは、蟻が怖い」
○「蟻のような物が、怖いか？」
一「お前は、蟻の怖さを知らんな。此方からチョコチョコッと出てきて、彼方からもチョコチョコッと出てくる。出会た所で、頭を合わせて、コチョコチョとして、スッと別れるわ。アレを上から見てると、わしの悪口を言うてるのと違うかと思て」
○「良え年をして、阿呆なことを言うな。隣りは、何が怖い？」
二「何が怖いと言うて、ウチの嫁が一番怖いわ」
○「あの女子は、確かに怖い！　他人でも怖いよって、亭主は針の筵へ座らせられてるのと同じや。お前の嫁は、確かに怖い！」
二「お前まで、何遍も言うな！」
○「いや、皆で同情をしてるだけや。政はんは、何が怖い？」
政「(呟いて) ケツネ」
○「口を開けて、ハッキリ言え。一体、何が怖い？」
政「ケエ、ツゥ、ネ！」
○「わァ、ハッキリ言うたな。今時の若い者が、ケツネと言うたら、笑われる。狐・狸に化かされてこそ、初めて怖いとか、嫌いとか言えるわ」
政「忘れもせん、去年の夏のことや。この町内で、狐に化かされた。日が暮れ小前に、風呂の帰り。横町の炭屋の前を歩いてると、大きな白犬が居る。町内をウロついてる犬は知ってるけど、こんな白犬は見たことが無い。ジィーッと見てると、犬やのうて、尾の太い狐や。去年の夏、年寄り・女・子どもが、あの辺りでテンゴ（※悪さのこと）されたという噂を聞いた。このド狐の仕業かと思たよって、狐の眉間を拳骨でドツいたら、ゴロッと引っ繰り返ったわ。首筋を押さえて、山のように積んである炭屋の割木を引き抜いて殴ろうとしたら、下から哀れな声を出して、『命ばかりは、お助けを』」
○「一寸、待った！　狐が、そんなことを言うか？」
政「人間を化かす狐やよって、物ぐらい言うわ。『命を助けて下さいましたら、死ぬまで見られんような珍しい物を、お目に懸けます』『一体、何を見せる？』『狐・狸は、人を化かす所は見せませんけど、命を助けてくれはったら、お見せします』『狐・狸が化ける所は、見たことが無い。ほな、見せてくれ』『向こうから来る風呂帰りの、小粋な浴衣を着て、濡れ手拭いをブラ下げた、二七、八の殿方を化かします』。藁屑を頭へ乗せて、『一ィ、二の、三つと、声を掛けとおくれやす』『よし、心得た！　一ィ、二の、三つ！』。ポイッとトンボを返って、姿が見えんようになった。『あァ、しもた！　上手いことを言うて、逃げたか』と思うと、目の前へ現れたのが、年の頃なら、二二、三。髪は烏の濡れ羽色(ばいろ)、三国一の富士額。色が白て、鈴を張ったような目。鼻は高からず、低からず、おちょぼ口で、撫で肩の、スラッとした別嬪(べっぴん)に化けた。思わず、『イヨォーッ！　おきっつぁん！』」

○「一寸、待った！　おきっつぁんて、何や？」

政「相手が狐だけに、名前がわからんよって、『イヨォーッ！　おきっつぁん！』」

○「コレ、ケッタイな名前を付けるな。それで、どうした？」

政「『おきっつぁん、良え女子に化けたな。狐と知ってても、惚れ惚れするわ。これやったら、誰でも騙される。一寸、後ろ姿も見せて』と言うたら、狐も誉められると、満更、悪い気はせんと見えて、さも嬉しそうに、ニコッと笑(わろ)て、『お兄さん、お口の上手いこと。後ろを向かして、不細工な恰好(かっこう)を見て、笑おと思て』と言うて、クルッと後ろを向きよった。急場の仕事やよって、尾を隠すのを忘れて、帯の間から、太い尾が垂れ下がってる。『おきっつぁん、尾が見えてるわ』と言うたら、真っ赤な顔をして、その尾を袂(たもと)で隠して、『おォ（尾）、恥ずかし！』」

○「コラ、嘘を吐(つ)け！　狐が、洒落を言うたりするか。それから、どうなった？」

政「『そこで見てはると、仕事がしにくい。どこかへ隠れて、見とおくれやす』『よし、わかった！』。割木が積んである蔭から、ジィーッと見てると、風呂帰りの男の傍へ寄って、男の耳元へ口を寄せて、ボシャボシャと言うと、男は嬉しそうに頷いて、クルッと踵を返して、仲良う、肩を並べて歩き出した。その後ろから、見え隠れに随けて行くと、二、三丁先で、小さな納屋のような空き家へ入ったわ。わしも入ろうとすると、ピシャッと戸を閉めて、中から掛け金を掛けた。『コレ、何をさらす！　これでは、約束が違う。今から、一番面白い所が見られるのに』。中の様子を見る工夫は無いかと、辺りを見廻すと、表の戸に小さな節穴があって、白い指が出てきて、チョイチョイと招いて、スッと引っ込んだ。『あァ、なるほど。この節穴から覗けという謎か』と思て、節穴へ目を当てて、中の様子を覗いた」

○「中は、どんな塩梅？」

政「さァ、真っ暗や」

○「何ッ、真っ暗？　夏の日が暮れ小前は、空き家でも、どこかから光が射してるわ」

政「『何で、こんなに暗い？』と思て、ジィーッと節穴を覗くと、中は真っ暗。何やら、頭の上へバサッと掛かってきたよって、それを左手で払い退けると、モヤモヤモヤモヤとして、プゥーンと、ケッタイな臭いがする」

○「それは、何や？」

政「何やと思て、ジィーッと覗くと、中は真っ暗。頭の上へ、バサッ。払い退けると、モヤモヤモヤモヤとして、プゥーンと、ケッタイなカザがする」
◯「ほゥ、不思議やな」
政「不思議やと思いながら、ジィーッと覗くと、頭の上へバサッ。払い退けると、モヤモヤモヤモヤとして、プゥーンと臭い」
◯「一体、どうなってる？」
政「どうなってると思て、ジィーッと覗くと、いきなり、『何をしてる、危ないがな！』と、頭を叩かれて。フッと気が付いたら、馬の尻の穴を覗いてた」
◯「阿呆か！　ほな、お前が化かされてるわ」
政「それからは、狐が怖うて、怖うて！」
◯「ほんまに、阿呆なことを言うてるわ。しかし、えげつない騙され方や」
爺「若い者が寄って、どうした？」
◯「あァ、親爺っさん。若い者が寄って、好きな物や、嫌いな物や、怖い物の尋ね合いをしてますわ。この男の狐に騙された話で、大笑いしてる所で」
爺「おォ、結構！　若い者が集まると、ロクな遊びをせん。そんな遊びは、罪が無いわ」
◯「前々から、親爺っさんは度胸のある御方と聞いてますけど、一遍ぐらい、怖いと思たことがありますやろ？」
爺「コレ、何を吐かしてけつかる。人間は、万物の霊長じゃ。憚りながら、生まれてこの方、怖いと思たことは、一遍も無いわ」
○「長い間、生きてきはったら、一遍ぐらいはありますやろ？」
爺「そう言えば、四年前の夏。死んだ婆が、鍋一杯に糊を炊いた。その糊を皆付けて、褌を洗濯したわ。あの褌を締めた時は、コワかった」
○「それは、コワさが違いますわ。これやよって、年寄りは難儀や」
爺「一寸、待った！　今、思い出した。後にも先にも、たった一遍だけ。心の底から冷汗を流して、怖いと思たことがある」
○「親爺っさんが怖いと思うことやったら、余程、怖いわ。一体、どんな話で？」
爺「聞かせてやってもええけど、この話を終いまで怖がらんと聞けるか？　途中で『怖いよって、止めてくれ』と言うても、止めんぞ。確か、わしが二六の時やった」
○「余程、前のことですな」
爺「大分、昔の話じゃ。その時分は、叔父貴が南農人橋御祓筋を一寸入った所の西側に住んでた。仕事帰りに『まだ、起きてなはるか？』と寄ったのが、晩の九時頃や。叔父貴は職人で、仕事を片付けて、一杯呑んで寝る所やった。『おォ、良え所へ来た。一つ、行こか』。そこは、叔父・甥の間柄で、遠慮・気兼ねは無い。叔父貴と酒を呑むと、時間が経つのも忘れる。気が付いたら、十二時を廻ってた。『ボチボチ、帰るわ』『遅いよって、泊まって行け』『帰らんと、お母ンが心配する。明日の仕事の都合もあるよって、帰るわ』『ほな、気を付けて帰れ』『へェ、お休み』。ポイッと表へ出たのが、かれこれ一時前。雲が低うに垂れ込めて、陰気な晩やった。東横堀川に架かってるのが農人橋で、今でも淋しい所じゃ。本町の曲がりは、昼間でも追剥が出るというぐらい、人通りが無い。況して、その時分の農人橋は、今より淋しい所やった。今、農人橋を渡ろうとして、ヒョイと見ると、橋の真ん中に若い女子が一人、しょんぼりと立ってるやないか」

○「夜更けに、人通りの無い所で、女子に出会うのは、気味が悪いわ」

爺「昼の日中でも、気色の悪い所じゃ。夜が更けてから、若い女子が一人で来るような所やないわ。『一体、何をしてる？』と思て、ジィーッと様子を窺うと、落ちてた石を拾て、両方の袂へ入れてるよって、身投げやと思た。お前らに教えたるけど、身投げを助ける時、後ろから『待った！』と、声を掛けるな。その声をキッカケに、思案をしてる者まで、飛び込みよる。足音を忍ばせて、真後ろへ行って、様子を窺うと、口の中で『南無阿弥陀仏』と唱えて、欄干へ片足を掛けたよって、後ろから女子を羽交い締めにした。『一寸、待った！　コレ、何をする！』『どうぞ、お離し下さいませ。どこの誰方かは存じませんけど、死なねばならん訳がございます。助けると思て、殺しとおくなはれ』『医者の診立て違いやあるまいし、助けると思て殺せるか。話を聞いた上で、どうしても死なんことには納まりが付かんと思たら、この手に掛けてでも殺したる。その代わり、助かる工夫があったら、相談に乗るわ』と、噛んで含めるように言うたけど、死神が憑いたか、さめざめと泣いて、『あァ、死にたい。どうぞ、殺してほしい』の一点張り。今やったら、相手が何と言おうと、無理にでも家へ引きずって帰って、気が落ち着いた所で、意見の一つもして、思い止まらせるけど、年が若て、酒が入ってるよって、ムカッとした。『赤の他人が親切に言うてるのに、聞きさらさんか。ほな、勝手に死にさらせ！』。バァーンと突き放すと、欄干へ頭をぶつけて、『ヒィーッ！』。後も見んと、タッタッタッタッタッ。橋を渡り切ろうとした時、後ろの方で、ドブゥーンという水音。『一旦、抱き止めて、物を言うた女子が、川に飛び込んで、死によった。僅かな親切が足らなんだばっかりに、仏になったか』と思たら、背筋へ冷たい物が走った。空を見上げると、雲が低う垂れ込めて、今にも降ってきそうな塩梅。『あァ、嫌な晩になった。早う、帰ろう』と、農人橋西詰を南へ一丁ぐらい行くと、ポツリ、ポツリと、大粒の雨が降ってきた。岸辺の柳が風を受けて、ザワザワザワ。『雨に遭うたら、どんならん』と、足を速めて、タッタッタッタッタッ。気が付くと、後ろの方から、濡れ草鞋でも履いて歩くような足音が、ジタジタジタジタジタ」
○「もし、親爺っさん！　この話は、大分怖いな！　皆、逃げたらあかん。一体、何です？」
爺「さア、わからん。わしも、後ろを振り向く勇気が無い。気味が悪いよって、足を速めて、タッタッタッタッタッ。後ろの足音も同じように、ジタジタジタ。わしがソロソロ歩くと、同じように、ジタジタ。何とかして、この場を逃れたい。ヒョイと見たら、浜側に地蔵さんが祀ってあって、立派な賽銭箱が置いてある。これ幸いと、賽銭箱の後ろへ身を隠した。後ろの足音は、気が付かなんだと見えて、ジタジタジタと行き過ぎたよって、助かったと思て、ジィーッと賽銭箱の蔭から見ると、前へ行く一つの影。安堂寺町の角に、往来安全と書いた石燈籠。その灯りの所まで行って、ヒョイと振り向いた顔が、燈籠の灯りを受けて、まともに見えた。顔を見ると、最前の女子じゃ。欄干へぶつけた時の疵と見えて、額が石榴のように割れて、血がタラタラタラッ。顔色は真っ青で、唇は紫色。見当の違た目で、隠れてる賽銭箱の方を、ジィーッと見た。賽銭箱の後ろで小そうなってると、ヒョロヒョロヒョロと戻ってくるなり、賽銭箱の隅へ手を掛けて、伸び上がって覗くと、『最前、助けてやろうと仰った御方！』」
○「あア、怖ァ！　皆、余所へ行ったらあかん。親爺っさん、何という声を出しなはる。

こんな怖い話を聞いたら、今晩は一人で手水（ちょうず）へ行けん。それで、どうなりました？」
爺「怖かったら、聞かんでもええわ」
○「ここまで聞いたら、引くに引けん。一体、どうなりました？」
爺「こうなったら、却って、度胸が据わるわ。覚悟を決めて、パッと女子の前へ飛び出した。『如何にも、最前、助けてやると言うたのは、わしじゃ。人が親切に言うてやったのに、人の言うことを聞かんと、己が勝手に飛び込みさらして、死に損いやがった。約束通り、わしの手に掛けて殺したる。さァ、此方へ来い！』と言うなり、女子の髪の毛を掴んで、農人橋の真ん中まで、ズルズルズルッと引っ張って行った。『さァ、女子、よう見い。これが、音に名高い東横堀。二、三日前からの雨で、少々濁ってるかは知らんけど、末期（まつご）の水は食らい次第じゃ！』と言うなり、女子の身体を、目より高（たこ）う差し上げて、川の真ん中を目掛けて、ザブゥーンと！」
○「わァ、放り込んだか？」
爺「わしが、はまった」
○「親爺っさんが、はまったか？」
爺「あァ、はまったんじゃ！　拍子の悪いことに、橋の下へ船が一艘繋（つな）いであって、船の角で、頭を嫌というほど、ぶつけた。弾みは恐ろしゅうて、目から火が、バチバチッと出た。その火で、足を火傷して、熱いの熱ないの。『わァ、熱い！』という自分の声で、目が覚めた。お前らも、気を付けえ。あァ、櫓炬燵は危ないぞ」
○「一体、何を言うてなはる。夢やったら夢と、先に断っときなはれ。皆、顔色を変えて聞いてるわ。しかし、長い夢を見ましたな。始めから終いまで、皆、夢で？」
爺「ほんまの所も、一寸は混じってる」
○「そうなると、却って、ややこしい。どの辺りが夢で、どの辺りが、ほんまで？」
爺「川へはまって、ズブ濡れになったと思たら、その晩は寝小便垂れをして」
○「親爺っさん、大概にしなはれ！　これやよって、年寄りは嫌いや。笑いながら、帰っていきはったわ。光っつぁん、いつ来なはった？」
光「一寸前に来て、親爺っさんの話を聞かしてもろてまして」
○「あんたも、怖い物がありますやろ。光っつぁんの一番怖い物は、何です？」
光「私に、怖い物なぞは」
○「そんなことを言わんと、一つぐらい、ありますやろ？」
光「私に、怖いという物は。あッ、一つだけ思い出しました！」
○「やっぱり、ありましたか。一体、何です？」
光「どうぞ、お聞きにならんように。これが怖いと、口に出して言うのも怖い」

○「余程、怖い物や。こうなったら、余計聞きたいわ。一体、何です？」
光「ほな、一遍だけ言いますわ。実は、お饅（まん）」
○「えッ、お婆（ば）ン？　あんたは、お婆ンが怖い？」
光「お婆ンと違て、お饅」
○「何ッ、お饅？　お饅というのは、饅頭？　お菓子で、食べる饅頭で？　丸うて、ポカッと割ったら、中に餡（あん）が入ってて」
光「（泣いて）アハハハハハ！　口に出しても、身体が震えます。一遍だけと言うてるのに、二遍も三遍も言わせて、ポカッと割ったら、餡やなんて。この調子やったら、一ト月は寝込まんならん。ほな、お先に失礼します！」
○「顔色を変えて、出て行った。世の中で、こんなことがあるか？」
×「まァ、無いことも無いわ。昔の武将で、徳川家康という人を知ってるか？」
△「おォ、知ってる！　至って、心安い」
×「コラ、嘘を吐け！　徳川家康という英雄豪傑でも、蜘蛛を見たら、一遍に顔色が変わったそうな。皆、胞衣（よな）（※上方では、エナのことを、ヨナと言った）という物を知ってるか？　オギャアと言うて、人間が生まれる時、母親の身体から一緒に出てくる物や。昔は胞衣を庭へ埋めて、その上を親が足で踏んだそうな。一番初めに胞衣の上を通った者を、生

涯、怖がるよって、親を怖がるように、親が胞衣を踏むと聞いた。徳川家康は、親が踏む前に、シューッと蜘蛛が通った」

△「それは、ほんまか？　饅頭を怖がるのは、どういう訳や？」

×「これにも訳があって、親が胞衣を踏む前に、近くに居(お)った子どもが饅頭を落として、胞衣の上を転がった」

△「それも、ほんまか？」

×「世の中には、わしらではわからん、ケッタイな話も仰山あるわ」

○「皆、面白いことをしょう。光っつぁんは、いつもツンツンして、嫌な奴や。皆で話をしても、後ろから黙って、ニヤッと笑て、『馬鹿共が、愚か話を』という顔をしてる。光っつぁんは一人者で、横町の長屋の一番奥で、四畳半一間の平屋の家へ住んでるわ。裏口が無(の)うて、表口だけや。光っつぁんの家へ行って、『光っつぁん、お見舞いに来ました』と言うて、窓を開けて、饅頭を放り込め。饅頭と言うだけで、顔色が変わるぐらいや。仰山の饅頭が飛び込んできたら、家の中を『キャア、バタバタ！』と言うて、走り廻るわ。その声を聞いて楽しむというのは、どうや？」

×「わァ、面白い！　こんなことは、銭を払(はろ)ても、見たり聞いたり出来んわ。わしは、こんな人間やけど、人が難儀をするのを見るのが大好き！」

○「ほんまに、ケッタイな男や。今から饅頭を買いに行くけど、安物ではあかん。思い切り、上等を買うてこい」
×「皆で手分けをして、饅頭を集めてくるわ。皆、行こか！」
▲「(戻って）遅なったけど、行ってきた！」
○「いや、一番早かったわ。一体、何を買うてきた？」
×「わしは、巴堂の太鼓饅頭。嵩(かさ)があって、怖がるわ」
○「なるほど、太鼓饅頭か。これやったら、大分怖がると思う」
△「わしは、胡月堂の最中や」
○「ほゥ、最中の中の最中という奴や。ほな、そこへ置いといて」
▲「わしは小さいけど、橘屋のヘソ」
○「これも、饅頭の中の饅頭や」
◎「わしは、瓢(ひさご)堂の芥子(けし)餅」
☆「此方は、甘泉堂の栗饅頭」
○「良え物ばっかり、集めてきたわ」
★「わしは、駿河屋の羊羹(ようかん)や」
□「此方は、高砂屋の薯蕷(じょうよ)饅頭」

○「これだけ集めたら、『キャア、バタバタ！　キャア、バタバタ！』が聞けるわ。饅頭を持って、光っつぁんの家へ行こか。こんな面白い物を見たら、芝居なんか、阿呆らしゅうて、見てられん。今日は正味やよって、味が濃いわ。光っつぁんの家の窓を開けて、合図をしたら、光っつぁんを目掛けて、ビャーッと投げ込め」

×「段々、盛り上がってきた！　光っつぁんは、家の中で寝てるか？」

○「一ト月は寝込むと言うてたよって、間違い無いわ。さァ、光っつぁんの家の前まで来た。シィーンとしてるよって、寝てるような。もし、光っつぁん。お身体の塩梅は、如何です？」

光「お蔭様で、身体の震えだけは納まったようで」

○「光っつぁんが、身体の震えだけは納まったと言うてるわ。また、改めて、震え直さんならんのに。寝てはったら、態々（わざわざ）、起きてもらわんでも宜しい。どうしても、光っつぁんに会いたいという御方が来てはります。薯蕷屋の、おまんさんという御方で。色白の、ポチャポチャとした別嬪さんで。ほな、窓を開けさしてもらいます。（窓を開けて）ソォーレ、行けエーッ！」

皆「（饅頭を投げて）ウワァーッ！」

○「（窓を閉めて）キャアバタバタ、キャアバタバタ！」

×「お前が、『キャア、バタバタ！』と言うて、どうする」
○「今のは、わしか？」
×「光っつぁんが、『キャア、バタバタ！』を言うと聞いたよって、高い銭を出して、仰山の饅頭を買うてきた。家の中は、シィーンとしてる」
○「いや、怒っても知らんわ。こんなことを、いつもやってる訳やない。しかし、静か過ぎるな。一寸、家の中を覗いてみよか。（窓の隙間から覗いて）わッ、えらいことになった！　光っつぁん、死んだ！」
×「何ッ、死んだ？」
○「あァ、死ないでか！　饅頭という言葉を口にするだけで、怖がってた。顔を上げた所へ、世にも恐ろしい饅頭が、五、六十も飛び込んできたわ。キャアも、バタバタも無しに、『アッ！』と言うたが、この世の別れ。ビックリ死にに、死んでしもた。お前の投げた太鼓饅頭が、光っつぁんの顔へ当たったのを見たわ。どうやら、あれで即死や」
×「あァ、えらいことになった！　これから、どうなる？」
○「一蓮托生やよって、逃げるな！　皆、覚悟せえ！　光っつぁんが、ビックリ死にに、死んでる。その内に、近所が騒ぎ出すわ。どこの町内でも世話焼きが居って、警察へ走って行く。そうなったら、巡査が来る、刑事が来る、警察署長が来る」

×「わァ、署長はんも来るか！」
○「こんな時に、喜ぶな！　新聞記者が来て、明日の新聞に載るわ」
×「わァ、新聞へ載るか！」
○「一々、喜ぶな！　新聞記者は、上手に書くわ。大見出しで、四段抜きや。大きな字で、『世界犯罪史上、類例の無い怪事件。饅頭殺人事件！』。太鼓饅頭が原因としても、皆で寄ってたかって殺したよって、共謀や。共謀となると、情を憎まれるよって、罪が重い。『友達共謀し、佐藤光太郎なる者を、饅頭にて、餡（暗）殺す』。殺した奴もアンツクやったら、殺された奴もアンツクや」
×「そこで、皆が小豆色の着物（べべ）を着る」
○「コラ、喜ぶな！」
光「（寝転んで）わッはッはッは！　あァ、表が静かになったわ。饅頭が怖いと言うたら、キッチリ掛かりよった。わしは酒は呑めんけど、甘い物には目が無い。暫（しばら）くの間、甘い物は買わんでもええわ。わァ、仰山の饅頭を買うてきた。今、食べたら怒るやろけど、辛抱が出来ん。一寸、よばれたろ。高砂屋の薯蕷で、竹の皮の座布団が敷いてある。ほんまか嘘かは知らんけど、黄楊（つげ）の小枝で炊いてあって、土用の最中に、二十日置いても、餡の味が変わらんそうな。（食べて）銭は、只取らん。あァ、橘屋のヘソや。値が上がった割に、小そなったな。(食べて) ロの中へ入れたら、勝手に溶けよる。あァ、巴堂の太鼓饅頭。バァーンと顔へ当たって、餡がはみ出してる。(食べて) 相変わらず、大きいわ。甘泉堂の栗饅頭に、瓢堂の芥子餅か」
○「何やら、ケッタイな塩梅や。家の中で、何か食べてるような音がする」
×「家の中に居るのは、光っつぁん一人や。ビックリ死にに、死んでるわ」
○「何やら、ムシャムシャと食べてるような音がしてる。もう一遍、覗いてみるわ。(窓の隙間から覗いて) アァーッ！　アァーッ！　アァーッ！」
×「まるで、烏や。一体、どうした？」
○「光っつぁんが、饅頭を食べてる」
×「どうやら、わしらが騙されたような。(窓を開けて) コレ、光っつぁん！」
光「(饅頭を喉へ詰め、胸を叩き、咳き込んで) ウッ！　ゴホン、ゴホン！　もう一寸で、饅頭と心中する所や。誰方も、おおきに御馳走さんで」
○「コレ、ええ加減にせえ！　あんたが饅頭が怖いと言うよって、皆で買うてきた。それを、ムシャムシャと食べてからに。光っつぁんが、ほんまに一番怖い物は何や？」
光「今度は、熱いお茶が一杯、怖い」

解説「饅頭怖い」

この落語は、東西の噺家により、かなり昔から語り継がれてきました。

私も小学生のころ、『古典落語名作選』（金園社）で覚え、友だちの前で演りましたが、それは東京落語の短い速記だったので、後に上方落語の「饅頭怖い」を聞いたとき、「何と、長い落語だ！」と、驚いた次第です。

このネタを本で知る前に、ラジオ番組で聞き、ストーリーは知っていましたが、演題は「饅頭怖い」とは思わず、「饅頭こえぇ」と思っていました。

なぜなら、ラジオで聞いたとき、「怖い」という言葉を、東京の噺家が「こえぇ」と言っていたからで、今でも東京落語の「饅頭怖い」を聞くと、演者によって、「怖い」と言うか、「こえぇ」と言うかが、気になります。

さて、平成二十五年から、相愛大学の客員教授として、「上方落語論」というテーマの講義を務めるようになりました。

学生ばかりではなく、公開講座として、一般の方々も一〇〇名ほど参加され、一五回の講義が終了すると、学生はレポート提出が必修ですが、中には自主的にレポートを書いてこられる一般の方もおられます。

その中で、私が出演する落語会に頻繁に来て下さる小出夫妻の奥様が纏められた、「饅頭怖い」に関する考察が、誠に見事だったので、ここで紹介させていただきましょう。

因みに、小出夫妻のご主人は、京都産業大学や京都大学などで教鞭を執られている、中国語の先生です。

平成二十六年度　相愛大学公開講座「上方落語論」レポート

落語「饅頭こわい」の原話と、その〝饅頭〟の実体に関する一考察

小出 裕子

落語「饅頭こわい」の原話は、日本の笑話本を辿ると、『氣の薬』（安永八［一七七九］年刊）、『詞葉の花』（寛政九［一七九七］年刊）に見られるが、そのアイデアは日本に生まれたものではなく、中国に由来するものである。直接の原話は、風來山人（平賀源内）が『笑府』に訓点を付した『刪笑府』（明和六［一七六九］年序）のような和訳本であるとするのが定説であるが、『笑府』は康熙年間末（一七二二年）までには刊行されたとみられる。

では、この『笑府』が始まりかといえば、そうではない。

『笑府』は、墨憨齋（馮夢龍、一五七四～一六四六年）が、古今の笑話を集めた百科事

典的書物である。墨憨齋が「饅頭」を何から引いてきたか明らかではないが、『笑府』以前にも、謝肇淛著『五雜組』（一六一六年刻）、また、古くは葉夢得（一〇七七～一一四八年）撰『避暑録話』に、『笑府』の「饅頭」とほぼ同じ話が見える。従って、『笑府』より前の寛文二［一六六二］年に日本で刊行された曾我休自著『爲愚癡物語』にある「野間藤六女を誑し餅くふ事」も、やはり、中国伝来のアイデアに依ると考えるのが自然である。

さて、現在、日本にも中国にも「饅頭」と呼ばれる食べ物があるが、それぞれ形態の異なるものである。日本では、一般に小豆餡の入った甘い菓子を指すが、中国の饅頭（マントウ）は、中に何も入っていない蒸しパンのようなものであり、主食に用いられる。ちなみに、韓国では、日本・中国の「餃子」のことで、スープに入れたり蒸したりされる。

中国に於ける饅頭の起源は、諸葛孔明が神への捧げ物として、生贄の人間の首ではなく、羊や豚の肉を麺（小麦粉をこねたもの）で包み、人の頭に見立てたものを用意したことであるという（〔宋〕高承『事物紀原』）。これは伝説に過ぎないが、中国の饅頭は、もともと、中に肉を入れた、現代中国語の「包子（パオツ）」、日本語で言うところの「肉まん」に類する物であったことがわかる。

日本では、十三世紀半ばには「饅頭」という語が確認できる（道元（一二〇〇～一二五三年）著『正法眼藏』）が、それがどのような物であったかは分からない。中国から「饅頭」という語と共に伝来した饅頭（恐らく、肉まんのようなもの）は、その後、主に寺の点心に用いられたことも要因となり、中に肉以外の豆腐・野菜・小豆餡など、様々な物が入れられるようになる。咄本『醒睡笑』（元和九〔一六二三〕年成立）に「（饅頭を出されて）これは小豆ばかり入りて位高し」とあり、十七世紀初めには小豆が高価であったことがうかがえるが、『雍州府志』（貞享三〔一六八六〕年刊）には、当時、京都の菓子屋が、砂糖を用いた小豆餡の饅頭を競って作っていたことが記されている。十七世紀後期頃から、現在のような「饅頭といえば、甘い小豆餡入り」というイメージが定着し始めたのだろうか。

『詞葉の花』には、「あいつは下戸のくせにまんちうを見るとこはい〳〵とぬかす」とあるので、この饅頭は必ず甘い物である。友人らが饅頭を買い集めてくるなど、話の筋も現在の「饅頭こわい」とほぼ同じである。サゲには、「いい茶か一ッはいこわい」。

『氣の藥』は、複数人を騙すことは同じだが、後から饅頭屋が来ることになっている。『笑府』『五雜組』『避暑録話』では、貧しく飢えた人が、市場の饅頭屋の前で倒れ、饅頭屋の主人一人を騙す。『笑府』で畏れるのは、「苦茶」で、『刪笑府』の訓は「チャ」。『五雜組』と『避暑録話』には、「臘茶（高級茶の一種）」とある。

『爲愚癡物語』にはオチが無く、女房らを相手に「いきのたつ（熱い）あづきもち」が怖いと偽る話である。

「饅頭こわい」が落語として面白いのは、饅頭が嗜好品であるからではないだろうか。

また、甘い饅頭にはお茶が合うという常識がなくてはならない。頻繁に食べる物ではないが、ほんの少し贅沢すれば手に入る、いわば身近な存在である饅頭の話だからこそ、ちょっとした悪戯として成立するし、聞き手も安心して共感することができるのである。『爲愚癡物語』の小豆餅は、甘いかどうかは不明だが、嗜好品という点は共通である。『詞葉の花』の「いい茶」は、高級であることよりも、饅頭の甘さに合う、程良い茶を指すものであろう。

一方、中国の原話に於いては、饅頭は菓子ではなく食事であり、飢えた人が商売人を騙すという切実な設定となっている。『笑府』の「苦茶」は、食事の後の口直しという程度の意味であろうが、『避暑録話』『五雜組』では、「臘茶」という、庶民には到底、手に入らない高級品を求めることによって、自嘲心が表現されている。殊に『避暑録話』は、本音と建前の異なる官僚を批判した喩え話であり、落語のような純粋な笑いに繋がるものではない。

「饅頭こわい」の原話が中国から伝来した時、もしも日本の饅頭が甘い菓子ではなかったとしたら、現在のような笑いの多い「饅頭こわい」は成立していただろうか。知ってか知らずか、食事であった中国語の「饅頭（マントウ）」という語を、菓子を指す日本語の「饅頭（まんじゅう）」という語に訳した功績は大きい。

いろんな資料から調べ上げた緻密さに、驚いた次第です。

無論、もっと違う角度から纏めたり、異論を唱えることもできるでしょうが、これだけ述べることができれば、立派でしょう。

さて、「饅頭怖い」は、古くは上方落語で上演され、東京落語に移植したのは、三代目蝶花樓馬楽と言われていますが、江戸版の噺本に原話が収録されているだけに、古くから江戸でも上演されていたと見るのが自然で、「東京（江戸も）では、上演されていなかった」という意見には、首を傾げてしまいます。

昔の速記本では、『競演落語十八番』（進文堂・榎本書店）、『十八番落語集』（村田松栄館）、『馬楽新落語集』（磯部甲陽堂）、『新作お伽落語集／子供の時間』（大道書房）、『新撰小せん落語全集』（盛陽堂）、『柳亭左楽落語会』（三芳屋書店・松陽堂書店）、『講談落語頓智くらべ』（いろは書房）に掲載されました。

ＳＰレコードは六代目春風亭柳橋・三代目立花家千橘が吹き込み、ＬＰレコード・カセットテープ・ＣＤは五代目古今亭志ん生・五代目柳家小さん・六代目笑福亭松鶴・三代目桂米朝・九代目入船亭扇橋・二代目桂枝雀・桂三枝（現・六代桂文枝）・桂文珍などの各師で発売されています。

上方落語の「饅頭怖い」は、東京落語で上演すると、「好きと怖い」「九郎蔵狐」「饅頭怖い」の三席分に相当するだけに、落語の修業ができていない者が上演するには難しいネタと言え

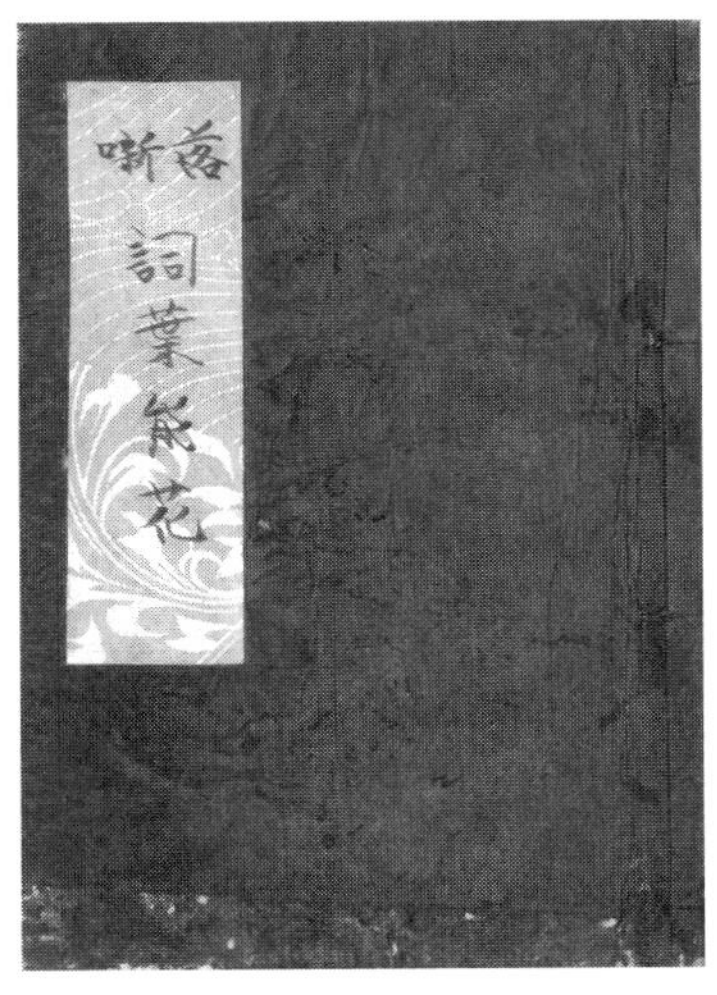

『落噺 詞葉の花』「饅頭」

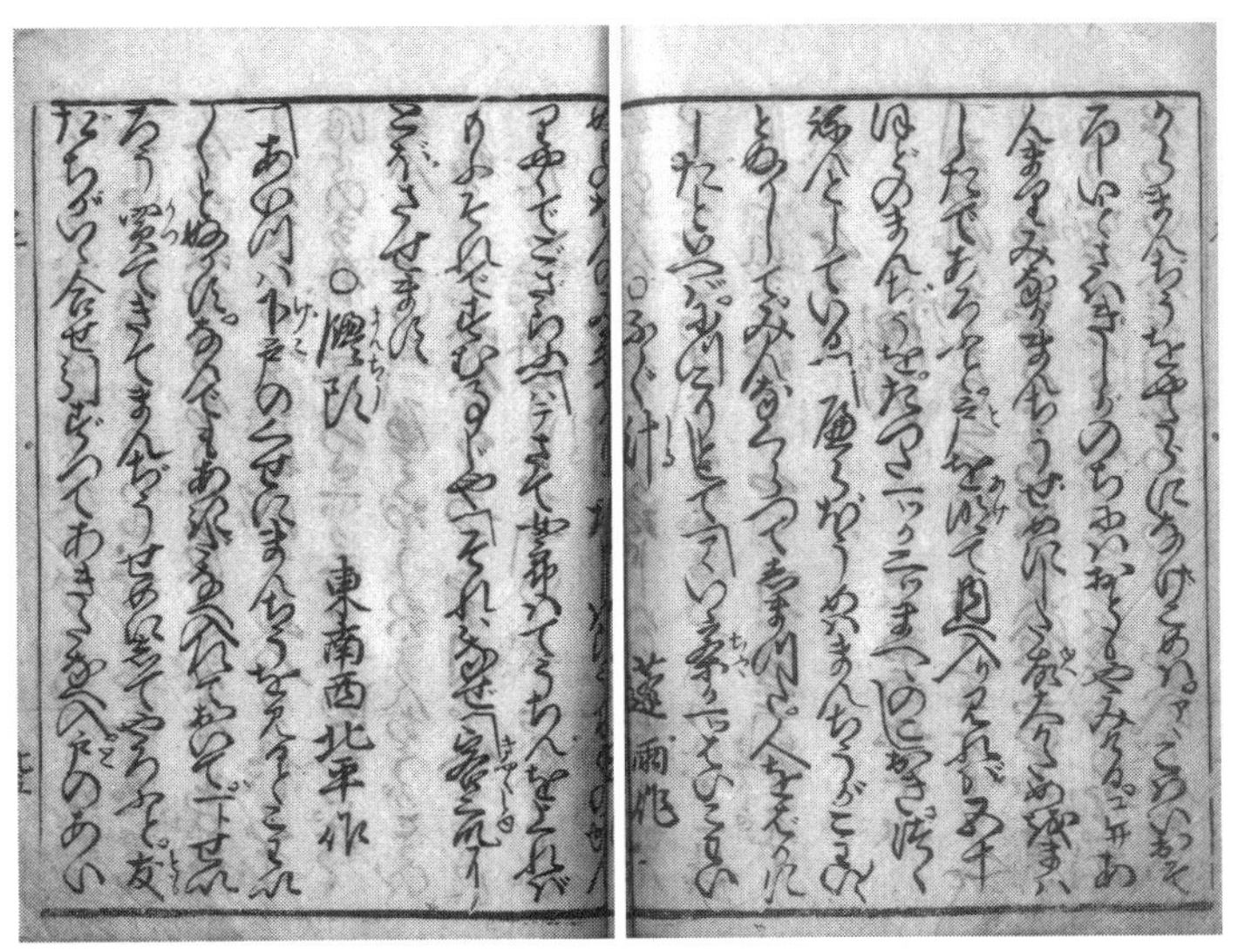

甲乙兩鄉人入城偶喫醃蛋甲訝曰此蛋何以獨鹽
乙曰我曉得了是醃鴨哺出來的

饅頭

有食士餒甚見市有鬻饅頭者僞大呼仆地主人驚
問其故曰吾性畏饅頭主人因設數十枚于空室中
而閉士于內與相困以為一笑久之寂如乃啟門見
其搏食過半詰之則曰不知何故忽不覺畏主人怒
叱曰汝得無尚有他畏乎曰無他此際只畏苦茶兩
碗

刪笑府　五

『笑府』「饅頭」

ましょう。

『桂三木助集』（青蛙房）の解説によると、三代目三木助が「饅頭怖い」を五代目柳家小さんから習った後、丸ビル地下の布袋屋で、兄弟分の盃を交わしたそうです。

また、六代目林家正蔵は、昭和四年四月二十二日の夜、神田立花亭の「落語家三十分会」で、「饅頭怖い」を上演したのが最後の高座となり、三日後の二十五日、男の厄年の四二歳で、胆石のために亡くなりました。

上方落語の「饅頭怖い」に出てくる、怪談じみた話に登場する農人橋や、本町の曲がりについても述べておきましょう。

農人橋は、昔の大坂の農民が田畑へ通うための橋でした。

本町の曲がりは、農人橋を少し南へ下った所で、東横堀川がS字型に曲がっているのは、東横堀を掘ったとき、豊臣家が帰依した浄国寺があった場所を避けるために、堀をカーブさせたそうで、その辺りは流れが速くなり、渦を巻いているため、入水自殺をしても、死体が上がりにくく、自殺の名所にもなり、ガタロ（河童）が棲んでいると言われていたそうです。

私が「饅頭怖い」を初演したのは意外に遅く、平成十六年四月十九日、大阪梅田太融寺で開催した「第三一回・桂文我上方落語選（大阪編）」でしたが、この日は私の師匠（二代目桂枝雀）の命日だったので、師匠の高座を思い浮かべながら演じました。

饅頭を食べるシーンは、できるだけ、ゆっくり、本当に饅頭を味わいながら食べるような

174

にかぎる」

まんじゅうこわい

甲「サァみんなこっちへ入ってくんねえ。いいからこっちへ入ンな。入口に立っていると小縁起が悪いから、サァみんなこっちへ入れ、入ったからって遠慮をしねえであぐらを組んでくんナ。布団は三枚しかねえんで、ひとりで敷いてひとりが敷かずにいるのは気まずいから、いっさいぬきだ」

乙「時に兄弟回状が来たが、なんか大きな請負でもあるのか」

甲「なんの、他のことじゃァねえ、実はこういう訳なんだ。今日仕事が半ちくになってしまったから休んじまった。そこでいつもお前方とはいっしょになることもなし、お互に稼業があるからそうそう遊んでもいられねえ。しかし今日は俺が休んだからお前方に来てもらって、おちついて話をしようと思っての」

乙「それは結構、至極賛成だ」

丙「結構だ。ゆっくり話をしたいね」

甲「みんなが賛成となるということがあるんだ。というのはどうもお前方は酒癖が悪いから、せっかく寄ったところで喧嘩でもできたひには困るから、どうもすまねえが、酒はぬきにするよ」

乙「オット、少し待ってくんねえ。ごじょうだんでしょう。ふざけちやァいけねえぜ。こちとらはなんのために朝むっくり起きて出かけて、お星さまの出る時分にようよう帰って来るんだ。それを禁じられた日にやァ生きてるかいがねえ。ふざけちやァいけねえぜ」

甲「マア少し待ってくんねえ」

乙「どうしたんだ」

甲「怒るなよ。終まで話を聞いてくんねえ」

乙「どういう話か知らねえが、こちとらは飲まずにやァいられねえんだ」

『古典落語名作選』（金園社、昭和45年）の表紙と速記。

子供の時間

　ふざけて遊んでゐる時は、

『嘘誑かした』

　といふ事も、面白い愉快な、アハッハッ、アハッハッ、と笑つておかしい事ですが、眞面目の時に、嘘を吐いたり、誑かす事はいけない事です。

『今日は日曜日なので、會社がお休みで、お友達がたくさん集まつたね』

『上野君も、淺草君も、沼津君も、名古屋君も、大阪君も、みんな居るね』

『まだ後から〳〵來るよ。ホラ、ね、大宮君、福島君も來たよ。オイ〳〵、君々沖繩君、そんな遠くに居ないで、もつと眞ん中へ出たまへよ』

『ありがたう』

『サアこれから、ハイキングの相談をするんだけれど、全部集まるまで待つてゐよう』

『沖繩君は、いつも鹿兒島君と一しよなのに、今日は、鹿兒島君、どうしたんだい』


柳家権太楼著『新作お伽落語集 子供の時間』（大道書房、昭和16年）の表紙と速記。

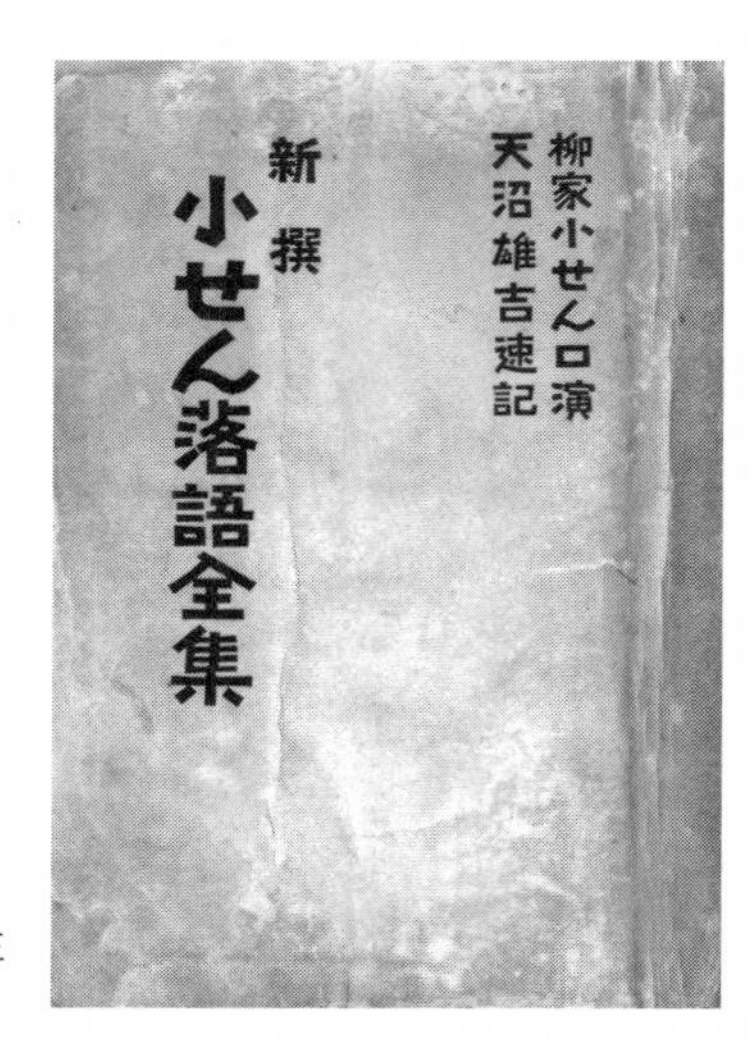

『新撰小せん落語全集』（盛陽堂、大正６年）の表紙と速記。

小せん落語全集

居たのは悪いんだから勘忍してお呉れ』

亭『イヤ汝は却々えらい女だなえらい女房と氣が付かねえで今まで打つたり蹴つたりして能く俺の手足が曲らなかつたな嬶大明神……』

女『嫌だよお前さん自分の内儀さんを拜むものがあるものかね、サア三年目といへば今夜だ。今夜は此んな目出度い日だから御神酒の殘りがあるから一ぱい燗けやうおあがりな』

亭『エ、酒か、よさうよ又此金が夢になると不可ねえ』

饅頭嫌ひ

×『どうしたんだ大層青い面をして入つて來たぢやねえか』△『驚ろいた』×『何が驚ろいたんだ』△『今のウ、此所へ來やうと思つて、路次をぬけて來ると蛙が居やアがつたんだ』

饅頭嫌ひ　229

×『ウン』△『俺アどういふ譯だか蛙といふ奴を聞いても不可ねえんだ夫が眞物を見たんだから慄え上つちまつた』×『そんなに蛙が怖いのか』△『怖いたつて何だつてお前、彼の姿を見た日にやあ、其日は一日お飯が食へやアしねえや』

×『ヘエー妙なもんだな鬼とでも組みさうな手前が、蛙を見て面を眞青にするといふのは可笑いね……エ、オイ皆な聞いたかい』

○『さういふ事はあるもんだよ。よく言ふやつだね、虫が好かねえといふがね其の人によつて妙なものを嫌うもんさ、昔の人が言ふぢやねえか何でも胞衣の上へ最初に渡つたものが怖くなると』

×『して見るとお前の胞衣の上にやア最初に蛙があるいたのかも知れねえや』△『俺あ蛇が嫌ひだね』×『蛇なんざア餘り好くものはねえやな』△『だけどもよ其内にも嫌えだね玩具を見ても慄えあがつちまうんだから』

□『俺はなめくぢが嫌ひだね』×『何だか知らねえが三すくみ見てえだな』□『本當だ

恐い物

エー……相變らず一席た饒舌を伺ひますが随分手前共の連中も澤山御坐いますが皆技藝が出來ますが手前一人は誠に御存じの通り不器用で有りまして第一に三味線と云ふ者が有りませんし音曲と云ふ者が有りません……假聲も有りません……御存じの通り頭の髪か有りません位な始末でありますから只御定連様の御耳を拜借……お口に勞させまするお笑ひを一席申し上げますが當節では誠に此人間が進んで居りますから宜い事を考へまする御人も有りますし惡い事を考へまする其内に行き道は相違致しまするが中に

—(27)—

『柳亭左楽落語會』（三芳屋書店・松陽堂書店、明治41年）の表紙と速記。

番組

表紙題字　吉井　勇
表紙絵　長谷川貞信

一、加賀の千代　橘家　円之助
二、仲直り　一・一
三、始末の極意　桂　春団治
四、太閤記（講談）　旭堂　小南陵
五、骨釣り　林家　染丸

中入

六、軽口　一輪亭　花蝶　松原　勝美
七、船弁慶　桂　小文枝
八、饅じゅう怖い　笑福亭　枝鶴

第48回三越落語会　六代目笑福亭松鶴（枝鶴時代）

気分で演じています。

全体はコント仕立てですが、狐や怪談の部分など、劇中劇のようなシーンもあり、さまざまなシーンで緩急を効かさなければならないネタだけに、一筋縄ではいかない大物の落語と言えるのではないでしょうか。

癪の合薬

しゃくのあいぐすり

船場の大店の仲良し姉妹と、近所の仲良しの娘が、箕面の紅葉狩りに、やって来た。箕面の滝から、西国三十三カ所第二十三番・勝尾寺も参詣して、山の麓まで下ると、一匹の蛇が三人の前を横切って、鎌首を上げて、「こんにちは」と挨拶をする。

嬢はんは、蛇を見るなり、癪が出て、「ウゥーン！」と、お腹を押さえて、うずくまってしもた。

友「まァ！　嬢はんに、癪が起こりました！　こんな山道では、お医者を呼ぶことも出来ませんし、周りにお家も無いよって、お薬を分けていただくことも出来ませんわ」

妹「姉の癪は、薬では治りません。姉に癪が起こったときは、薬罐を舐めると納まります。幼い頃、癪が起こった時、苦し紛れに、傍にあった薬罐を舐めましたら、スッと痛みが納まったそうで。今でも薬罐を舐めて、癪を治します。この辺りに、薬罐を借りるようなお家も無さそうな。あァ、難儀なことになりました」

侍「(歩いて)コレ、可内。秋の微風は、誠に快い。その方より、身共の方が快いぞ。身共は、ツルリと頭が禿げておる。身共の頭を通る風の快さは、髪のある者にはわかるまい。その方も、秋風を快く思いたくば、早く禿げろ。あァ、良い日和じゃ」

友「こいさん、御覧下さいませ。向こうから、薬罐が参りました!」

妹「えッ、どこに薬罐が落ちてます?」

友「いえ、そうではございません。お武家様のお頭が、薬罐そっくりでございます」

妹「まァ、仰る通り! お願いして、お借りして参ります。お武家様のお頭を、ペロペロと舐めさせていただきましょう」

友「そんなことを申しましたら、無礼打ちになります」

妹「姉の苦しみを救うには、それしかございません。身を呈してでも、お願い致しましょう。(土下座をして)お武家様、お願いがございます」

侍「可内、待て。婦女子が土下座を致し、何やら頼んでおる。身共に頼みとは、何じゃ? おォ、仇討ちであろう。仇の相手は腕が立ち、歯が立たんと申すか。身共は、北辰一刀流・免許皆伝である。仇の相手を、真っ二つに致す!」

妹「いえ、そうではございません。お武家様に、お借りしたい物がございます」
侍「おォ、相わかった。一々、くどう申すな。その方は、借金取りに追われておるのであろう。身共の懐には、些かながら金子はある。如何程、要り用じゃ？」
妹「お借り致したいのは、お金ではございません。実は、姉に癪が起こりまして」
侍「おォ、相わかった。一々、くどう申すな。腹痛の薬を所望致しておるようじゃが、身共は印籠を腰に下げておっても、腹痛の薬は所持致しておらん」
妹「いえ、腹痛のお薬ではございません。お借り申したいのは、お頭でございます」
侍「何ッ、身共の頭が借りたい？　一体、何故じゃ？　ほゥ、何じゃと。姉は癪を起こすと、薬罐を舐めて、腹痛を治す？　身共の頭を、姉に舐めさせたいとな。コリャ、可内！　その方は、何を笑うておる。主が愚弄され、何が可笑しい！　コリャ、娘。その方は、武士を愚弄致した。手打ちに致す故、それへ直れ！　可内、笑うな！　娘、泣くではない！　手打ちに致す故、それへ直れ！」
妹「私の命は、惜しゅうございません。姉の難儀を、お助け下さりませ！」
侍「何ッ！　自らの命を捨ててでも、姉の苦しみを救いたいと申すか？　いや、天晴れ！　身共を愚弄致したことは許せんが、その心掛けは見上げた物じゃ。しかし、他に手は無いのか？　可内、笑うな！　その方を、手打ちに致すぞ！　一体、何を申しておる？

笑い過ぎて、癪が起こったとな。ええい、馬鹿者！　コリャ、娘、他に、打つ手は無いのか？　あァ、是非に及ばん！　然らば、一舐めだけじゃぞ」
妹「誠に、有難うございます。やっと、薬罐が手回りました」
侍「コリャ、『薬罐、薬罐』と申すな！　身共は、如何致せばよい？　四ツ這いになり、姉に頭を舐めさせるとな。（四ツ這いになって）然らば、このような形で良いか？　コリャ、強く持つではない。そのように、ペロペロと舐めるではないわ。何やら、露が滴って参った。コレ、噛んではいかん！　もう、それぐらいで良いであろう？（頭を、手拭いで拭いて）どうじゃ、癪は治ったか？」
姉「（正気に戻って）ここは、どこ？　一体、何がございました？」
妹「まァ、癪が治りましたか？　お武家様、薬罐で癪が治りました」
侍「一々、『薬罐、薬罐』と申すな！　ほゥ、癪が治ったか？　あァ、それは良かった。可内、笑うな！　まだ、その方は笑うておるのか。先に、その方を無礼討ちに致すぞ。癪が治ったのであれば、立ち去るがよい。何ッ、身共の住居を聞きたいとな。明日、礼に参りたい？　必ず、来るな！　今のことは、全て忘れろ！　決して、口外することはならん。この一件が、風の噂で聞こえて参らば、草の根を掻き分けてでも、その方らを捜し出し、手打ちに致す故、左様心得よ！　また、この後は、外へ出る折、必ず、薬罐を持参致すように。そうでなくば、巷の禿に迷惑が掛かる。さァ、向こうへ行くがよい。コリャ、可内。いつまで、笑うておる！」

可「御主人様の頭が、世の中の役に立つのであらば、玄関先へ看板をお出しになっては如何で。癪の合薬、一舐め五文」

侍「ええい、たわけ者！　主人が愚弄され、喜ぶ奴があるか！　何やら、ピリリと頭が痛む。可内、身共の頭を見てくれ」

可「ハハッ、畏まりました。（侍の頭を見て）あッ、旦那様！　歯形の跡が二枚、クッキリと付いております」

侍「ヤヤッ、あの娘は噛みよったな！　どうじゃ、頭の疵は酷くはないか？」

可「まだ、お湯が漏れる所までは行っておりません」

解説「癪の合薬」

「登場人物が立ち直れるぐらいの、気の毒な目に遭う」というのが、落語の面白さの重要なポイントといえますが、それを如実に表している代表的なネタは、間違いなく、「癪の合薬」でしょう。

この落語の内容は、学生時代から書籍で知っていましたが、音で聞いたのは、初代桂小文治の録音で、その後、十代目柳家小三治師の映像や、四代目林家染丸兄の高座も参考にさせていただき、自分なりに纏(まと)めました。

頭の禿げた侍の困りを笑うだけのネタのように思われがちですが、そうではありません。姉の苦しみを助けたいという妹の思いやりと、自分の怒りを抑えながら、他人の難儀を救うという侍の優しさを、爽やかに演じなければ、大声を張り上げるだけの、喧(やかま)しく、コント性の強いネタにしかならないでしょう。

さりげなく人情の機微を入れ込み、春は桜見物、秋なら紅葉狩りと、季節感も加え、快いネタに仕上がるように務めています。

可内（※武家の下男）の様子は、できるだけ、主の侍の怒りの言葉の中で表現した方が、面白味が増すでしょう。

東京落語は「やかんなめ」「梅見のやかん」、上方落語では「茶瓶ねずり」ともいいますが、元来、「ねずり」は「ねずる。ねぶる」という上方言葉で、一般的に言えば、「舐める」ということで、牧村史陽氏の『大阪ことば事典』（講談社学術文庫）では、「『全国方言事典』ネズルの項には、滋賀県甲賀郡・三重県志摩郡・奈良・和歌山・大阪・淡路島・徳島県板野郡を挙げている」と記されています。

原話は、百話の笑話を集めた、万治二年京都版『百物語』巻下ノ四と、初代露の五郎兵衛の噺を集めた、宝永七年京都版『軽口都男』巻一の「薬罐」で、この二話は「山椒にむせた時は、銅を舐めれば良い」という俗信に基づいているだけに、このアイデアが「癪の合薬」の土台になっていることは間違いないでしょう。

元来は「あなたが謡を謡って歩くから、狐が化かしたのでしょう」「あァ、狐か。道理で、やかん（野干）を好んだ」というオチでしたが、わかりにくいので変えられました。

昔の速記本では、『圓遊とむらくの落語』（松陽堂書店）、『圓遊落語集』（三芳屋書店・松陽堂書店）、『講談落語名人揃』（いろは書房）に掲載されています。

LPレコード・カセットテープ・CDでは、初代桂小文治・十代目柳家小三治・柳家喜多八などの各師の録音で発売されました。

「癪の合薬」という演題は、初代桂小文治が付けたと言われています。

私が初演したのは、平成八年十月十四日、大阪梅田太融寺で開催した、「第九回・桂文我上

梅見の藥鑵

エヽ今日は一席相變らずエヽ圓遊口調の御可笑味の稽滑を一席伺ひまして少々の聞御耳を拜借(では無い御目を拜借)致しますが恰好春先でございますから其故に梅見の藥鑵と云ふ、何か御目新しい事を口演さうと兼て腦を痛めて居りますが何うも愚昧の圓遊でげして巧い口調も出ませんが……然し乍ら唯今では商賣流行でございまして昔は兩刀たばさんだ方が上で別して町人抔は風上に置く事は成らん杯ぞと云ふ御見識でございましたが何うも當今では商賣でゲシテ此商賣も段々練逹て來ると御世辭と云ふ者が其處へ出て參ります何うも商賣は五圓の物を商賣て 甲「篦棒奴一割つきやア利益ねんだ大變安いや買て行ねへ……と突慳どんに往た日にやア何だか安い物を買ても恐ろしい利益られた樣でゲス、鳥渡御世辭にも 乙「元が切ますが亦御後もございますから願ひませうと云はれますと大變安く買た樣で家へ歸つて

『圓遊落語集』(三芳屋書店・松陽堂書店、明治44年)の表紙と速記。

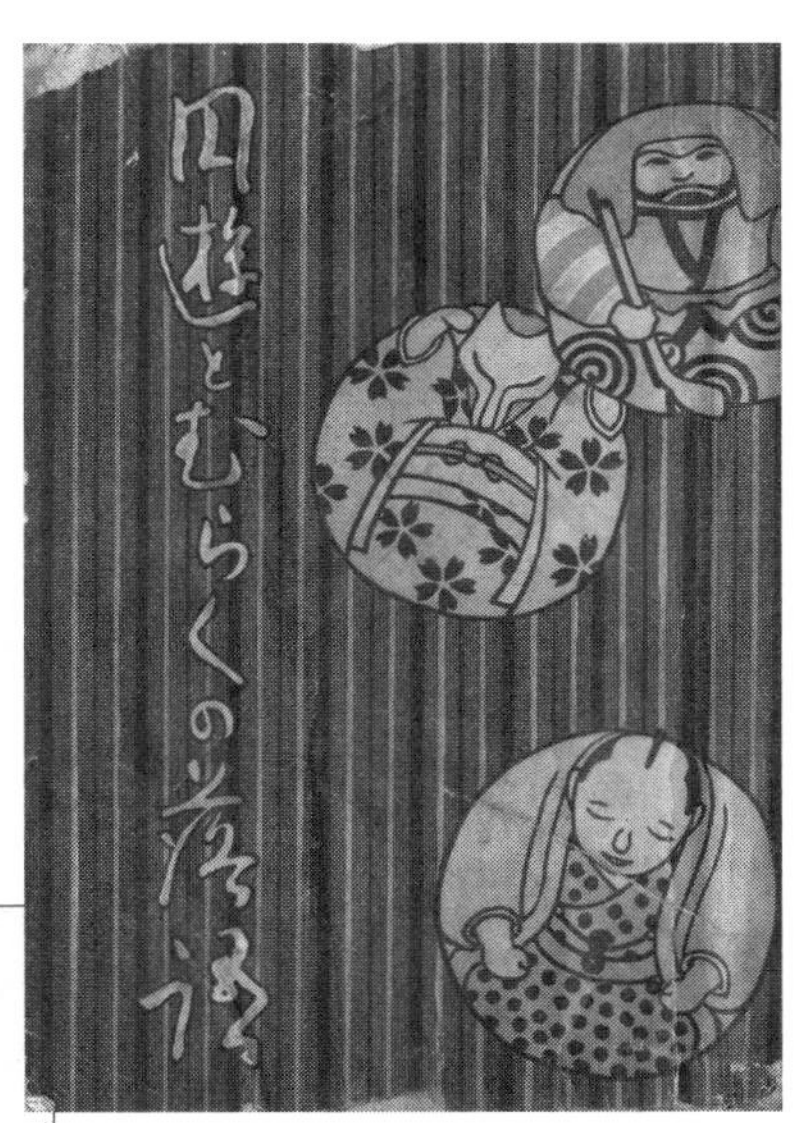

（90）

梅見の藥鑵

エ、今日は一席相變らずエ、圓遊口調の御可笑味の稽滑を一席伺ひまして少々の間御耳を拜借（では無い御目を拜借）致しますが恰好春先でございますから其故に梅見の藥鑵と云ふ、何か御目新い事を口演さうと兼て腦を痛めて居りますが何うも愚昧の圓遊でげして巧い口調も出ませんが……然し乍ら唯今では商賣流行でございまして昔は兩刀たばさんだ方が上で別して町人杯は風上に置く事は成らん杯ぞと云ふ御見識でございましたが何うも當今では商賣でグシテ此商賣も段々練達て來ると御世辭と云ふ者が其處へ出て參ります何うも商賣は五圓の物を商賣て　甲「篦棒奴一割つきやア利益ねんだ大變安いや買て行ねへ……と突嶮どんに往た日にやア何だか安い物を買ても恐ろしい利益られた樣でゲス、鳥渡御世辭にも　乙「元が切ますが亦御後もございますから願ひませうと云はれますと大變安く買た樣で家へ歸つて

『圓遊とむらくの落語』（松陽堂書店、大正11年）の表紙と速記。

方落語選（大阪編）」でしたが、最初から手応えがあり、その後、全国各地の落語会や独演会でも上演するようになりました。

今後も、真面目に「困り」を演じ続けたいと思っています。

てないど

てないど

旦「皆、此方（こっち）へ集まっとおくれ。昨今、店が繁盛したよって、給金を増やしました」
番「奉公人一同、喜んでおります。定吉、何を言うてる？」
定「もっと給金が増えたら、大きな焼芋が買えます」
番「（制して）シャイ！　えェ、旦さん。定吉も、涙を流して喜んでおります」
定「へェ、その通り。雀の涙の給金で、喜んでおります」
番「（制して）シャイ！　定吉は、其方（そっち）へ行ってなはれ！　皆、喜んでおります」
旦「これも皆、世間様のお引き立てがあればこそじゃ。世間様に、お返しをしょうと思うて。離れが空いてるよって、今日の宿に困る御方に、雨露を凌いでもらおか」
番「つまり、食客（しょっきゃく）・居候を置くということで？」
旦「食客・居候を、家内人（けないど）と言う。家の内の人と書いて、『けないど』と読む。それぐらいの施しをしても、罰(ばち)は当たらんと思う」
定「もっと給金を上げても、罰は当たらんと思います」
番「(制して)シャイ！　定吉は、向こうへ行ってなはれ！　食客・居候・家内人を置く
と、困ってる御方が喜びはると思います」
旦「ほな、表へ『食客、置き候』と書いた看板を出しなはれ」
番「早速、そのように致します」

暫(しばら)くすると、「食客、置き候」という看板を見た者が、次々、やって来た。

忠「おォ、頼もォーッ！」
番「何と、いかめしい御方が入ってきた。へェ、お越しやす」
忠「某は、薩摩守忠度(さつまのかみただのり)と申す者。兵庫駒ケ林で、岡部の六弥太と組打の折、右腕を斬り落
とされ、難渋致しておる。暫く、食客を願いたい」
番「それは、お気の毒で。どうぞ、お上がり下さいませ」
忠「然らば、御免！」
番「初めから、ケッタイな御方が来なさった」

大「あァ、御免下され。わしは、おくみの父親・大阪屋源右衛門と申し、法界坊に両腕を斬り落とされ、難渋致しておる。何卒(なにとぞ)、居候に置いて下され」
番「今度は、両腕の無い御方で。どうぞ、お上がり下さいませ」
茨「えェ、御免！　暫く、食客を願いたい。羅生門で、渡辺綱に左腕を斬り落とされた、大江山の茨木童子と申す者じゃ」
番「また、腕の無い御方か。どうぞ、お上がりを」
団「あァ、御免！」
番「何ぼでも、お越しになるわ」
団「刀鍛冶の団九郎と申すが、湯加減を盗もうとして、親父に右腕を斬り落とされた」
番「何が何やら、わからんようになってきたわ。どうぞ、お上がり下さいませ」
小「アノ、御免やす」
番「今度は、女子の御方じゃ。ひょっとしたら、腕が無いのと違いますか？」
小「まァ、おわかりで？」
番「あァ、やっぱり。（泣いて）トホホホホホ！　お宅は、誰方(どなた)です？」
小「堅田の小万(こまん)という者で、平実盛に右腕を斬り落とされました」
番「来る人、来る人、腕の無い人ばっかりや。どうぞ、お上がりを」

甲「何卒、皆を家内人にしていただきたい！」
番「両腕の無い御方ばっかりが、ゾロゾロと入ってきなはった。人形浄瑠璃の一人遣いのツメ人形が並んでるけど、旦さんが『誰方に限らず、上がってもらえ』と仰るよって、断れん。どうぞ、お上がりを。コレ、お清。早速、御飯の支度をしなはれ。皆様方、お待たせ致しました。どうぞ、離れに移っていただきますように。御飯をお出し致しますけど、腕が無(の)うては、箸と茶碗を使(つこ)て食べるのは、難儀やございませんか？」
忠「薩摩守忠度は、団九郎殿と、残った腕で助け合い、食すことに致す」
茨「茨木童子と、堅田の小万も、同じように致そう」
大「大阪屋源右衛門と、ツメ人形の衆は、両腕が無い。御飯とおかずは、大きな擂鉢(すりばち)に入れてもろたら、首を突っ込んで食べます」
番「それやったら、犬ですわ。コレ、お梅。早(はよ)う、給仕をしなはれ」
梅「私一人では、手が足りません。お客さんも、手伝(てつど)とおくなはれ」
番「いや、それは出来ん。皆、手無い人(ど)（家内人）じゃ」

解説「てないど」

約三五年前、阪急箕面(みのお)駅から、箕面の滝に向かう山道の途中にある小さな土産物屋で、一冊の古本を見付けました。

箕面は大阪の北摂にあり、箕面の滝は、大阪屈指の風光明媚な名所で、箕面駅から延びる川沿いの滝道を徒歩で約四〇分、約三キロ上ると、落差三三メートルの大滝が見えてきますが、流れ落ちる滝の姿が、農具の箕の形に似ていることから、箕面の滝と呼ばれるようになり、箕面の地名の由来も、それに準じるといわれています。

箕面の滝から、約四キロ上ると、西国三十三カ所第二三番・応頂山勝尾寺があり、昭和四十二年十二月十一日、明治の森箕面国定公園に指定されました。

春は新緑、夏は納涼、秋は紅葉、冬は鍛練の場として、昔から庶民に親しまれており、昭和四十一年、森林浴の森百選にも選ばれたのです。

話は逸れましたが、滝道の途中にある、紅葉の天麩羅や駄菓子が並ぶ、土産物屋の奥まった所に、二〇冊ほどの古本が並んでおり、明治・大正の本ばかりで、かなり傷みがありましたが、その中で傷みの少ない小型本の表紙に『滑稽落語集』（吉岡書店・同文館書店）という文字が見えました。

その本に「てないど」が載っていたのですが、その後、そのことをスッカリ忘れていたのです。

それに気が付いたのは、『上方芸能』という雑誌に掲載された、桂米朝師の「上方落語ノート」でした。

米朝師も、古い上方落語のネタ帳に載っている「てないど」というネタの内容がわからず、「てないど」という言葉の意味も判明しませんでしたが、芸能研究家・嘉納吉郎氏が見付けた明治中期の小型本の上方落語集に「居候」という小咄が載っていたことで、全容を把握したそうです。

私が箕面の滝道の土産物屋で見付けた本と同じかどうかはわかりませんが、内容に大差はないでしょう。

土産物屋の古本『滑稽落語集』は、店の主人が価値を知っていたのか、「どうせ、売れないだろう」と思い、破格な値段を付けたのか、当時の古本屋価格よりも高く、五千円でしたが、見たことがない落語本だったので、当時の収入から考えると、清水の舞台から飛び下りるつもりで、購入した覚えがあります。

『滑稽落語集』には、それまで聞いたことがないネタばかりが並んでおり、その中の一つのネタが「古人の食客」で、口演者は桂柏枝とありました。

元来、柏枝という噺家の亭号は春風亭であり、歴史上、一人だけ、亭号がわからない柏枝

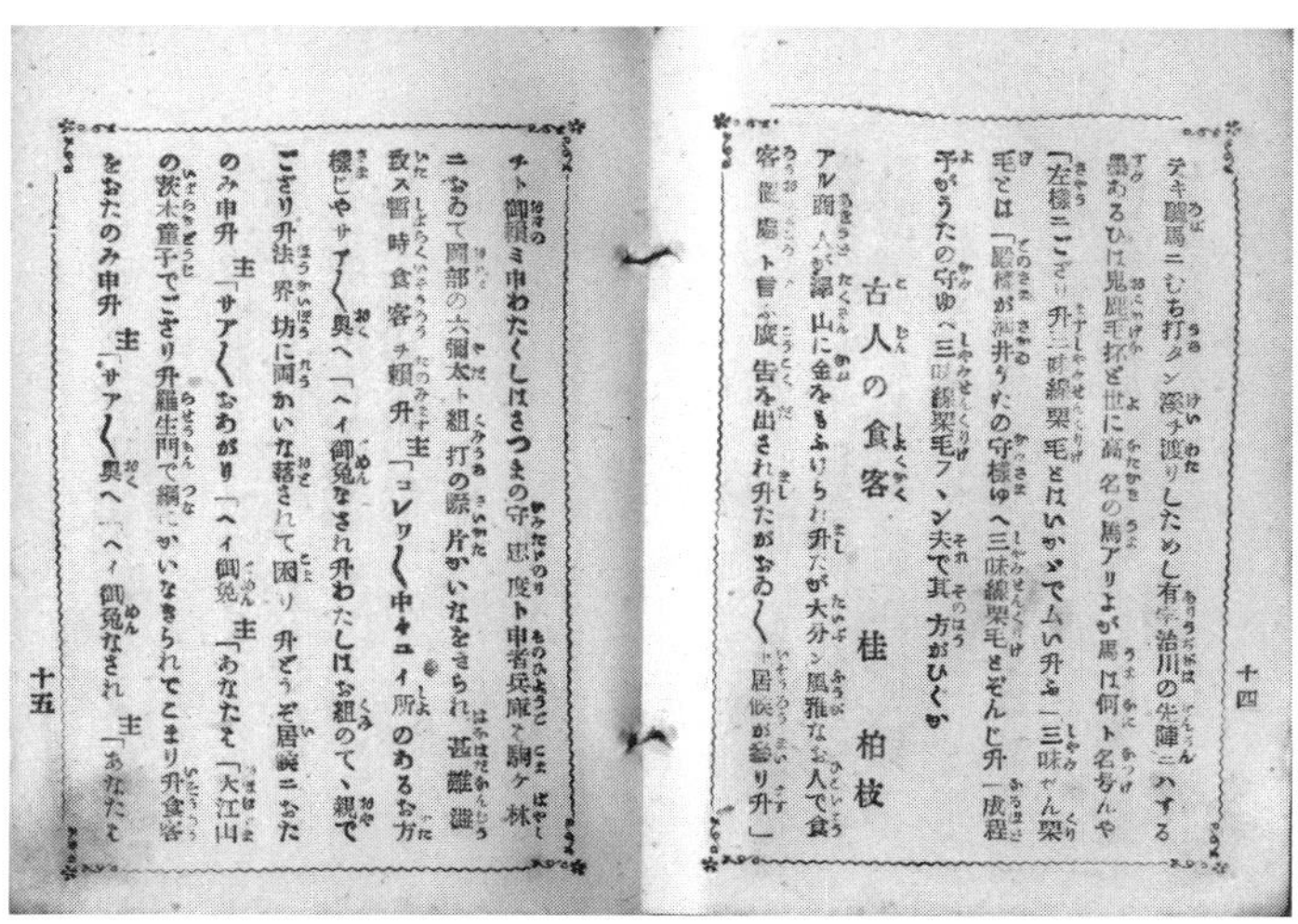

十四

テキ騎馬ニむち打ダン溪ナ渡りしためし有宇治川の先陣ニハする
墨あるひは鬼鹿毛抔ど世に高名の馬アリよが馬は何ト名付んや
「左様ニござり升三味線栗毛とはいかゞでムい升ふ」三味せん栗
毛とは「殿様が酒井うたの守様ゆへ三味線栗毛とぞんじ升」成程
予がうたの守ゆへ三味線栗毛フヽン夫で其方がひくか

古人の食客　桂　柏枝

アル商人が沢山に金をもふけられ升たが大分ン風雅なお人で食
客置度ト言ふ廣告を出され升たがおの／＼居候が参り升」

十五

チト御頼ミ申わたくしはさつまの守忠度ト申者兵庫ノ駒ケ林
ニおゐて岡部の六彌太ト組打の際片かいなをきられ甚難渋
致ス暫時食客ヲ頼升　主「コレワ／＼中々ユイ所のあるお方
様じやサア／＼奥へ「ヘイ御免なされ升わたしはお組のて、親で
ござり升法界坊に両かいな落されて困り升どうぞ居候ニおた
のみ申升　主「サア／＼おあがり「ヘイ御免　主「あなたヘ「大江山
の茨木童子でござり升羅生門で綱にかいなきられてこまり升食客
をおたのみ申升　主「サア／＼奥へ「ヘイ御免なされ　主「あなたヘ

『滑稽落語集』（吉岡書店・同文館書店、明治30年）の表紙と速記。

がいますが、その人とも考えにくく、その当時、幻の柏枝が存在していたのか、架空の人物を設定したのか、春風亭の噺家を、桂柏枝と間違えたのか……。

ただし、三代目桂文都が、桂伯枝を名乗っていた時代があり、「伯」を「柏」と書き間違えたのかも知れません。

せっかくの機会ですから、「古人の食客」で掲載されている速記を読みやすく改め記しておきましょう。

＊　＊　＊　＊　＊

ある商人が、沢山に金を儲けられましたが、大分、風雅な御人で、「食客置き所（いそうろう）」という広告を出されましたが、追々、居候が参ります。

薩「チと、お頼み申す。私は、薩摩守忠度（ただのり）と申す者。兵庫は駒ケ林に於いて、岡部の六弥太と組打の際、片腕（かいな）を斬られ、甚だ、難渋致す。暫く、食客を頼みます」

主「これはこれは、中々、由緒のある御方様じゃ。さァさァ、奥へ」

父「ヘイ、御免なされませ。私は、おくみの父親（てて）でござります。法界坊に両腕落とされて、困ります。どうぞ、居候にお頼み申します」

主「さァさァ、お上がり」
茨「ヘイ、御免」
主「あなたは？」
茨「大江山の茨木童子でござります。羅生門で、綱に腕斬られて、困ります。食客を、お頼み申します」
主「さァさァ、奥へ」
鍛「ヘイ、御免なされ」
主「あなたは？」
鍛「鍛冶屋團九郎でござります。湯加減の時、親父に腕を斬られて、困ります。どうぞ、お頼み申します」
小「御免」
主「おォ、追々ござるな。御女中は？」
小「はい、私は堅田の小万と申す者でござります。実盛さんに、片腕を落とされました。どうぞ、お頼み申します」
主「あァ、来る人も、来る人も、片腕の無い人ばかりじゃ」
と言う内、その後へ一塊、大勢参りましたは、浄瑠璃の一人遣いの取り巻き、両腕の無い者ばかり。

人「どうぞ、居候にお頼み申します」

主「あァ、沢山な食客じゃ。コリャ、お梅。御膳の拵(こしら)えをしてしんぜよう。して、あなた方、片腕で、どうして、お上がりなさるな？」

薩「私は團九郎さんと、左と右故、二人して、代わる代わるに食べます」

主「浄瑠璃の人形衆はへ？」

人「へイ。私らは、播鉢へ入れてもらいましたら、首突っ込んで食べます」

主「コリャ、まるで、犬じゃがな。コリャ、お梅よ。チと、給仕してあげませ」

梅「コレ、こちの人。私一人で、台所に手が足らぬが」

主「居候も、手が足らぬが」

＊＊＊＊＊

古色蒼然たるネタですが、昔の風情が濃厚に含まれているように思います。

「古人の食客」という演題が、「てないど」になるのかという疑問について、米朝師は「家内人（けないど）」が、「手無い人（てないど）」になったと述べています。

前田勇氏が編集された『上方語源辞典』（東京堂出版）には、家内人は「『不意の来客・食客・居候』と記されており、「家内人」と「手無い人」の駄洒落が、演題になったのではないか」という米朝師の推測は、見事に的中しているといえましょう。

その後、米朝師に「てないど」について、昔の噺家が演っていたかどうかを尋ねると、「一遍も聞いたことがないよって、何とも言えん」とのことでした。

金を稼いだ者の善意から始まり、次第にコント性が強くなり、SF的な展開になるという短編を、どうしても演ってみたくなり、平成二十八年二月二十五日、大阪梅田・太融寺で開催した「第五九回・桂文我上方落語選（大阪編）」で初演した次第です。

何とも言えない不思議な展開に、当日のお客様も唖然としておられましたが、アンケートの感想は意外に好評で、「こんな変なネタも、番組に入れてください」という嬉しい要望までいただきました。

短編で、上演に際して難易度は低いのですが、登場人物が斬られているのは、何方（どちら）の手だったかを迷うことがあり、迷った時には、両腕を後ろに廻して演じたこともあり、今、思い出しても、恥ずかしく、冷や汗が出る次第です。

五人裁き

ごにんさばき

大坂天王寺の百姓・久兵衛は、四十の坂を越しても子宝に恵まれんので、近所の氏神様へ願掛けをすると、御利益がいただけたようで、女房が身重になった。十月十日経って、「オギャッ！」と生まれたのが、丸々とした女の子。お露という名前を付けて、大事に育てる内に、一七の娘盛りになる。器量良しで、お針から読み書きまで、一を聞いて十を知るという、賢い娘に育つ。久兵衛夫婦は「良え婿を迎えて、隠居をしたい」と思ても、良えことばっかりは続かんようで、女房が病いの床へ就いて、高薬を呑まんと治らんという塩梅。

露「どうぞ、お父っつぁん。私の身を色街へ沈めて、お母はんの薬を買うとおくれやす」

嬶「コレ、何を言う！　私は死んでもええよって、色街へ身を沈めることはならん」

久「お前の言うこともわかるけど、一日も早う病いを治して、汗水垂らして働いたら、金は返せる。取り敢えず、お露の言う通りにしょうやないか」

渋る女房を説き伏せて、新町の口入屋・金兵衛へ頼んで、お露を木原という店へ連れて行くと、「こんな別嬪やったら、三年で五〇両を出す。今日は、前金の二五両。後日、娘と引替えに、後金の二五両を渡す」ということになる。

お露を金兵衛へ預けた久兵衛が、二五両入りの縞の袋を懐へ入れ、新町を出たのが、日が暮れの七ツ過ぎ。

新町橋を東へ渡ると、道を一筋南へ取って、安堂寺橋通を松屋町から南へ出て、安堂寺町一丁目まで来ると、菊屋治兵衛という酒屋から、酒の良え匂いがしてきた。

久兵衛は無類の酒好きだけに、この店の前を通り過ぎることが出来ん。

久「(店へ入って) えェ、御免。一寸、お酒を分けてもらえませんか?」

伝「へェ、お越しやす。コレ、誰か居らんか? 皆、どこへ行った? ほな、番頭の私が量りますわ。どうぞ、容れ物を出しとおくれやす」

久「いえ、此方で呑ましてもらおと思いまして」

伝「あァ、ウチは居酒は致しません」
久「お宅の前を通りましたら、一足も前へ進まん。どうぞ、一杯だけ分けとおくれやす」
伝「そう仰ったら、仕方がございません。二〇文と三〇文のお酒がありますけど、何方にしなはる？」
久「汚い親爺が贅沢をすると思いなさるやろけど、三〇文の方を」
伝「あァ、さよか。（酒を注いで）さァ、お上がりを」
久「ほな、頂戴します。（酒を呑んで）あァ、美味い！　こんな良えお酒を呑むのは、久し振りで。（酒を呑み干して）もう一杯、いただきたい」
伝「宜しかったら、香香をアテにしとおくれやす」
久「刻み生姜を掛けた香香は、有難い。私は天王寺の百姓で、青物の善し悪しはわかります。天満大根は、香香にするのは一番で。（香香を食べ、酒を呑んで）もう一杯、いただきたい。（酒を呑んで）あァ、結構！　（銭を置いて）お勘定は、此方へ置かしていただきます。どうも、御馳走様で」
伝「気を付けて、お帰りを。店の者は、どこへ行った？　ほゥ、縞の袋が落ちてるわ。（袋の中を探って）二分銀で、二五両入ってる。通り掛かりの者が、大金を放り込んで行く訳も無し。どうやら、最前の親爺が落として行ったような。店は留守で、誰も居らん。(袋を、懐へ入れて) この金は、天から授かったような」
久「(店へ戻って) もし、御番頭! 此方に、縞の袋が落ちてませんでしたか?」
伝「あァ、最前の御方。今、掃除しましたけど、何もありませんでした」
久「いや、落ちてるはずでございます! 袋の中には、二五両。家内の病いを治す薬を買うために、娘が色街へ身を売りました、血の滲むような金でございます」
伝「もし、ケッタイなことを仰るな。お酒に酔うて、道で落としたのと違いますか?」
幸「(店へ入って) おい、番頭! この親爺へ、金の入った袋を返したれ」
伝「おォ、誰かが店へ入ってきた。一体、何を返す?」
幸「拾た金を、ここへ出せ。この親爺が落とした縞の袋を、懐へ入れたやろ」
伝「コレ、阿呆なことを言うな。親爺と言い合わせて、店先を騒がせる強請・騙りか?」
幸「わしは久宝寺町の東横堀・櫓浜の船頭で、正直と綽名を取った幸兵衛じゃ。この店の表で、切れた下駄の鼻緒を直してたら、表の荒格子の隙間から、お前が縞の袋を懐へ入れるのを見た。確かに、『天から授かった金』と言うてたわ」
伝「コラ、何を言いくさる! ほんまに見てたら、その時に入ってこい。お客が帰ってきた後で言うよって、強請・騙りと言うてるわ」
久「何方の御方かは存じませんけど、御番頭が拾てないと仰るよって、仕方がございません。娘にはすまんけど、戻らん金と諦めました」

幸「落とした者が諦めるのに、わしが意地を張っても、仕方が無い。コラ、番頭。強請・騙りと吐かしたけど、わしの面を覚えとけ！　親爺っさん、気を付けて帰りなはれ」

久「へェ、おおきに。ほな、失礼します。(外へ出て) お露、堪忍してくれ。母親の病いを治すために、浮き川竹の勤め奉公。身を売って拵えてくれた大事な金を、酒に性根を奪われて落とすとは。安綿橋の半ばまで来たら、人通りが無い。向こうに見える灯りは、天王寺じゃ。嬶や娘へ申し訳に、安綿橋から身を投げて、死んでしまおか。嬶も助からん命やったら、急ぐことはない。三途の川の畔で待ってるよって、ゆっくり来たらええわ。南無阿弥陀仏、南無阿弥陀仏！」

幸「(久兵衛を、羽交い締めにして) コレ、親爺っさん。一寸、待った！」

久「お宅は、最前の御方！　助けると思て、殺して下さりませ」

幸「医者の診立て違いやあるまいし、助けると思て殺せるか。一寸、待ちなはれ！　気になったよって、後を随けてきた。堀へ身を投げるとは、無分別な。番頭が金を拾たのを、確かに見た。取り敢えず、わしに随いてきなはれ」

幸兵衛が久兵衛を連れて、本町橋東詰を北へ入ると、西の御番所。

浜側に柳の木が立ってる詰所があって、夜になると、人通りの無い、淋しい所で。

日が暮れて、御門は閉まってるので、門番に声を掛けた。

幸「夜分でございますけど、宜しゅうお願い申し上げます！」

門「コレ、控えよ。その方は、何じゃ？」

幸「東横堀の櫓浜の船頭・幸兵衛と、天王寺の百姓・久兵衛でございまして。安堂寺町一丁目・菊屋治兵衛という酒屋で、久兵衛が居酒をして、二五両入りの袋を落としました。私は番頭が懐へ入れたのを見ましたけど、久兵衛が店へ戻って、番頭に聞きますと、『知らん！』の一点張り。久兵衛が表へ出た後を追うと、安綿橋から身投げをしょうとしております。堀へ飛び込むのを引き止めて、御番所へ連れて参りました。どうぞ、二五両入りの袋を取り返していただきますように」

門「御番所へ夜分の駆け込み願いは、相ならん。町役が付添うて願い出るのが、天下の法じゃ。明朝、改めて、罷(まか)り出よ。さァ、今宵は帰れ！」

奉「一体、何事じゃ？」

門「あァ、お奉行様。未だ、御帰宅はなさいませんでしたか？」

奉「調べ物があり、今に相なった。一体、何事じゃ？　何ッ、夜分の願いか。然らば、両人に入牢を申し付ける」

久「この年になって、牢屋に入るぐらいやったら、身投げをした方がマシじゃ」

幸「わしも、こんなことに関わらなんだら、今頃、家で茶漬を食べてる時分や」

とうとう、二人は牢屋へ放り込まれた。

その夜の四ツ前、西町奉行所の役人が、菊屋治兵衛の店を訪れる。

役「菊屋治兵衛とは、その方宅であるか？」

菊「私が主の治兵衛でございますけど、何か御用で？」

役「本日の七ツ頃、その方宅に、二人の盗賊が参った。両名を召し捕り、奉行のお調べに依り、この店で居酒を致した上、二五両入りの縞の袋を置き忘れたことを白状致したぞ。家内一同を調べ、二五両入りの袋を、西の御番所まで持参致すように」

菊「へェ、承知致しました。店の者は、誰も出てないな？　今晩は店を閉めて、お客があっても、断りなはれ。病人や怪我人の焼酎を買いに来られた時だけ、開けるのじゃ。七ツ頃、ウチで居酒をした者が居るそうな。酒を売ったのは、太七か？」

太「伯母が病気で、お暇をいただきまして。今、帰ってきましたよって、存じません」

菊「ほな、佐七か？」
佐「私は、蔵で用足しをしてました」
菊「ほな、番頭か？」
伝「私は、アノ。腹痛が起こりまして、二階で寝ておりました」
菊「定吉、お前か？」
丁「台所で足袋をつづくってたよって、知りません」
菊「ほゥ、誰も知らんか。盗賊が盗んだ二五両を、ウチの店へ置き忘れたそうな。『金を探して、御番所へ届けよ』と仰るよって、今から家探しをする！」
伝「(呟いて) あァ、親爺に金を返したら良かった。金が見付かったら、首が落ちる。店の火鉢の灰の中へ埋めたら、女子衆が火鉢へ火を入れる時、見付けるに違いない。何とか、それで誤魔化せるかも知れんわ」
清「もし、旦さん。火鉢の灰の中へ、お金の入った縞の袋が埋まってました！」
菊「ほゥ、有難い！　コレ、番頭」
伝「へェ、何か？」
菊「今、探してた金が出たそうな」
番「火鉢の灰へ埋まってたとは、宜しゅうございましたな」

菊「（呟いて）番頭は聞いてなかったのに、何で知ってる？　金を隠したのは、ひょっとしたら？　コレ、番頭。西の御番所へ行くよって、一緒に随いてきなはれ」

夜が明けて、菊屋の旦那と番頭が、町役（ちょうやく）一同と、西町奉行所へ出頭した。

溜まりという控え所で待ってる内に、「安堂寺町一丁目・菊屋治兵衛、番頭・伝兵衛。町役一同、出ましょう、出ましょう！　新町口入屋・肝煎（きもいり）金兵衛も、出ましょう、出ましょう！」と、お呼び出しになる。

お白州へ入ると、一段高うなった正面には、紗綾形（さやがた）の襖が嵌（は）まって、四枚の障子と、黒漆の框（かまち）の入った衝立を立てて、横には書記の目安方の与力が控えた。

下には白い砂利を敷き詰めて、お上のお情けの胡麻目筵（ごまめむしろ）の上へ座らされる。

横には赤鬼・青鬼という、江戸で言う蹲（つくばい）の同心、上方は総代という者が座った。

「シィーーッ！」という警蹕（けいひつ）の声で、皆が平伏する。

名奉行・小笠原伊勢守が登場され、正面へ着座されると、目の前の書面へ目を通す。

奉「安堂寺町一丁目・菊屋治兵衛、番頭・伝兵衛。町役一同、出ておるの」

町「恐れながら、これに控えてございます」

奉「菊屋治兵衛、面(おもて)を上げい。昨夜、役人より申し付けた金子(きんす)は、如何相なった？」
菊「火鉢の灰の中へ埋まっておりましたので、これに持参致しましてございます」
奉「然らば、金子を出せ。入牢を申し付けておる、百姓・久兵衛、船頭・幸兵衛も、これへ出よ。コレ、両名の縄を解いてやれ。菊屋治兵衛、番頭・伝兵衛、口入屋・肝煎金兵衛、百姓・久兵衛、船頭・幸兵衛と五人が居並んだ故、裁きを致す。菊屋治兵衛、面を上げい。百姓・久兵衛が店を訪れた際、他出致したとあるが、何方へ参った？」
菊「はァ、堀江へ参りました」
奉「堀江は、北か南か？」
菊「へェ、南堀江でございます」
奉「コリャ、偽りを申すではない！　奉行の調べに依らば、北堀江へ参ったであろう」
菊「誠に、申し訳ございません」
奉「偽りを申すと、その分には捨て置かんぞ。昼間より、お茶屋で何を致しておった？」
菊「久し振りに商売仲間と会いまして、積もる話を致しました。誠に、恐れ入ります」
奉「いや、恐れ入ることはない。参って悪い所なれば、お上より差し止めになる。お茶屋に参り、何を致した？」
菊「へェ、お酒をいただきまして」

奉「ほゥ、妙であるな。その方は酒屋故、店で呑めばよいではないか？」
菊「恐れながら、申し上げます。ウチで呑む酒と、お茶屋で呑む酒は、味が違いまして」
奉「お茶屋では、酒を呑むだけではなかろう。その上に、芸者を呼んだのではないか？」
菊「誠に、恐れ入ります」
奉「いや、恐れ入ることはない。呼んでやらねば、芸者が立ち行かん。芸者は、幾人呼んだ？」
菊「仲間の付き合いで、三名を揚げました」
奉「その実は、五名ではないか？」
菊「誠に、恐れ入ります」
奉「お白州にて偽りを申すと、捨て置かんぞ。その後、女郎を買うたであろう？」
菊「えェ、それも仲間の付き合いで。誠に、恐れ入ります」
奉「いや、恐れ入ることはない。買うてやらねば、女郎が立ち行かん。その方の年は、四五と聞く。その年にしては達者であるが、子はあるか？」
菊「へェ、五人ございます」
奉「五人の子を持ち、女郎買いを致すとは達者である。しかし、女郎の小買いは損じゃ。いっそのこと、俵で買い込まんか？　然らば、奉行が世話をして遣わす。当年一七になる、見目美しき親孝行な娘を、二五両にて身請けを致す所存は無いか？」
菊「一体、何方の娘でございます？」
奉「ほゥ、身請けを致す所存があるか。暫し、待て。肝煎金兵衛、面を上げい。肝煎と申すは如何なる稼業であるか、有体に申し述べよ」
金「お恐れながら、申し上げます。江戸は女衒、上方では肝煎と申しまして、主に忠義、親に孝心で遊里へ身売りする者の判人となって、周旋を致す稼業でございまして」
奉「それは奇特であるが、斯様に親切な者が、身代金の一割を取るのは何故じゃ？」
金「身売りをする者には、駆け落ちをする者もございますよって、その者を捜し出し、親方へ渡すために一割を預かり置き、路銀に充てるのでございます」
奉「至極、尤もである。親より預かり置き、直に身請けが決まる際も、一割を取るか？」
金「それは、いただきません」
奉「ほゥ、左様か。今も申す通り、奉行が菊屋治兵衛に身請けを勧めておるが、その娘とは金兵衛が預かりおる、久兵衛の娘・お露じゃ」
菊「もし、お奉行様！　暫く、お待ち下さいませ。久兵衛は、牢に入れられてた罪人ではございませんか。お奉行様のお勧めとは言え、盗賊の娘を身請けする訳には参りません。店の暖簾に関わりますよって、お断りを申し上げます」

奉「ほゥ、久兵衛の娘は嫌じゃと申すか？　然らば、改めて問い申さん。それほど店の暖簾を大事に思うのであらば、店の中で盗みを働く者を雇うた覚えはなかろうな？」
菊「間違(まちご)ても、そのようなことはございません」
奉「ほゥ、左様か。番頭・伝兵衛、面を上げい。これに控える百姓・久兵衛、船頭・幸兵衛を存じておるであろう？」
伝「いえ、一向に存じません」
奉「その方、齢(とし)は幾つじゃ？」
伝「へェ、二九でございます」
奉「二九であらば、物忘れを致す齢ではあるまい。百姓・久兵衛、船頭・幸兵衛、面を上げよ。両名は、伝兵衛の顔を存じておるか？」
久「齢は取っても、昨日のことまで忘れるような耄碌(もうろく)はしておりません。この御番頭から、酒を三杯売ってもらいました。お店を出て、二五両入りの縞の袋が無いことに気が付きまして。お店へ戻って聞きましたら、御番頭が『落ちてなかった』と申しました」
奉「ほゥ、左様か。船頭・幸兵衛は、菊屋の番頭の顔を存じておるか？」
幸「この番頭の顔は、生涯、忘れません。久兵衛の落とした袋を、番頭が懐へ入れたのを見て、『返してやれ』と申しましたけど、『落ちてなかった』の一点張りで」

奉「番頭は二人の顔を知らんと申し、二人は番頭の顔を忘れられんと申しておる。何れか
が、偽りを申しておるに違いない。コレャ、肝煎金兵衛。菊屋治兵衛より差し出された、
二五両入りの袋に見覚えはないか？」
金「それは、久兵衛へ渡した袋に相違ございません」
奉「この袋は、菊屋の火鉢の灰の中へ埋まっておったそうな。コリャ、菊屋治兵衛。この
袋が落ちておった火鉢は、何処にある？」
菊「店を上がりました、帳場の横にございます」
奉「コリャ、久兵衛。菊屋の座敷で、酒を呑んだか？」
久「居酒を断られる店だけに、座敷へは上がれません。店先で立って、いただきました」
奉「然らば、この袋が座敷の火鉢へ埋まっておるのは妙である。コリャ、番頭・伝兵衛。
奉行は、その方の返答に合点の行かぬことが多い。その方を牢へ繋ぎ、重き刑罰を以て、
誠を問う。偽りが明白となれば、その方のみならず、店一統の迷惑となるぞ！」
菊「ヘッ、店一統の迷惑！　コレ、番頭。わしも女郎買いをしたことまで申し上げたよっ
て、ほんまのことを言うとおくれ」
伝「誠に、申し訳ございません。私が、偽りを申しておりました」
奉「然らば、これにて明白と相なった。コリャ、菊屋治兵衛。『盗賊の娘の身請けは出来

ず、店に盗みを働く者は居らん』と申したな」
菊「誠に、面目次第もございません」
奉「斯様なことで、咎め立てを致す奉行ではない。久兵衛の娘・お露は、母の病いを治すために身を売る孝行娘である。盗賊の娘ではない故、身請けの段は安心致せ」
菊「はい、承知致しました」
奉「さて、五人の裁きを致す。コリャ、菊屋治兵衛。お露を二五両で身請け致した後、お露を久兵衛の許へ返すのであらば、罪には問わん」
菊「そうしていただければ、有難き幸せにございます」
奉「コリャ、番頭・伝兵衛。その方の偽りに依り、上多用(かみたよう)の砌(みぎり)、手数を掛くる段、不届きの至り。しかしながら、出来心と申すこともある。奉行の聞き及ぶ所に依れば、その方は店に尽くし、主に忠義な番頭とのこと。『一〇両盗めば、首が飛ぶ』と申すが、百姓・久兵衛の粗忽(そこつ)もある故、命だけは助けて遣わす。但し、これより二〇年。菊屋に無給金にて奉公致し、二五両の埋め合わせを致せ」
伝「はい、そう致します」
奉「コリャ、肝煎金兵衛。菊屋の身請けの金で、お露を久兵衛の許へ帰すが、良いか？」
金「誠に、有難いお裁き。確かに、承りましてございます」

奉「百姓・久兵衛、船頭・幸兵衛。元を糺（ただ）さば、久兵衛が酒に酔い、二五両入りの袋を、菊屋へ忘れたことに依る。この後は酒を慎み、娘の孝心に報いよ。また、お露の孝心に愛（め）で、菊屋治兵衛の差し出した二五両より、二〇両を遣わす。この金にて薬を買い求め、家内を大切に致せ。また、船頭・幸兵衛に骨折りとし、五両の金を遣わす。よくぞ、久兵衛を助けてくれた。裁きの上で、二人を盗賊と致したことを許せ。これにて、一件落着。皆の者、立ちませェ――い！」

久「お奉行様、有難うございます。二五両のお裁きに、一人も命を落とすこと無く、丸う納めていただきました。おおきに、有難うございます」

奉「奉行の裁きに、死人（四人）は出さん。依って、五人裁いた」

解説「五人裁き」

滅んでいた落語の復活に取り掛かる場合、どの部分がネックになっているか、観客に伝わりにくい箇所はどこか、現代でも共感が呼べる所はないかなどを調べ、これらが何とかなるという糸口が見えた所から、ネタの修復に取り掛かります。

しかし、「五人裁き」だけは、どのように手を付けて良いやら、わかりませんでした。

このネタを初めて知ったのは、高校時代、『上方はなし・第四一集』（楽語荘、昭和十四年）に掲載されている、五代目笑福亭松鶴の速記を読んだときですが、学生の私には内容が難解で、理解ができず、何が面白いのか、サッパリわからない作品だったのです。

無論、学生時代に面白さがわからなかったネタでも、後に理解ができた作品も数多くあり、「このネタも、その一つだろう」と、高を括(くく)っていましたが、復活作業に取り掛かると、そう簡単に陥落する相手ではないことを痛感しました。

『上方はなし』の他に、『ことばの花・第一二集』（駸々堂書店、明治二十五年）に、二代目桂南光（後の初代桂仁左衛門）の速記もありましたが、話の展開が複雑な上、奉行のお裁きも納得ができる展開ではなく、オチも私好みではありません。

そのような理由で、「このネタは、とても無理」と諦め掛けたのですが、話の大きさ・貫禄

『滑稽落語　おへその逆立ち』（杉本梁江堂、大正６年）の表紙と速記。

おへそのさか立ち　26

善『今、行つたら何んにも呉れはせんのや……』

△『來い〳〵と言ふて居やはつたのは呼んで居やはつたのと違いますか……』

善『何んのお母さんかシヽやつてござる』

○五人裁判　三輔

エー五人男と云ふお話しを一席伺ひます、度々お堅いやうですけれども、申し上げますことにいたします、茲大阪安堂寺町一丁目菊屋治兵衛と申しまする板看板の市賣なり小賣なりの酒屋でござりましたが、恰度日沒頃前、門口から一人の百姓態の男が、

○『ヘエ御免』

△『お出でやす、何んですなア』

27　おへそのさか立ち

○『お氣の毒ですけど、お酒をどうぞ些とばかりお分賣なさつて下さい』

△『ヘエ幾許程量りませう、入れ物をどうぞ此方へお渡しなすつて下さい』

○『入れ物はないのですか桝の角からスツト呑まして頂き度い物でございます』

△『ハヽヽ、甚い濟みませんか私處は居酒は仕ませんのですけど……』

○『ヘイ居酒もなさらんことは好く存じて居ります、今お宅さんの門口を通り掛るなり、お酒の嗅氣が粉と鼻へ這入りましたので一足も向ふへ赴くことが出來ませんので、其の腹の虫が承知しませんで御無体でございますけど、什麼ぞ一杯お賣りなすつて下さいまし、身分が身分でございますから、餘り好い酒を呑んだことがござりません、お宅の好い酒の嗅を感じては耐りませんかは御無體ですけど、お分賣なすつて下さいま

『上方はなし　第41集』（楽語荘、昭和14年）の表紙と速記。

五人裁き

笑福亭松鶴
三遊亭志ん蔵繪

ヘイ、一席伺ひますは、五人裁きのお話で御座ります。此處に天王寺附近に百姓久兵衛と申しまして、至つて正直な男で夫婦仲良く暮しておりましたが、久兵衛は四十の坂を越へましたが子供が御座りませぬ。松鶴と一緒で子が欲しうてたまりまへんが、さて是ればつかりは人間業でいかぬもので、朝夕此の事ばかりを氣に仕ております。

「ナアもし、どうぞして子供が一人欲しいと思ふけど、お前はんに種が無いので」

「阿呆云へ、俺の種が何程ようても貴様の畠が悪けりや仕方がない」

五七

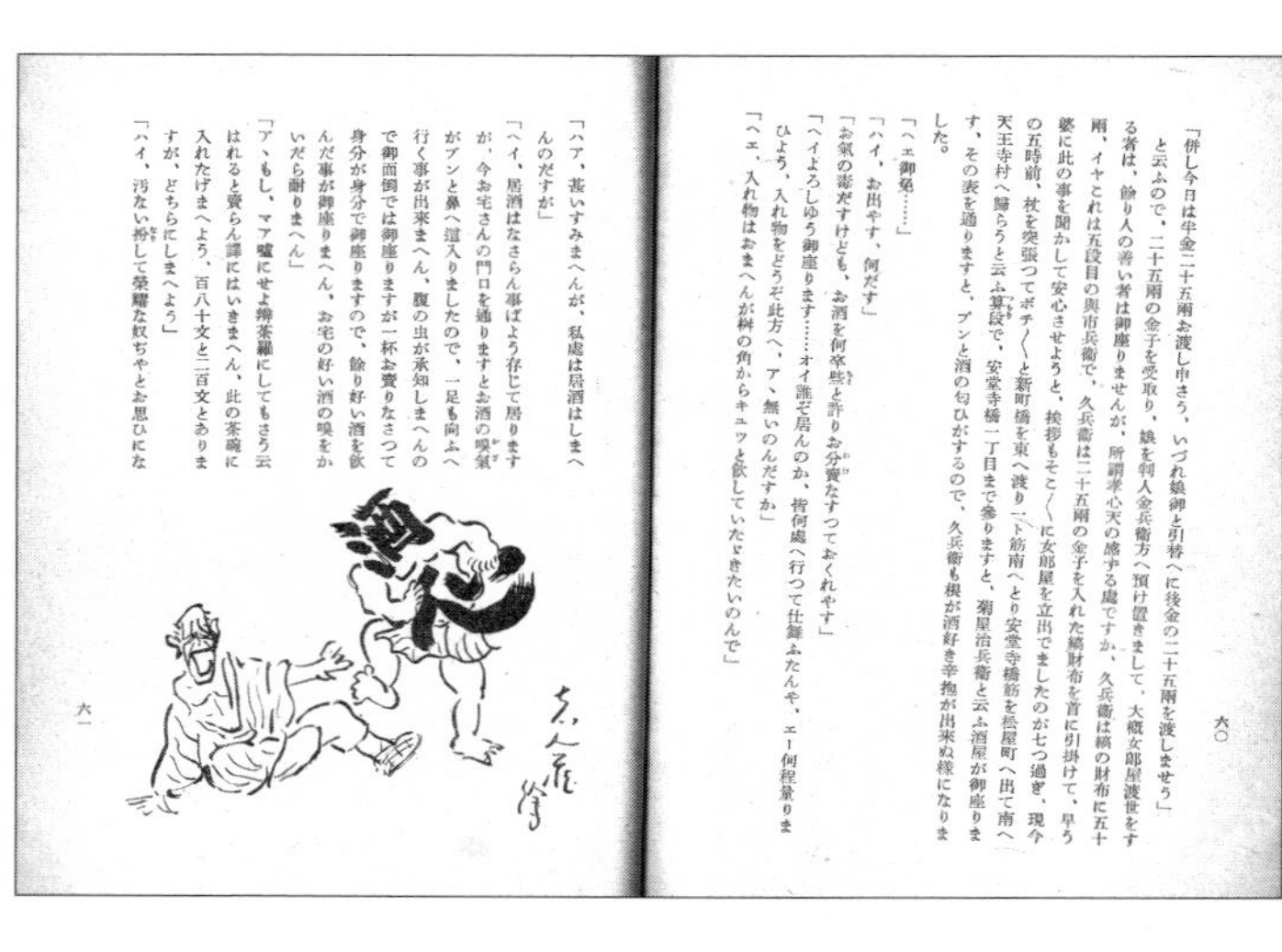

「併し今日は半金二十五兩お渡し申さう、いづれ娘御と引替へに後金の二十五兩を渡しませう」

と云ふので、二十五兩の金子を受取り、娘を判人金兵衛方へ預け置きまして、大概女郎屋渡世をする者は、餘り人の善い者は御座りませんが、所謂孝心天の感ずる處ですか、久兵衛は縞の財布に五十兩、イヤこれは五段目の與市兵衛で、久兵衛は二十五兩の金子を入れた縞財布を首に引掛けて、早う婆に此の事を聞かして安心させようと、挨拶もそこ〳〵に女郎屋を立出でましたのが七つ過ぎ、現今の五時前、杖を突張つてポチ〳〵と新町橋を東へ渡り一ト筋南へとり安堂寺橋筋を松屋町へ出て南へ天王寺村へ歸らうと云ふ算段で、安堂寺橋一丁目まで參りますと、菊屋治兵衛と云ふ酒屋が御座ります、その表を通りますと、プンと酒の匂ひがするので、久兵衛も根が酒好き辛抱が出來ぬ様になりました。

「ヘエ御免……」

「ハイ、お出やす、何だす」

「お氣の毒だすけども、お酒を何卒些と許りお分賣なすつておくれやす」

「ヘイよろしゆう御座ります……オイ誰ぞ居んのか、皆何處へ行つて仕舞ふたんや、エー何程量りまひよう、入れ物をどうぞ此方へ、ア、無いのんだすか」

「ヘエ、入れ物はおまへんが桝の角からキユッと飲していたゞきたいのんで」

六〇

「ハア、甚いすみまへんが、私處は居酒はしまへんのだすが」

「ヘイ、居酒はなさらん事ばよう存じて居りますが、今お宅さんの門口を通りますとお酒の嗅氣がプンと鼻へ這入りましたので、一足も向ふへ行く事が出來まへん、腹の虫が承知しまへんので御面倒では御座りますが一杯お賣りなさつて身分が身分で御座りますので、餘り好い酒を飲んだ事が御座りまへん、お宅の好い酒の嗅をかいだら耐りまへん」

「ア、もし、マア噓にせよ辨茶羅にしてもさう云はれると賣らん譯にはいきまへん、此の茶碗に入れたげまへよう、百八十文と二百文とありますが、どちらにしまへよう」

「ハイ、汚ない扮して榮耀な奴ぢやとお思ひにな

六一

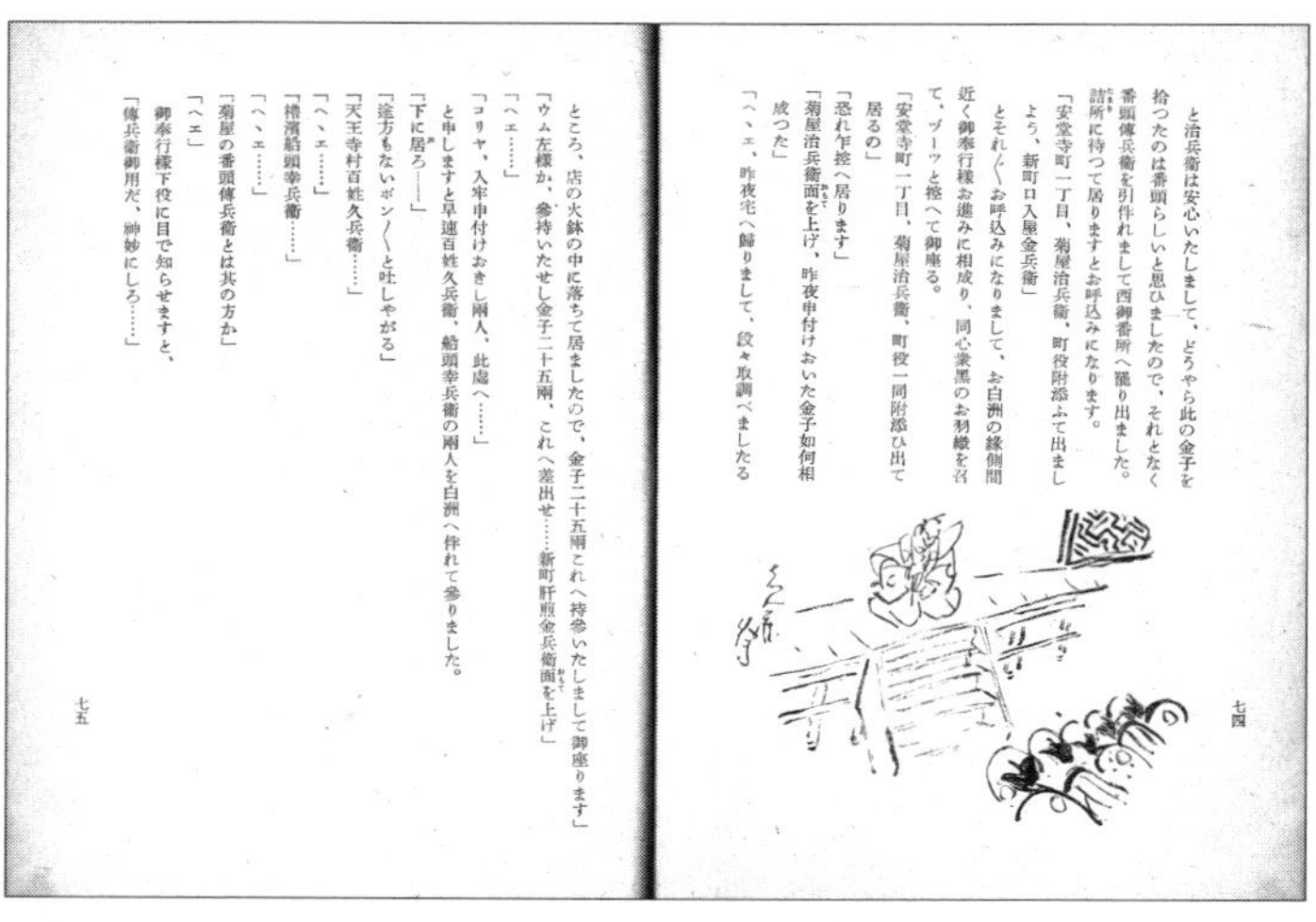

と治兵衛は安心いたしまして、どうやら此の金子を拾つたのは番頭らしいと思ひましたので、それとなく番頭傳兵衛を引伴れまして西御番所へ罷り出ました。詰所に待つて居りますとお呼込みになります。

「安堂寺町一丁目、菊屋治兵衛、町役附添ふて出ましよう、新町口入屋金兵衛」

とそれ〳〵お呼込みになりまして、お白洲の縁側間近く御奉行様お進みに相成り、同心衆黑のお羽織を召て、ヅーッと控へて御座る。

「安堂寺町一丁目、菊屋治兵衛、町役一同附添ひ出て居るの」

「恐れ乍控へ居ります」

「菊屋治兵衛面を上げ、昨夜申付けおいた金子如何相成つた」

「ヘ、エ、昨夜宅へ歸りまして、段々取調べましたる

七四

ところ、店の火鉢の中に落ちて居ましたので、金子二十五兩これへ持參いたしまして御座ります」

「ウム左様か、參持いたせし金子二十五兩、これへ差出せ……新町肝煎金兵衛面を上げ」

「ヘエ……」

「コリヤ、入牢申付けおきし兩人、此處へ……」

と申しますと早速百姓久兵衛、船頭幸兵衛の兩人を白洲へ伴れて參りました。

「下に居ろ――」

「途方もないポン〳〵と吐しやがる」

「天王寺村百姓久兵衛……」

「檜濱船頭幸兵衛……」

「へ、エ……」

「へ、エ……」

「菊屋の番頭傳兵衛とは其の方か」

「ヘエ」

御奉行様下役に目で知らせますと、

「傳兵衛御用だ、神妙にしろ……」

七五

『上方はなし　第41集』（楽語荘、昭和14年）の速記。

が十分に感じられるネタだけに、何とか形にしたいと思い、今一度、奮起し、全体をバラバラにして、纏め直す作業へ取り掛かりました。

速記本の原文を読めば、よくわかると思いますが、あまりにも地の部分（※登場人物の台詞ではなく、噺家自身の説明）が多く、落語より講談に近い構成になっています。

『復刻版・上方はなし』（三一書房、昭和四十六年）の別冊では、三田純一氏が「講釈めいたネタ」と述べ、「オチが悪い」と言い切っていますが、内容について、発展的な意見を述べるまでには至っていません。

そもそも、『上方はなし』に掲載されている速記は、桂米朝師の著書『続・上方落語ノート』（青蛙房、昭和六十年）によれば、五代目笑福亭松鶴の口演速記ではなく、四代目桂米團治が故人の記憶を辿り、自身の創作も加えて、纏めたとされています。

おそらく、『上方はなし』に掲載された速記は、米團治が二代目桂南光の速記を土台にし、難点をカバーするために、加筆・訂正を加えたのでしょう。

修復を進めるとき、できるだけ地の部分は取り去り、落語らしく、会話中心で進めるようにし、クライマックスのお裁きも、奉行が番頭へ少しずつ迫っていく段取りにしました。

このネタの妙味は、犯人は誰ということがわかっていながら、奉行が外堀を埋めつつ、見事に解決して行く過程にあるでしょう。

お裁きの時間が長くなると、話が複雑になりがちですが、「五人裁き」の場合は、十分に時間を掛け、昔のお裁きを観客に疑似体験をしてもらう方が良いと考えました。

元来の速記は、奉行が船頭・幸兵衛に五両を褒美に与え、「正直の幸兵衛に、神宿る」という地口のオチが付いていましたが、これほどボリュームのあるネタを、このオチで支えるのはどうかと思い、まして、「五人裁き」という演題で、実際に五人を裁くだけに、「人数に関することで、オチを付けたい」と思い、この度のようなオチに改めましたが、これも地口オチだけに、最良とは言えないでしょう。

それを承知の上で、より良いオチを探しながら、今後もネタを充実させたいと考えています。

『上方はなし』の速記で、一つだけ疑問に思うことがありました。

「五人裁き」の速記が、本当に米團治の構成であるならば、なぜ、このような複雑なネタを載せたのでしょう?

「名作駄作も演者次第」という言葉もあり、内容に多少の難点があっても、演者の腕で凌(しの)げる場合もあるだけに、故人の見事な高座が、米團治の記憶にあったのでしょうか。

『上方はなし』に載っていればこそ、ネタの全容を知ることができただけに、感謝の念に堪(た)えないのですが、繊細なネタ作りをし、「代書」という、非の打ち所のない名作落語を作り上げた米團治の許容範囲に、このネタが入っていたことが不思議で、どのような考えから、『上方はなし』に載せたかという理由を、タイムマシンがあれば、その時代へ戻って、うかがいたいところです。

最後に、『上方はなし』の速記で、ユニークなエピソードを紹介しておきましょう。『上方はなし』の速記の内容に因んだ挿絵は、大抵、松鶴會の会員だった朝賀大鱗・三遊亭志ん蔵・四代目桂米團治が描いていましたが、「五人裁き」のとき、米團治が朝賀大鱗へ依頼するのを忘れたか、米團治がズボラをしたのか、誰も描かずに編集が始まってしまい、噺家になる前の六代目笑福亭松鶴師が『上方はなし』の編集に携わっていたため、急遽、松鶴師が描いて掲載したそうです。

これは、昭和五十八年十月二十日、大阪淀屋橋・朝日生命ホールで開催された「四代目桂米団治三十三回忌追善落語会」で、六代目笑福亭松鶴・笑福亭松之助・桂米之助・桂米朝という師匠連が、米團治の思い出を語るコーナーで、松鶴師が披露されたエピソードでした。

しかし、三カ所ある「五人裁き」の絵の横には、すべて「志ん蔵」という銘が付いており、他のネタの絵と同じ画風です。

「次の御用日」の挿絵に銘がなく、他のネタと画風も違うため、どちらもお裁き物のネタだけに、晩年の松鶴師が勘違いをしたのか、それとも、「五人裁き」の絵に加筆をしたのか、三遊亭志ん蔵の絵とソックリに描き、志ん蔵の銘を入れたのか……。

確かに、三つ目の絵が、他の絵とは様子が違うようにも思いますが、全く謎です。

そのときの落語会で、私は囃子の手伝いをしながら、舞台の袖で見せていただき、後に当日の録音も聞きましたが、まさに抱腹絶倒で、こんなに面白い座談会はないと思いますが、後

桂米朝独演会

四代目 桂米団治 三十三回忌追善落語会

とき　昭和五十八年十月十八日(火)六時十五分開演
（桂米朝独演会）
昭和五十八年十月二十日(木)六時開演
（桂米団治追善落語会）

ところ　朝日生命ホール

四代目桂米団治三十三回忌追善落語会のプログラム

故四代目　桂　米団治

ごあいさつ

本日はお運び下さいまして有難うございます。師匠米団治がなくなりましてから、早くも三十三回忌、夢のような気がします。昭和二十六年十月二十三日歿、満五十五才、若死にと言えましょう。門人三人、いずれも師匠の齢を越えました。

米団治を御存じの方も本当に少くなりました。この春、京都で追善会をやらせてもらいましたが、命日に近い十月二十日、大阪でやらせて頂きます。故人にゆかりの深い演題を並べました。

故師匠が一番案じていた上方落語が、滅びずにここまで盛になったことを、あの世から喜んでくれていると存じます。何とぞおしまいまで御ゆるりと聞いてやって下さい。

門人一同敬白

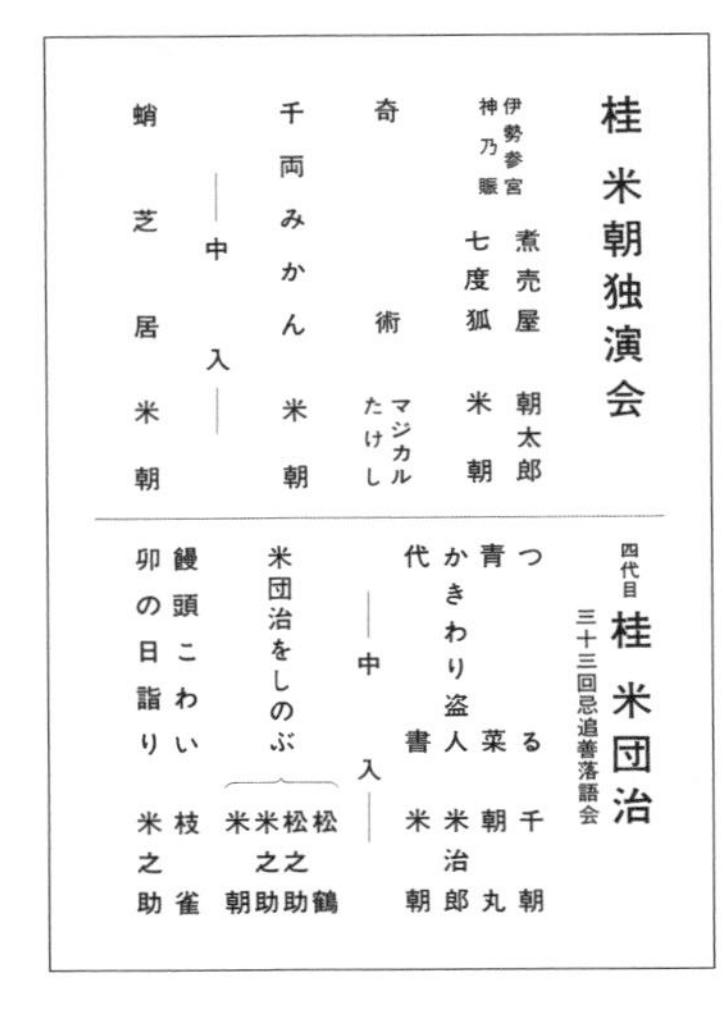

桂米朝独演会

伊勢参宮神乃賑 煮売屋　朝太郎
七度狐　米朝
奇術　マジカルたけし
千両みかん　米朝
―中入―
蛸芝居　米朝

四代目 桂米団治 三十三回忌追善落語会

つる　千朝
青菜　朝丸
かきわり盗人　米治郎
代書　米朝
―中入―
米団治をしのぶ　松鶴・松之助・米之助・米朝
饅頭こわい　枝雀
卯の日詣り　米之助

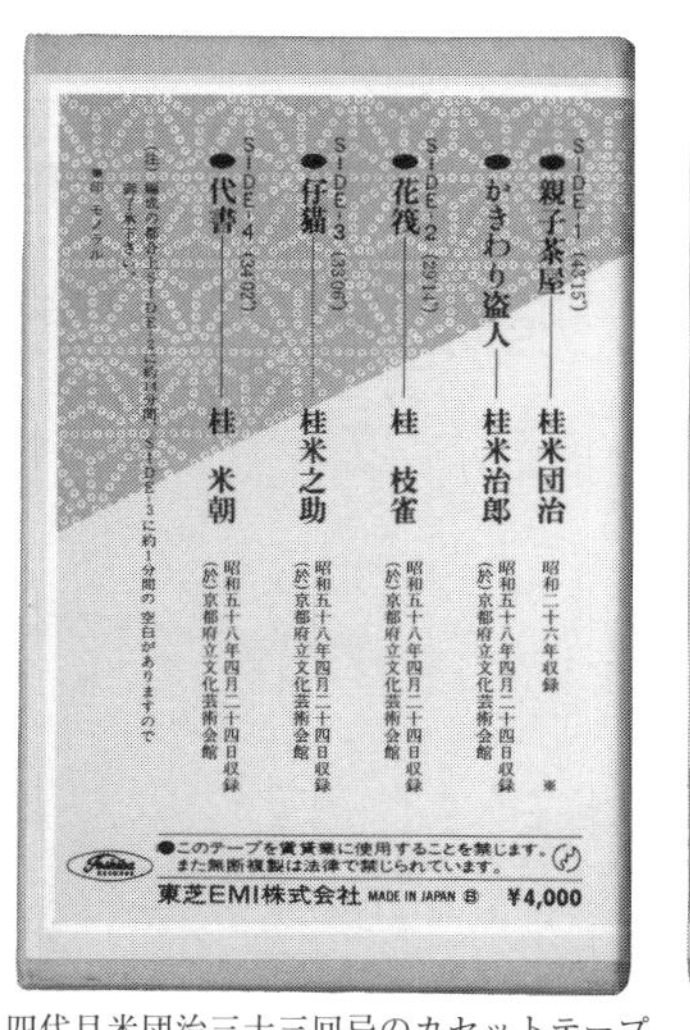

四代目米団治三十三回忌のカセットテープ

に速記で著されたときは、間違いも多く、その面白さが伝わってこなかったのを残念に思いました。

「五人裁き」の挿絵を見るたびに、あの日の「座談会」の面白さを思い出すだけに、実際の雰囲気を伝える速記が、改めて、世に出ることを切望します。

昔の速記本では、『上方はなし』の他、『滑稽落語おへその逆立ち』（杉本梁江堂）に、桂三輔の速記が掲載されていますが、江戸時代の和本に原話を見付けることはできませんでした。

『落語事典』（青蛙房）の解説には、「二代目桂米團治が得意とした。尚、発端の酒屋の所は、天保時代の怪談『正直清兵衛』と、よく似ている」と記されています。

二代目桂米團治は、後の三代目桂文團治で、「正直清兵衛」の全容はわかりませんが、最初の部分が『文藝倶楽部』（一三巻一〇号）に五代目林家正蔵の速記で残っており、確かに少しは似ていますが、どちらかといえば、「もう半分」の要素の方が強いと言えましょう。

私が初演したのは、平成十五年十月十四日、大阪梅田太融寺で開催した「第二六回・桂文我上方落語選（大阪編）」でした。

その後、何度か演じ、しばらくの間、上演する機会がありませんでしたが、令和三年五月十九日、名古屋クラウンホテルで開催した「桂文我落語三百席」で、久し振りに高座に掛けると、意外に良い手応えがあったので、今後も全国各地の落語会や独演会で上演したいと思っています。

高野駕籠

こうやかご

大坂から堺へ続く住吉街道にある住吉大社の門前で、駕籠屋が客待ちをしてる所へ、唐桟(とうざん)の着物に、筑前博多の茶献上の帯を締めた、五十手前の上品な御方が、本妻・妾(てかけ)・下女を連れて、北の方から歩いてきた。

その後ろを、手代と覚(おぼ)しき者が、更紗の風呂敷包みを大事そうに持ってる。

旦「コレ、駕籠屋さん。日が暮れまでに堺の浜へ行きたいけど、何ぼで行ってくれる？」

○「決して、お高いことは申しません。今日は暇やよって、精々、お負け致しますわ」

旦「ほな、只(ただ)か？」

○「もし、阿呆なことを仰いますな。只で乗せたら、駕籠屋は干物になってしまいます」

旦「負けると言うよって、只かと思た」

○「どうぞ、御冗談を仰らんように。お駕籠は何挺（ちょう）ぐらい、お入り用で？」

旦「五人乗るよって、五挺ほど揃えてもらいたいけど、何ぼで行ってくれる？」

○「一挺に就き、二朱では如何で？」

旦「日が暮れまで買い切りで、二朱とは安いわ。後から、酒手（さかて）を言うじゃろ？」

○「いえ、酒手込みの二朱でございます」

旦「それは気の毒やよって、一挺に就き、酒手込みの一分（ぶ）でどうじゃ？」

○「一分もいただけるとは、有難いことで」

旦「米搗（つ）きバッタみたいに、頭をペコペコと下げなはんな。ほな、五挺の駕籠を都合しとおくれ。そこの茶店で一服してるよって、宜しゅう頼みます。（茶店の床几（しょうぎ）へ、腰を掛けて）姐さん、お茶をおくれ。お菓子は、風呂敷包みに入れてある。（茶を受け取って）あァ、おおきに。（茶を啜って）あァ、美味しい！　今から駕籠で、堺の浜へ行く。厠（こうや）へ行って、用を足しときなはれ」

○「えェ、旦さん。駕籠が五挺、何とか揃いました。どうぞ、お乗り下さいませ」

旦「あァ、御苦労さん。お松とお竹は勘定を済まして、前の駕籠へ乗りなはれ。常七とおチョネは後ろの駕籠で、わしは一番後ろの駕籠じゃ。さァ、駕籠へ乗りましょう」

○「皆さん、お履物は直りましたか？　ほな、行きますわ。や、どっこいしょ！（駕籠を担ぎ、歩いて）堺の浜へ着いたら、何方（どちら）へ行ったら宜しい？」
旦「浜まで行ったら、後は言うわ」
○「ヘェ、承知致しました。（走って）ヘッホッ！　ヘッホッ！　ヘッホッ！　相棒、堺の浜が見えてきたわ。もし、旦さん。ボチボチ、堺の浜が見えてきました」
旦「乗り心地が良えよって、ウトウトと寝てたわ。直（じき）に、堺の浜へ着くか？」
○「ところで、何方へ行ったら宜しい？　有名なお店は、大由（だいよし）か、角万（かどまん）で」
旦「お茶屋へ行く前に、駕籠が潮に濡れんようにして、海の中に担ぎ込んでもらいたい」
○「一体、何をなさいます？」
旦「趣向をするよって、海の中へ担ぎ込みなはれ」
○「何やら、訳がわからん。仰る通り、海の中へ入りますけど、褌（ふんどし）が濡れて、気色悪い」
旦「もっと、深みへ入りなはれ。女子が『ハゼを釣りとうても、船に酔うのが適わん』と言うよって、駕籠を海の中へ担ぎ込んで、駕籠の中から釣ろうという趣向じゃ」
○「長い間、駕籠屋をしてますけど、駕籠の中から釣りをなさる御方は初めてで」
旦「駕籠の底が濡れるよって、もっと上へ差し上げて。酒手は弾むよって、もっと上へ」
○「酒手を弾んでもらうのは嬉しいけど、褌の所へ、ハゼが集まってくるような気がして、気色が悪い」

旦「丁度、良えわ。褌の前で釣れたら、ちゃんと言いなはれ」
○「何を餌にして、ハゼを釣ります？（泣いて）アハハハハ！」
旦「泣かんと趣向に付き合うたら、生涯の良え思い出になる」
○「こんな思い出は、もう結構で。生涯、忘れられん、ケッタイな思い出になりますわ」
旦「一々、ボヤきなはんな。あァ、駕籠を止めとおくれ。コレ、常七。釣竿を出して、針へ餌を付けて、皆に渡すのじゃ。一番初めに釣った者に、祝儀を出すわ」
×「（泣いて）アハハハハ！　相棒、腕が痺れてきた」
○「酒手のために、辛抱せえ！」
×「これやったら、自前で呑む方がええわ。駕籠を放り出して、ヤケ酒でも煽ろか」
○「いや、そうは行かん。これが縁で、また、駕籠に乗ってくれはるかわからんわ」
×「いつも、こんな釣りに付き合わされたら、寿命が縮んでしまう」
○「ボヤかんと、付き合え！」
旦「コレ、常七。お前の竿に、当たりが来るか？」
常「底は砂地やよって、餌と重りがコツコツと当たるだけで、一寸も釣れんようで」
旦「おォ、此方は当たりが来たような。（竿を上げて）さァ！」
○「あァ、痛い！　私の頭に、針が引っ掛かりました」

旦「おォ、大きなダボハゼが釣れた」
○「もし、阿呆なことを言いなはんな！　おい、相棒。褌を、しっかり締めとけ。旦さんは、何を釣りはるかわからん。褌の隙間へ針が入ったら、生涯、使い物にならん」
松「もし、旦さん。浮きが、ピクピクと動いてます。どうやら、釣れたような塩梅で」
竹「まァ、私の竿にも掛かりました」
旦「本妻と妾に、ハゼが掛かったか。わしは幸せ者で、世間は妾が出来たら、家は揉めるけど、ウチは本妻と妾の仲が良え。どこへ行く時も、仲良う随いてくる。ハゼを一緒に釣り上げるとは、余程、気が合うような。二人共、竿を上げてみなはれ」
松「（竿を上げて）まァ！　ハゼと違て、お竹さんのテグスと縺れ合うてますわ」
旦「二人のテグスが縺れるとは、恐るべし。互いの心に縺れがあればこそ、テグスが縺れ合う。縺れたテグスを見て、思い出すことがある。昔、筑前国松浦の城主・加藤左衛門尉繁氏は、妻と妾を一緒に置いたけど、二人は妬む心も見せなんだ。ある夜、二人が双六盤へ凭れて居眠りをしてる時、黒髪が解けて、蛇となり、醜う争う姿を見た。『上辺は仲良うしても、内心は穏やかならん』と悟った繁氏は、可愛い妻子を捨て、栄耀の袖を、麻の衣と引き替え、黒髪を剃り下ろし、高野山へ上って、苅萱童心になったそうな。女子を外面如菩薩内心如夜叉と説くは、仏の戒め。あァ、恐るべし」

○「もし、旦さん。どうぞ、堪忍しとおくなはれ。ハゼ釣りから、御法談が始まった。殺生をしながら、仏の話をしなはんな。腰から下が、水へ浸かってるよって、腹が冷えてしまいましたわ。下腹がゴロゴロと、音がしてきました」
旦「わしも潮風に当たって、お腹の塩梅が悪うなってきたような。陸(おか)へ上がって、お茶屋で駕籠屋も一杯呑むか？」
○「えッ、私らも御馳走に！　おい、相棒。旦さんが、お茶屋で一杯呑ませてくれはるそうな。早(はよ)う、陸へ上がれ。やっぱり、駕籠屋は陸の方が宜しい！」
旦「それは、当たり前じゃ。他の駕籠は先へ行かせて、その辺りで、お手水(ちょうず)を借りて、後を追うわ」
○「旦さんが仰る通り、皆は先へ行ってくれ」
□「よし、わかった！（走って）ヘッホッ！　ヘッホッ！　ヘッホッ！」
妻「一寸、駕籠屋さん。旦さんの顔が見えませんけど、知ってなはるか？」
□「旦さんやったら、よう知ってます。色が白て、背の高い、御立派な御方で。クリッとした目で、鼻筋の通った」
妻「それは顔形で、どこへ行きはったかを尋ねてます」
□「苅萱童心の話をなさった後、『その辺りで、手水を借りて、後から行く』と仰いました」

妻「えッ、御不浄（ふじょう）へ？（泣いて）アハハハハハ！」

□「泣くような、悲しいことやございません。直に、追い掛けてきはる」

妻「いや、そうやございません。ウチの旦那も、高野（厠）を訪ねて行きなはった」

解説「高野駕籠」

幼い頃から、落語・浪曲・漫才が好きだった私は、小学生の頃から『落語事典』（青蛙房）を読んで楽しんでいましたが、その中で「高野駕籠」は、当時から心に引っ掛かるネタの一つでした。

噺家になり、五年ほど経ったころ、「桂米朝独演会」の前座に出してもらったり、囃子要員として、全国各地に同行することも増え、公演後に米朝師の部屋でマッサージをしながら、さまざまな話をうかがったり、質問をしたりすることができたのは、本当に有難いことでした。

東京・三越劇場公演のとき、深夜にマッサージをしながら、「『落語事典』で粗筋（あらすじ）は存じてますが、「高野駕籠」の全容は、どんな筋ですか？」と質問すると、意外な答えを返して下さいました。

「東京で泊まってるとき、「高野駕籠」のことを聞かれるのも、不思議な縁かも知れん。「高野駕籠」は、本で読んだだけやけど、面白いネタやと思た。桂小南さんが、山遊亭金太郎を名乗ってた二ッ目の頃、あの人の家へ泊めてもろたことがある。その頃、小南さんは古本屋もしてて、便所に本が置いてあった。用を足すとき、『文藝倶楽部』やったか、他の本やったかは忘れたけど、「高野駕籠」が載ってる本があって、何げなしに、それを読んで、『ほゥ、こんなネタがあるのか』と思たわ。そのときに読んだ内容は……」と、それから「高野駕籠」を語り出されたのです。

一度読んだだけで、「高野駕籠」の全容が頭に入っていることも驚きですが、その時に聞かせてもらった語りの面白かったこと。

オチまで行き、「まァ、大体、こんな内容や」と仰ったので、「師匠は、お演りにならないのですか？」と聞くと、「聞かれたさかい、思い出しただけや」とのことでした。

その後、明治時代の演芸雑誌『百千鳥』（第二巻第一号）に掲載されている、二世曾呂利新左衛門の速記を読み、より細かい内容を知りましたが、米朝師が演って下さった面白さはありませんでした。

記憶に残る米朝師の語りと、『百千鳥』の内容を足して、何とか自分なりに纏め、平成二十年九月九日、大阪梅田太融寺で開催した「第四五回・桂文我上方落語選（大阪編）」で初演することになったのです。

旦那と駕籠屋のやり取りも、テンポ良く進めることが肝心ですが、駕籠を担ぎながら、海中へ入って行くシーンは、ゆっくり目に、演者も楽しみながら演る方が、ネタの楽しさが伝わるでしょう。

駕籠に乗りながら、海中で魚釣りをするという滑稽さは、他のネタにはないユニークさがあり、まさに上方落語の面白躍如ですし、実際、そのような遊びが流行った時代があったの

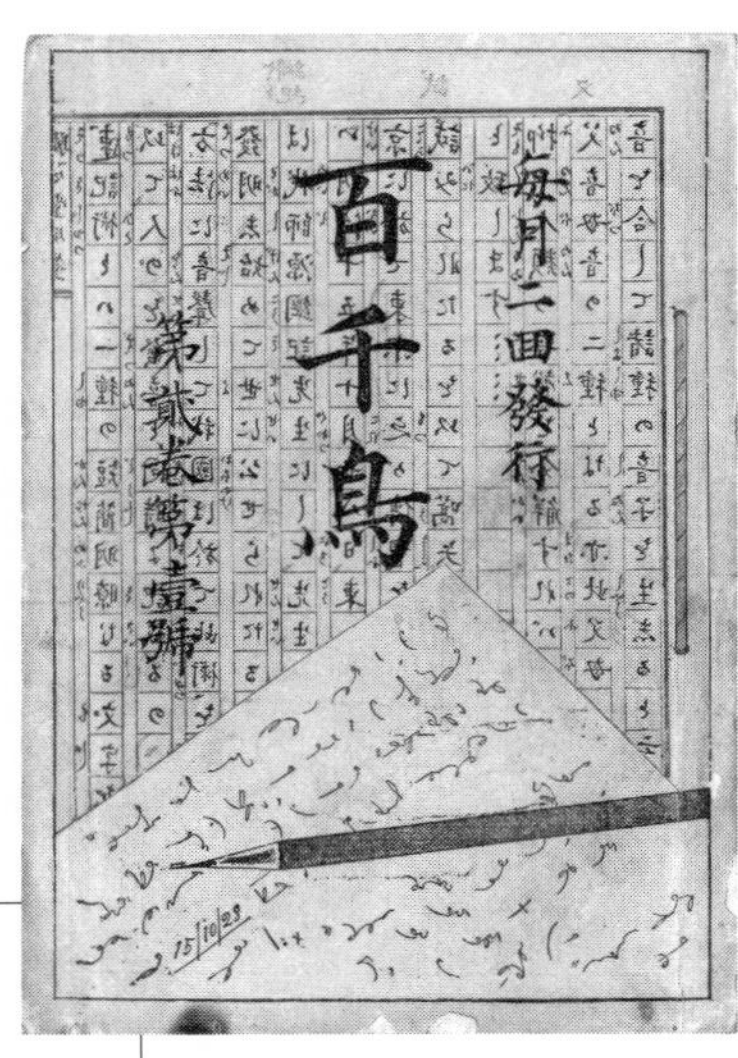

（高　野　駕　籠）　二

高野駕籠

曾呂利新左衞門口演
島田喜十郎速記

エー扨中古と當今とは餘程事が變りまして、此の住吉指して參詣に成りますにも、當今は人力車、或は滊車なぞが出來てをりますので、街道の風情が大きに一變しました、中古はお駕籠で皆な御參詣でごあいます、街道に駕籠をテンと一挺下して、襦袢裏表に着て、へー駕籠は入用かど、街道を通行人に駕籠を進て居ります　舁夫△「へー駕籠……旦那駕籠……へー駕籠……　男「ブー（屁の音）　舁夫△「旦那無茶しなはんな、私の鼻の先で屁嗅したりして　男「貴

『百千鳥』第２巻第１号（駸々堂、明治14年）の表紙と速記。

かも知れません。

本妻と妾の釣糸が縺れ合う場面で、旦那が加藤左衛門尉繁氏の「苅萱道心の物語」を語るときは、言葉を噛みしめるように、ジックリと語った方が効果が得られると思います。

良い機会ですから、高野山に伝わる「苅萱道心の物語」を紹介しておきましょう。

約八〇〇年も昔、九州筑前国・苅萱の庄の頭領で、加藤左衛門尉繁氏という二九歳の武士は豪華な御所に住み、妻の千里は一九歳で、千代鶴姫という三歳の娘を持ち、七カ月の子どもも身籠っていました。

春三月、一族一門が城中で花見の宴を催し、繁氏の盃に酒が注がれたとき、桜の蕾が一つ落ち、盃に沈む様子を見て、「この世も同じで、老いた者が先に逝くとは限らぬ。何と、儚いこと」と無常を感じ、乱世の世に、自分のために戦い、死んでくれた家臣や、散っていった敵の武者を思った繁氏は、宴会を中止し、帰宅します。

屋敷に帰ると、正室と側室が障子越しに、琴の競いをしており、二人の髪の毛が絡み合っているように見えたことで、「二匹の蛇が喧嘩をしているのは、私のせいだ」と感じた繁氏は、「世間を逃れ、修行に出るが、妻への愛情は変わることは無い。男子が生まれた時は、石童丸と名付け、出家をさせて下され」という書き置きと、髪の毛を一房残し、京都へ旅立ち、黒谷の法然上人の弟子となり、苅萱道心と名乗りました。

一三年経った正月、法然上人に「初夢に妻と石童丸が現れ、故郷へ帰れと申しましたので、ここへ訪ねて参りましょう。女人禁制の高野山へ上り、修行をしたく存じますので、お許し下さいませ」と言い、許しをもらいます。

苅萱道心が言う通り、一三歳になった石童丸は、父に会いたい一心で、母を説得し、姉の千代鶴丸を在所に残し、母と京都へ来て、法然上人を訪ねると、苅萱道心は高野山へ旅立った後。

険しい山道を越え、学文路の宿まで来ましたが、高野山は女人禁制の山と聞き、母を宿で待たせ、石童丸だけが高野山に上ります。

高野山は広大な山だけに、七日間も捜しましたが、見つかりません。

奥の院まで行くと、花籠を提げた蓮華坊の聖に出会い、苅萱道心のことを尋ねると、石童丸を見つめた後、我に返り、「去年の夏、病いで亡くなりました。今日が命日なので、墓参りに行く所です」と言いましたが、この聖こそ、苅萱道心だったのです。

父の死を聞いた石童丸は、その場で泣き、聖も泣きました。

聖と別れた石童丸は、学文路の宿へ帰ると、母が亡くなっていたので、再び、高野山へ上ります。

蓮華坊の聖に、そのことを伝えると、顔色を変えた聖が、学文路の宿へ行きましたが、石童丸の母は美しい顔で、安らかに眠っていました。

肩を落とした石童丸が、母の遺髪を持ち、故郷の苅萱へ帰ると、千代鶴丸まで亡くなっていたのです。

石童丸は世の儚さを嘆き悲しみ、苅萱の庄を一門に預け、姉の遺髪を持ち、再び、高野山へ上りました。

蓮華坊の聖と会い、千代鶴丸の死と、苅萱の庄を一門に預けたことを話し、母と姉の菩提を弔うため、聖の弟子になりたいと頼んだのです。

聖は苅萱へ行く所でしたが、石童丸の手を取り、蓮華坊へ引き返しました。

石童丸は出家し、苅萱道心の弟子となって、道念と名乗り、朝夕、経を唱え、千里・千代鶴丸の菩提を弔いましたが、苅萱道心は最後まで、父であることを打ち明けなかったとも言いますし、石童丸の夢の中に苅萱道心が現れ、父であることを告げたとも言います。

少し長くなりましたが、高野山に伝わる「苅萱道心の物語」はいかがでしたか?

この物語を土台にして、並木宗輔・並木丈輔が創作したのが、「苅萱桑門筑紫𨏍(かるかやどうしんつくしのいえづと)」という浄瑠璃で、享保二十年八月、大坂・豊竹座で初演され、後に歌舞伎にもなりました。

「高野駕籠」の例えに使われているのは、五段あるうちの、二段までの話です。

このネタで駕籠屋がいう店の名前は、曾呂利新左衛門の速記の通り、堺の浜の大由(だいよし)と角万(かどまん)としていますが、二つともわからず終いだったので、当時の速記本には、表記ミスや誤植も多いだけに、他の店に替えた方が良いのかも知れません。

決して、良いオチとは言えませんが、ネタにピッタリのオチが見つかったときは、早々に差し替えたいと思っていますので、良いオチを思い付かれた方は、教えていただければ、幸いです。

歯抜き茶屋

はぬきぢゃや

甲「お前の家には、洒落た形の煙草盆や、小粋な煙管（きせる）に箱枕と、お茶屋に置いてある物が仰山あるけど、盗んできたのと違うか？」
乙「ほゥ、人の目は誤魔化（ごまか）せんわ。仰る通り、お茶屋の物や。客あしらいが悪かったよって、意趣返しに持ってきた」
甲「ほんまに、無茶をする奴や。箱枕は、どないして持ってきた？」
乙「箱枕は一番楽で、腋（わき）の下へ挟んだ」
甲「ほな、小さなお櫃（ひつ）は？」
乙「蓋を取って、底を抜いて、両足へ履く。抜いた底と蓋は、襟元から背中へ落として」
甲「中々、知能犯や」
乙「金盥（かなだらい）の時は、冷や汗が流れた。背中へ金盥を入れて、お茶屋を出ようとしたら、女子（おなご）

が『また、お越しを』と言うて、ボォーンと背中を叩いたら、グワーンと鳴った。その音を聞いて、ビックリした女子が、『今の音は、何です？』と言うよって、『二人の別れを惜しむ、鐘の音や』と言うて」

甲「ほんまに、訳のわからん言い訳や。それより、向こうから来たのは、歯抜きの平助と違うか。あいつは歯を抜く腕は悪いけど、愛想が良うて、面白い男や。そう言えば、あいつの家にも、お茶屋の物が仰山あったわ。此方（こっち）へ呼んで、聞いてみよか？」

平「口中一切、歯堅め、歯の治療。即座に治る、歯磨きの効能は如何でございます？」

甲「おい、平助。この頃は、商売繁昌か？」

平「これは、どうも！　何れも劣らん男前で、上等の益荒男（ますらお）が並びましたな。本日は、女殺しの相談で？」

甲「お前のベンチャラは、歯が浮くわ」

平「歯が浮いたら、私が抜かしていただきます」

甲「いや、断るわ。ところで、お前の家には、お茶屋の物が仰山あるな」

平「いえ、何を仰る！　そんな物は、一つもございません」

甲「誰にも言わんよって、正直に言え。真鍮で拵（こしら）えた獅子頭の火鉢は、どうした？」

平「そこまで御存知やったら、正直に申します。獅子頭の火鉢は、新町のお茶屋から持って帰りまして」
甲「そんな大きな物を、どないして持って帰った？」
平「大きゅうても、意外に軽いよって、廊下の隅へ火鉢の灰を放かして、空の火鉢を頭へ被って、その上から着物を被ると、『ステテン、ステテン、オヒャーラ！　獅子舞じゃ！』と言うて、勢い良う、表へ飛び出します。ほな、お茶屋の者が、拍手喝采で送り出してくれますわ。その隙に、我が家を目指して、シューッ！」
甲「何と、えげつないことをするわ。そんなことばっかりしてたら、彼方此方(あちらこちら)のお茶屋で顔を覚えられて、出入り差し止めになるのと違うか？」
平「ヘェ、その通り！　お茶屋へ上がるどころか、店の前を通ることも出来んようになりました。さっぱり、ワヤ！　（笑って）わッはッはッは！」
甲「コレ、笑(わろ)てる場合やないわ。ほな、お茶屋は御無沙汰か？」
平「御無沙汰、御無沙汰！　御無沙汰が草履を履いて、歩いてるような物ですわ」
甲「一々、ケッタイなことを言うな。久し振りに、お茶屋へ連れて行ったろか？」
平「新町や松島、飛田辺りは、行き辛(づら)い」
甲「軒並み、しくじってるような。住吉新地は、どうや？」
平「住吉までは、足を延ばしたことがございません。住吉やったら、大丈夫！」

甲「連れて行く代わりに、粋な趣向をしてもらいたい。飛び切り上等で、前代未聞の趣向を頼む。お前が嫌と言うたら、仕方が無い。さァ、どうする？」
平「お茶屋へ行くと聞いただけで、頭スッキリ、身体シャッキリ！　太閤秀吉も思い付かん趣向を、御披露しますよって」
甲「大層に言うてるけど、どんな趣向や？」
平「牡丹餅を仰山買うてきて、お茶屋の者に『牡丹餅を、御馳走する』と言うて、食べさします。明くる朝、『もう一包み、残ってた。これも、皆で食べて』と言うて、置いて帰りますけど、その包みは土饅頭で、包みを開けたら、ビックリしますわ。『夕べのお客は、狐か狸に違いない』と言うて、大騒ぎするという趣向は如何で？」
甲「それは面白いけど、土饅頭だけで、お茶屋の連中が騙せるか？」
平「赤土を持って行って、指で狐や狸の足跡のような形を、廊下へ付けて廻ります。お茶屋の者が、『狐か狸が人間に化けて、お茶屋へ遊びに来た』と思いますわ」
甲「なるほど、面白い！　早速、牡丹餅を買いに行ったり、土饅頭を拵えたりして、趣向の段取りをしょうやないか」

悪い段取りをする時の、速いこと。

三人が意気揚々と、住吉新地へ向かう。

平「ほな、あの店へ入りますわ。（お茶屋へ入って）おい、若い衆」

喜「ヘエ、お越しやす」

平「皆、初会や。これからも贔屓(ひいき)にするよって、飛び切りの持てなしを頼むわ」

喜「ヘェ、承知致しました。十分、心得ますよって」

平「ところで、店の者へ土産がある。甘い物が好きかどうかは知らんけど、上等の牡丹餅や。遠慮無しに、皆で食べとおくれ」

喜「ほゥ、有難うございます。どうぞ、此方(こちら)へ」

平「ほな、上がらせてもらうわ。（声を潜めて）お座敷へ行きますよって、堂々としてなはれ。（座敷へ来て）この座敷やったら、上等や。早速、芸妓(げいこ)や幇間(たいこもち)を呼んどおくれ」

喜「早々に、姐さん方がお越しでございます」

一「旦さん、おおきに」

二「ヘエ、お越しやす」

平「ほゥ、綺麗所(きれいどころ)が集まった。さァ、此方へ入り。盃を一廻りさせて、三味線の調子を合わしとおくれ。踊りとうて、仕方が無い連中や。調子が合(お)うたら、賑やかに行け、行けエーッ！〔ハメモノ／ステテコ。三味線・〆太鼓・大太鼓・篠笛・当たり鉦で演奏〕コラコラコラコラッ！　さァ、踊りなはれ」

甲「ほな、踊るわ。（踊って）ヨイヨイコラコラ、ヨイヨイコラコラ。狐と狸が、持ってきた牡丹餅。皆で食べたら、土饅頭！」

平「コレ、要らんことを言いなはんな！」

甲「（踊って）コラコラコラコラッ！」

ワァーッと大騒ぎをして、その後、各々の部屋へ散ってしまう。

ガラリ、夜が明ける。

甲「おい、起きんか。さァ、帰るわ」

乙「いや、早う（はよ）帰らんでもええ。もう一寸（ちょっと）、ゆっくりしょう」

甲「いや、そんな訳には行かん。夕べ、平助が廊下へ足跡を付け倒してた。お茶屋の者が足跡を見付ける前に帰らなんだら、バレてしまう。早う、姿を消した方がええわ」

乙「ほな、そうしょうか。ところで、平助は？」

甲「最前から、一寸も起きん。もう一遍、起こしてくる。（平助の部屋へ来て）おい、平助。早う、起きんか」

平「あァ、眠たい。夕べ、足跡を付けてから、ゆっくり呑んだよって、頭がフラフラして、良え塩梅ですわ。（踊って）コラコラコラコラッ！」

甲「コレ、布団の中で踊るな。ほな、先に帰るわ」

平「どうぞ、どうぞ。夕べの勘定は、どうなってます？」

甲「寝惚けてても、勘定だけは忘れんわ。勘定は済ましてるよって、見付からん内に、早う帰っといで」

平「へェ、おおきに。ほな、お休みやす」

甲「また、寝るか。ほな、帰るわ。（部屋を出て）若い衆、履物を出してくれ」

喜「もう、お帰りで？」

甲「朝早うから仕事に行くよって、今から出掛けるわ。最前、勘定は済ましたな？」

喜「御祝儀もいただきまして、有難う存じます。お連れさんは、どうなさいました？」

甲「あいつは眠たがりやよって、そのままにしといて。それから、昨日の牡丹餅が、もう一包み残ってる。これも、皆で食べてくれ」

喜「遠慮無う、頂戴致します。どうぞ、お気を付けて。店の者は、此方へ集まれ。夕べのお客さんが、また、牡丹餅をくれはった」

一「まァ、嬉しい！　餡が良え塩梅で、久し振りに美味しい牡丹餅をよばれたわ」
二「朝に食べる甘い物も結構で、お茶を淹れて、頂戴します。早う、包みを開けて」
喜「コレ、静かにしなはれ。女子は甘い物と聞くと、目の色が変わるわ」
一「私は、三つ食べます」
二「此方は、二つ」
三「ほな、四つ！」
喜「一々、喧しいな！　自分が思うだけ、食べたらええわ。（包みを開けて）何や、これは！　牡丹餅やのうて、土饅頭や」
一「まァ、嫌ッ！　夕べの牡丹餅は、あんなに美味しかったのに」
喜「夕べのお客は、狐か狸やったのと違うか？　狐や狸に騙された人は、牡丹餅の代わりに、馬の糞を食わされたということを聞くわ」
一「それやったら、馬の糞が包んであるはずや。これは、間違い無しの土饅頭」
喜「たまたま、馬の糞が手廻らなんだかも知れん。どこを探しても、馬の糞が無い。心安い馬に頼んで、キバってもろても、一寸も出なんだかも知れんわ。『ほな、土饅頭で誤魔化しとこ』と言うて、狐や狸が土饅頭を丸めたに違いない」
一「狐や狸の足は、先が丸いよって、土饅頭は丸めにくい」

喜「一遍、人間に化けてから、丸めたに違いないわ。狐や狸は、何でも化けられる」
二「まァ、えらいことや。夕べのお客は、狐か狸！」
一「大きな声を出して、どうしなはった？」
二「二階へ行ったら、廊下に足跡が仰山付いてた。やっぱり、狐か狸や！」
喜「一寸、待った。二階の一番奥の部屋に、まだ一人。いや、一匹寝てるわ」
一「まァ、嫌ッ！」
二「最前、ソォーッと覗いてみたら、良え塩梅で寝てた」
喜「ほんまに寝てるのと違て、狸寝入りや。気を付けなんだら、えらい目に遭うわ」
二「それにしては、奇怪しいわ。狐・狸は、火を怖がるそうな。夜中に煙草を喫うてたみたいで、ポォーンと、煙草盆へ灰を落とす音がしてたのは、どういうこと？」
喜「灰を落とす音やのうて、狸が腹を叩いてた音や」
二「まァ、嫌ッ！　ほな、二階のお客は狸？　喜助さん、何とかして」
喜「あァ、任しとけ！　カンテキで火を起こして、あの部屋へ煙を扇いで、狸を燻り出すよって」
一「カンテキに火が起こってるよって、狸の部屋の前へ持って行きなはれ」
喜「ほな、二階へ上がろ。（カンテキを持ち、二階へ上がって）呉々も、足音をさしたらあかん。廊下に点々と、足跡が付いてるわ。部屋の前へ、カンテキを置いて。わしが『ソレ、行けェーッ！』と言うたら、部屋の戸を開けなはれ。ほな、団扇で扇ぐよって。ソレ、行けェーッ！」
一「(部屋の戸を開けて) ソォーレ！」
喜「(カンテキを扇いで) さア、出て行けェーッ！」
平「(咳をして) ゴホン、ゴホン！　何や、これは。あア、煙たい！」
一「部屋の中で、コンコンと言うてるわ。狸やのうて、狐と違うやろか？」
喜「こうなったら、何方でもええわ。さア、正体を現せ！　お前は、狐か？」
平「違う、違う。わしは、狐やない」
喜「ほな、狸か？」
平「狸やのうて、腕の悪い歯抜きですわ」

解説「歯抜き茶屋」

このネタを初めて知ったのは、明治中期から四〇〇冊以上刊行された雑誌『文藝倶楽部』に掲載されている、四代目柳亭左楽の速記でした。

昔の落語の速記本や演芸雑誌では、「このネタを、この噺家が演じたのは疑わしい」と思う場合も多く、すべてを信用する訳にはいきませんが、『文藝倶楽部』の信頼度は高いので、一応、四代目柳亭左楽の口演で間違いないと思います。

かなり酷くなった虫歯を抜くのは、現在でも歯医者で行われていますが、歯を抜くという行為は、いつ頃から行われたのでしょう。

東京歯科大学名誉教授だった長谷川正康氏が著した『歯の風俗誌』（時空出版）によると、原始・古代においては、全く別の意味で、歯が除去されていたそうです。

病気でもない歯を、どうして抜いてしまうかは、部族の象徴としてか、宗教的な意義があったのか、身体粉飾のためか、明確にされていません。

日本では、縄文時代後期で、推定三〇歳の女性の下顎（あご）の前歯二本がなく、一七、八歳頃に抜歯したようですが、これも抜歯の理由は不明ながら、その頃の他の抜歯の例から考えると、成人儀礼を行う時期と一致するようです。

『柳亭左楽落語會』（三芳屋書店、明治40年）の表紙と左楽の写真。

その後、古墳時代に入ると、健全な歯を抜く風習はなくなったそうですが、詳細は判然としません。

かなり時代を超えた話になりますが、室町後期から江戸時代になると、仏教の世俗化につれ、パトロンも減り、一方で仏像を造る観念が薄らいだため、仏師は仕事が少なくなり、自らの技術を活用するため、入れ歯造りもしたようです。

これは根付師・能面師・指物師も同様だったようで、次第に全国に拡がり、副業ではなく、本業の入れ歯師が誕生したのではないかと考えられていますが、それは自然な流れと言えるかも知れません。

宮中や幕府に仕える口中医らは、口中・歯・唇・舌・喉の病気の治療を行いましたが、入れ歯は拵えず、入れ歯造りに勤しむ者は、「入れ歯師」「入れ歯渡世人」と呼ばれたようで、確かな技術を持つ親方の許に弟子入りし、技術を身に付け、一人前の免許をもらってから、独自に開業したといいます。

入れ歯造りをしながら、虫歯の痛み止めや、抜歯をする者を「歯医者」と呼び、道端や盛り場などで、抜歯を主とする者を「歯抜き」といい、正規の教育を受けた口中医とは区別されていました。

抜歯の話が長くなりましたが、これを少しでも頭に入れて、「歯抜き茶屋」という落語を聞いていただくと、興味深いことが見つかる場合もあるでしょう。

お茶屋で趣向をすることがテーマになっている落語は数多くあり、「けんげしゃ茶屋」「棟梁の遊び」「坊主茶屋」などに見る上方落語の大胆さや、趣向の強烈さは、目を見張る物があります。

『文藝倶楽部』（七巻六号）に掲載されている、四代目柳亭左楽の「歯抜き茶屋」の速記を読み、面白く思い、宇井無愁氏が著した『落語の根多』（角川文庫）を見ると、上方落語での構成の粗筋が載っていました。

原話は、文政二年江戸版『落噺福禄寿』の「小僧」で、これを上方落語に直して演じていたようで、東京落語の演題は「歯抜き」となります。

私が初演したのは、平成十六年四月十九日、大阪梅田太融寺で開催した、「第三一回・桂文我上方落語選（大阪編）」でした。

頻繁に高座に掛けるようなネタではありませんが、時折、思い出したように演じると、お客様から「珍しい噺が聞けて、得をした気分です」という意見をいただきましたし、演者として新鮮な発見もあります。

最後に一言だけ申しますと、三重県松阪市の山間部で生まれ育った私は、狐に騙されたという話は聞きましたが、狸に化かされたという噂を、耳にしたことはありませんでした。

落語のマクラでも述べるように、「狐は狡く、上手に人間を化かすが、狸は化け損なうことが多い」ということは、意外に真実かも知れません。

大仏餅

だいぶつもち

昔の寄席で、お客からいただいた三つの題で噺を拵える「三題噺」を演る時は、前日に取った題で拵えた噺を翌日に披露したり、中入りで集めた題で拵えた噺を終演前に上演したり、取った題で即座に拵えて演るという、三つの演り方があったそうで。

明治時代、朝寝坊むらくという噺家へ出た題が、「日本橋・銀行・賤ケ岳の三本槍」。

この中で「賤ケ岳の三本槍」だけが妙で、賤ケ岳の合戦の時、槍で勇ましい働きをした七人の勇士を準えた「賤ケ岳の七本槍」を捻って、「賤ケ岳の三本槍」。

皆が固唾を呑んで見守ると、むらくは急きも慌てもせず、見事に披露したそうで。

加「なァ、片桐」

片「どうした、加藤」

加「福島が日本橋で銀行を始めたそうだが、上手く行くだろうか？」
片「いや、ダメだな」
加「どうして？」
片「だって、四本（資本）が足りない」

幕末から明治半ばまでの東京落語界の大立者・三遊亭圓朝も、「三題噺」を拵えた。

ある日のこと、圓朝へ出た題が「袴着の祝い・新米の盲乞食・大仏餅」。

幼い男の子が初めて袴を着けて、親戚縁者を集めて祝う「袴着の祝い」がめでたいだけに、圓朝を困らせようとして出た題が「新米の盲乞食」で、もう一つが「大仏餅」。

昔、奈良の大仏の鐘撞堂の近くで売ってた名物の餅が大仏餅で、京都の方広寺・誓願寺の門前・江戸の浅草でも商う店があったそうで。

和「コレ、番頭。お客が帰られた後で、空から白い物がチラチラと降ってきた。もっと早う降るか、遅う降るかしたら、傘を貸したり、駕籠で帰ってもらえたのに。ほんまに、気の利かん雪じゃ」
番「旦さん、無茶を仰いませんように。ウチの都合で、雪が降ったり止んだりは出来ません」
和「雪に、ボヤいてるだけじゃ。何を言うても、雪は文句を言わんわ」
番「雪がボヤいたら、雪国は喧しゅうて、仕方がございません」
和「一々、口答えをしなはんな。しかし、寒い晩になったわ」
子「えェ、こんばんは。アノ、お願いがございます」
和「玄関先で、継ぎ接ぎだらけの着物を着た子どもが震えてるわ。一体、何の用じゃ？」
子「目の見えんお父っつぁんが、足に怪我をしまして、血が止まりません。煙草の粉は、血止めになります。僅かばかり、いただけませんか？」
和「お父っつぁんの肩へ、雪が積もってるわ。今日は袴着の祝いで、商いをしてないよって、此方へ入りなはれ。話を聞くと、怪我をしなさったそうで？」
近「膝頭を擦り剥きましたけど、生憎、潮時と見えて、血が止まりません」
和「膝へ大きな口が開いて、血が流れてる。煙草の粉では、間に合わん。ウチに代々、秘伝で伝わる、血止めの膏薬を貼ったげます。コレ、定吉。血止めの膏薬を、二寸ぐらいに伸ばして持ってきなはれ。何で、こんな怪我をしなさった？」
近「私は、新米の盲乞食でございます。千日前でいただき物をしておりましたら、古手の乞食が出てきて、『挨拶も無しに、もらいに廻る奴があるか！』と言うて、踏むやら、蹴るやら、殴るやら。伜が私を庇うと、突き飛ばされまして。『コレ、何をする!』と立ち上がると、後ろから蹴られて、前の立石で膝を擦り剥きました。その場は、何とか逃げましたけど、膝の血が止まらんよって、煙草の粉をいただきに参りまして」

和「何と、えらい目に遭いなさったな。コレ、お店の衆! この辺りの乞食に、何もやることはならん! あァ、膏薬を持ってきたか。一寸染みますけど、御辛抱を」

子「あッ、お父っつぁん! 膏薬を貼ってもろたら、血が止まった!」

和「何とか、疵口が塞がりました」

近「あァ、有難うございます」

和「いえ、何を仰る。良かったら、箸を付けてない料理を持って帰りなはれ」

近「お薬をいただきました上、お料理まで頂戴しましては」

和「持って帰ってもろたら、ウチも助かります。何か、容れ物は無いかな?」

近「ほな、これに入れていただきとうございます」

和「これは、茶席で使う建水・水零し。日本に幾つも無い朝鮮砂張の名品で、お菰の持つ品やない。ひょっとしたら、近江屋の旦さんやございませんか?」

近「如何にも、近江屋でございます。私のことを知ってなさるのは、誰方様で?」

和「近江屋さん、お久し振りでございます。私は、和泉屋清兵衛で」

近「えッ、泉清さん！　お宅と知ってたら、伺いはせなんだ。誠に、お恥ずかしい！」
和「いえ、何を仰る。近江屋さんは、知り合いの借金の肩代わりをした後で、近所から火が出て、店は丸焼けになって、どこかへ行きなさった。この建水を見なんだら、近江屋さんとはわからなんだ。お宅のお茶会に寄せていただいた時、この建水を拝見しまして。建水に変わりはございませんけど、旦さんは老け込まれました。コレ、お梅。残り物を食べる御方やないよって、塗りのお膳を持ってきなはれ。コレ、定吉。温ま湯を持ってきて、この御方の足を洗うのじゃ」
定「えッ、嫌ですわ！　乞食の足を洗う所を見られたら、丁稚仲間へ顔が立たん」
和「立たん顔やったら、寝かしときなはれ！　暫く、起きてくるな！　ウチの身代を五つ足しても、足許にも及ばんような大店の旦那で、世が世であれば、顔も拝めん御方じゃ。定吉が洗わなんだら、私が洗います。定吉は、店を出て行きなはれ！」
定「洗います、洗います！　何やったら、頬擦りもしますわ」
和「いや、そんなことはせんでも宜しい！」
近「お子達に、きつう仰いませんように。お湯を頂戴しましたら、自分で洗います」
和「これも躾ですよって、洗わさせとおくれやす。どうぞ、お上がり下さいませ。コレ、番頭。早速、お座布を出しなはれ。近江屋さんと知れたら、膝とも談合。決して、悪うは致しません。コレ、番頭。早う、絹のお座布を出しなはれ」
番「もし、旦さん。一寸(ちょっと)、待っとおくれやす。前は立派な御方でも、今は乞食やございませんか。数の揃た道具を使うのは、勿体無(もったいの)うございます」
和「私の持ち物は、私が好きに使わしてもらいます！　番頭が、布団のことが言えるか？　ウチへ奉公に来た、十五年前の年の暮れ。番頭の寝小便で、布団を干したり！」
番「皆の前で、昔のことを仰らんでも宜しいわ。皆、クスクスと笑(わろ)てます」
和「何が、昔じゃ。十五年前、番頭の寝小便！」
近「どうぞ、お揉めになりませんように。畳の上へ座らせていただくだけでも、有難いことで。絹のお座布は、針の筵(むしろ)へ座るのと同じでございます」
和「大きな声を出して、申し訳無いことで。お膳が調いましたよって、お召し上がりを」
近「誠に、恐れ入ります。コレ、伜。物心が付いてから、お膳の前で食べさせたことが無かった。食べ初めの、食べ納めになるかも知れん。心して、頂戴しなはれ」
子「（合掌して）旦さん、いただきます」
和「坊(ぼ)ンに手を合わされたら、此方が辛い。遠慮無う、お召し上がりを。何と、上品な召し上がり方で。御飯を召し上がった後で、お茶を差し上げたい。お膳は、そのままで結構。コレ、皆。お膳を片付けて、茶道具を持ってきなはれ。何ッ、お菓子が無い？　ど

うぞ、お笑い下さいませ。お菓子が無いのに、お茶を勧めるとは。何ッ、大仏餅がある
となな。お隣りが、奈良の大仏の開眼千百年の法要へ行ってきなさったか。ほな、此方へ
持ってきなはれ。あァ、御苦労さん。どうぞ、お召し上がり下さいませ。坊ンが、お父
っつぁんへ勧めてもらいたい」
子「お父っつぁん、大仏餅」
近「あァ、懐かしい。ほな、頂戴します。(食べて)ウッ！」
和「おォ、餅を喉へ詰めなはった！　坊ン、お父っつぁんの背中を叩きなはれ」
近「(咳をして)ゴホッ！　ゴホッ！　お蔭様で、胸の支えが取れました。(目が開いて)
結構な御道具で、立派な御普請。(見廻して)あァ、見える！　ここに居るのは、伜か。
わしの目が開いたからは、今までのような苦労はさせせん」
和「えッ、坊ンが見えますか？『災い転じて、福となす』とは、このことで。旦さんの
心掛けを、神様・仏様が見ておられたような」
近「餅を喉に詰めて、目が開いたとは。世の中は、何とも不思議なことがあるようで」
和「いや、これも道理！　喉に詰めたのが、法要土産の大仏餅。開眼するのも、無理は無
い」

解説「大仏餅」

師匠（二代目桂枝雀）の許で、内弟子修業を終え、先代（三代目桂文我）の許へ稽古に通い、「死ぬなら今」「くやみ」「短命」「京の茶漬」などを習う間、「こんなネタもあるよって、覚えといたらどうや」と仰り、何席かの珍品を教えて下さった中に「大仏餅」があり、「三遊亭圓朝が拵えたネタで、上方落語の雰囲気やないけど、わしは好きやよって、正蔵師匠に習た」と言われました。

先代は、正蔵師に「死ぬなら今」「上方見物」「蛸坊主」なども教わったようで、「蛸坊主」以外は、大阪ナンバ・読売文化センターの「なんば寄席」、京橋ダイエーの「島之内寄席」、千里セルシーの「千里繁昌亭」などの高座で拝見しましたが、何方（どちら）かと言えば、客入りの少ないときや、雨模様の日が多かったように思います。

「大仏餅」は、幕末から明治中期まで、東京落語界の大立者として君臨した三遊亭圓朝が創作した、「三題噺」の一つでした。

元来、「三題噺」とは、初代三笑亭可楽が考案し、大当たりを取ったジャンルです。

初代可楽は、寛政十年頃、江戸で最初に寄席興行を催した人で、その後、地方へ修業に出て、寛政十二年、江戸へ戻り、「落話会（おとしばなしのかい）」を開催したと言いますが、これは玄人の噺家としてのお披露目の会で、当日は大好評を得、享和二年には、噺本『山しょ味噌』も刊行し、着実に足許を固めた上、その人気を決定的にしたのが、「三題噺」の上演でした。

「三題噺」とは、観客から三つの題を出してもらい、それらを上手に入れ込み、一席の噺を作り上げるのです。

文化元年、下谷広徳寺前・孔雀茶屋（くじゃくぢゃや）の会で、初めて「三題噺」を披露しましたが、そのときの題は「弁慶」「辻君（つじぎみ）（※夜鷹。道端で客を漁る売春婦）」「狐」で、どのような纏（まと）め方をしたのかはわかりませんが、観客は可楽の頓才ぶりを称賛したと言いますから、かなり出来は良かったのでしょう。

その後、「三題噺」は可楽の十八番となり、どんな題が出ても、平然とこなしたと言います。

「大仏餅」に話を戻しますが、ある日のこと、三遊亭圓朝に出された題が、「袴着の祝い」「新米の盲乞食」「大仏餅」でした。

五歳の男の子、三歳と七歳の男女の子どもが、十一月十五日に晴れ着を着て、お宮参りに行く七五三という行事の基になったのが、五歳の男の子が初めて袴を穿（は）くという「袴着の祝い」。

元来、七五三の儀礼は、子どもの健康と成長を願う風習で、三歳・五歳・七歳の子どもが対象とされるのは、平安時代に行われていた節目の儀式に由来するそうですが、現在のような形になったのは明治以降で、全国的に拡がったのは、戦後になってからでした。

三歳の男女を祝う「髪置（かみおき）」は、それまでは剃り落としていた髪を、この日から伸ばし始め、女の子の場合、髪を結い上げ、口紅を差し、七歳の女の子を祝う「帯解（おびとき）」は、それまで着ていた着物から付け紐を外し、本式の帯を締めた着物に着替えるのです。

昔は子どもの死亡率が高かったため、七歳になることが大きな節目とされ、七歳未満の子どもは人間ではなく、「神の子」と見なされており、七歳になってから、人間社会の一員として認められました。

この三つの儀式は、全国各地で違ったそうで、江戸後期に十一月十五日に定められたそうですが、五代将軍・徳川綱吉の子・徳松の祝いの日に因むとか、陰陽道に由来するなどと諸説ある中で、秋の収穫後、神を祀（まつ）る霜月の真ん中に該（あた）るとする説が有力だそうです。

また、七五三が拡がった背景に、「七つ子祝い」があり、「七歳になる前は、神様」という伝承と関係していました。

「七つ子祝い」は、七歳になった子どもが、氏神に詣で、氏子の仲間入りをする日で、死亡率が高かった昔は、成長の一区切りと考えていました。

七歳までの幼児は、神の庇護の許にあり、「何をしても、罰（ばち）は当たらない」とする一方で、亡くなった場合でも、大人のような葬式をしなくてもよいとしていたのです。

それだけに、子どもが七歳を迎えると、氏子入りという、社会的な自覚を促すと共に、無事に成長した喜びに満ち溢れていました。

幼児から小児になり、小学校へ行くようになる春先になると、いつも「七つ子祝い」の風習を思い出します。

さて、高座における「大仏餅」で有名なエピソードを紹介すると、昭和四十六年八月三十一日、東京・国立小劇場で開催された第四二回落語研究会で、昭和の名人・八代目桂文楽が「大仏餅」の口演中に絶句し、「もう一度、勉強し直して参ります」と述べて高座を下り、これが最後の舞台となりました。

「大仏餅」は、目を瞑(つむ)って演(や)れる上、これというクスグリ（※笑える箇所や、ギャグ）が少ないだけに、心が静まり、馴染まない雰囲気の中でも冷静に演れるという理由から、大抵のお座敷は、このネタで通していたそうですし、大阪・道頓堀角座のようなマンモス寄席で演じることも多かったようで、畳み込む所がなく、間が同じで演れるだけに、体調が優れない時でも、何とか演れるという自信を持っていたと言います。

しかし、明治から大正にかけての名人・三代目柳家小さんが、高座で噺が廻る（※同じ箇所を繰り返す）ようになり、前座が慌てて幕を下ろす様子を見ていただけに、自分も噺の途中で絶句するのを気にしていました。

「大仏餅」の途中で絶句し、高座から下りた時、マネージャーの肩に凭(もた)れ、「三代目になっちゃった」と言ったという話も聞いたことがあります。

その時、客席におられた「かまくら落語会」の主宰・岡崎誠氏に伺うと、「高座で何かを仰いましたが、客席には聞こえないぐらい、小さな声でした」とのことですし、その後の高座

第四十二回
落語研究会
日時●八月三十一日《火》よる六時開演
会場●国立劇場《小劇場》
主催●東京放送

TBS
1971 No.42
協力・テアテ

第42回落語研究会プログラム

《プログラム》
宮戸川●桂小勇
大仏餅●桂文楽
寝床●立川談志
かぼちゃ屋●柳家小さん
《仲入》
付き馬●金原亭馬生
蟇の油●林家正蔵
小言幸兵衛●三遊亭圓生

おはやし　橘　つや・高津すゞ 他

を務めた立川談志師にも尋ねましたが、「いつも聞いているネタだから、自分の出番のギリギリまで楽屋で話をしていた。何だか客席がザワついて、出囃子が鳴って、そのまま高座に上がったから、その時のことは知らない」とのことでした。

悲しい出来事とはいえ、文楽らしい、潔いラストだけに、落語界に残る有名なエピソードは、未来永劫、語り継がれていくでしょう。

「大仏餅」は上演時間が短いため、頭に「馬のす」(※上方落語は「馬の尾」)を付けたようですが、この二席は全く関連性はなく、誰に「大仏餅」を習ったかもわかりません。

「景清」の解説でも述べましたが、文楽は盲人のネタが多く、名人・四代目橘家圓喬が抜群の腕を見せた、「三味線栗毛」を演りたかったそうです。

昔の速記本では、『改良落語』『扇拍子』などに載っており、後の落語本では、八代目桂文楽の速記が数多く掲載されました。

元来のオチは、乞食になった大家の旦那が、大仏餅を喉に詰め、背中を叩かれた途端に目が開きましたが、急に鼻声になり、「今、食べたのが大仏餅。目から、鼻へ抜けた」。

これは、利発な子どもの譬(たと)えの「目から、鼻へ抜ける」を踏まえています。

オチをわかりやすくするため、「大仏餅」のマクラで、「大仏の目」という小咄を振ることも多く、このネタの原話は、天明五年江戸板「猫に小判」に載っている「大仏」。

その内容は、「大仏の目が落ちたと騒いでいる所へ、孫を連れた爺が現れ、鉤(かぎ)付きの綱を投げ、

大佛餅

（上）

三遊亭圓朝口演
酒井昇造速記

（大　佛　餅）　一

エ、荻江伊三の傳記が切れましたからチョッと間へ落話を一席お聽に達ます、落語にも可笑しいのも悲しいのも極く武張たのも洒落たのも種々有ます其中で是話は人情に亘た少しく憂ひのあるお話で御座います、往時淺草の並木に現時乾物店の一軒隔て隣家あたりに大佛餅と稱ふ餅屋が御座いまして駄餅だが大層繁昌を致しました其餅屋から一軒隔て隣家に表は細かい格子造り潛りが有つて是から這入るやうに成つて居ます、商賣体は解りませんが金貸か質屋の隱居とでも申す樣子で巨大な土藏が二戸前有ります多人數奉公人は使ひませんけれども、チョッと御茶でも致して誠に風流に暮して居ます、

『改良落語』（駸々堂、明治23年）の表紙と速記。

大仏の下瞼へ引っ掛けた。孫が綱を伝って上り、大仏の体内に入り、体内へ落ちた目を、元通りにしたが、孫は外へ出られなくなる。皆が心配をしていると、大仏の鼻の穴から出てきたので、周りの者が『目から、鼻へ抜けた』」というのが粗筋です。

この小咄は、お伊勢参りの連続物の上方落語「東の旅」の「奈良名所」や、「鹿政談」のマクラにも使用されていますが、この小咄をマクラに振らず、噺のラストがコント的にならない方法はないかと考え、私なりのオチを付けました。

大仏餅という菓子について、少しだけ述べると、江戸時代、京阪地方で流行した餅で、後に江戸の浅草・下谷でも売られ、餡を包んだ餅に、大仏の焼印が押してあったそうで、『本朝世事談綺』、『雍州府志』によると、「京都・方広寺大仏殿や、京極誓願寺の門前で商われた」とあり、井原西鶴の『好色一代女』には、「大坂天満の大仏餅」と記されています。

また、鎌倉時代の豪傑・朝比奈三郎が、力を付けるために餅を食べ、東大寺の梵鐘を撞くと、その鐘の音が三日三晩、南都全域に鳴り響いたという、奈良名物・大仏餅の伝説にもなりました。

これは大仏の巨体と、剛力の武者が結び付き、名物の餅が生まれたようで、どこの大仏餅にも、力持ち的な性格が含まれているのが特徴と言えましょう。

『東海道中膝栗毛』の原本の挿絵にも、大仏餅の看板が掲載されました。

当時の餅と同一視はできませんが、当時の味を懐かしむ餅が、令和の今日でも、奈良・京

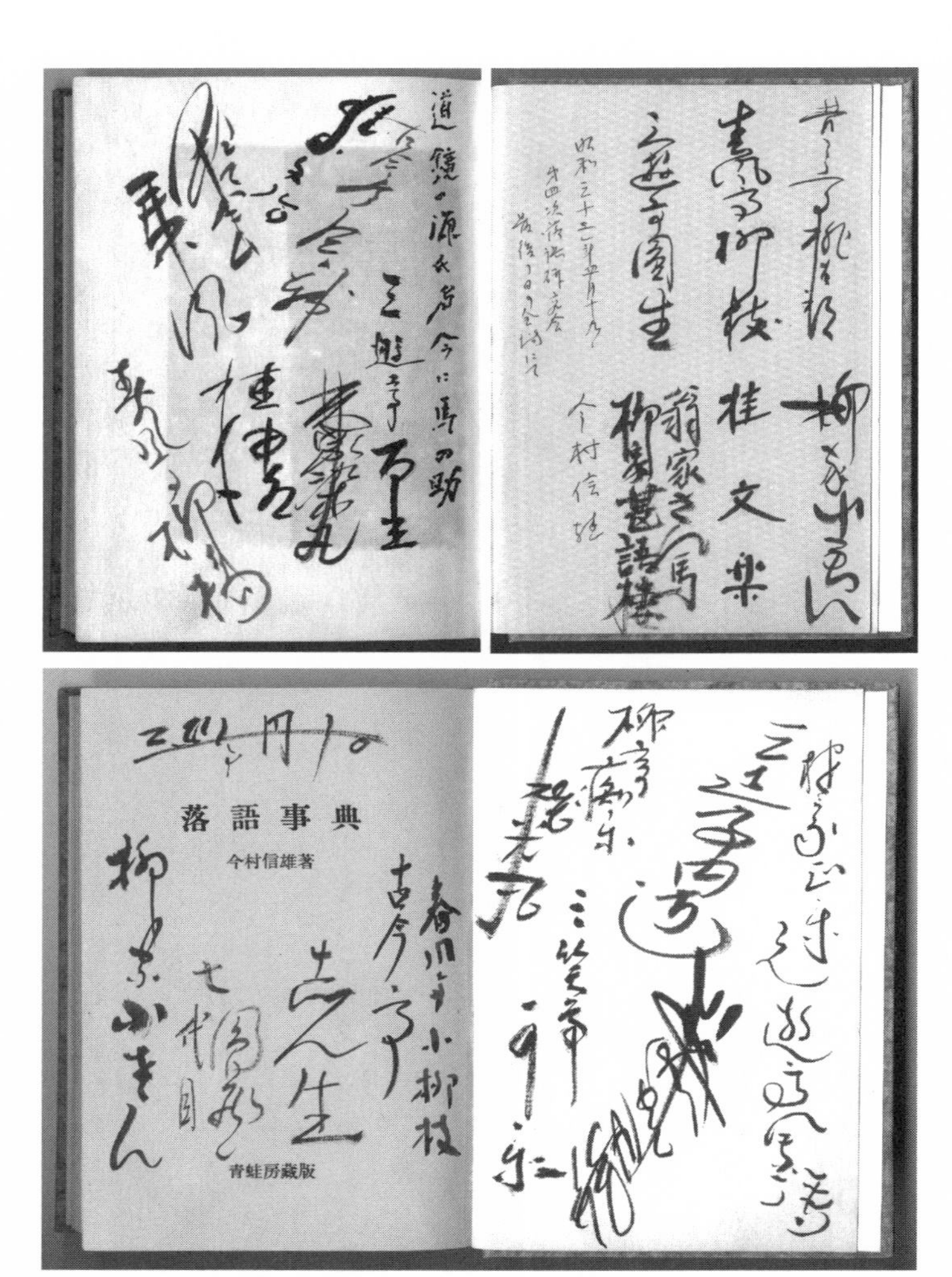

『落語事典』（今村信雄著、青蛙房、昭和32年）内の師匠方のサイン。

大佛餅　一

大佛餅（上）

三遊亭圓朝口演
酒井昇造速記

エ、荻江伊三の佛肥が切れましたからチヨツと間へ落話を一席お聽に達ます、落語にも可笑しいのも悲しいのも極く武張たのも洒落たのも種々有ます其中で是話は人情に亘た少しく憂ひのある話で御座います、往時淺草の並木に現時乾物店の一軒隔て隣家あたりに大佛餅と稱ふ餅屋が御座いまして此餅だが大層繁昌を致しました其餅屋から一軒隔て隣家に表は細かい格子造り潛りが有つて是から這入るやうに成つて居ます、商賣体は解りませんが金貸か質屋の隱居とでも申す樣子で巨大な土藏が二戸前有ります多人數奉公人は使ひませんけれども、チヨツと御茶でも致して誠に風流に暮して居ます、

『滑稽改良落語』（駸々堂、明治32年）の表紙と速記。

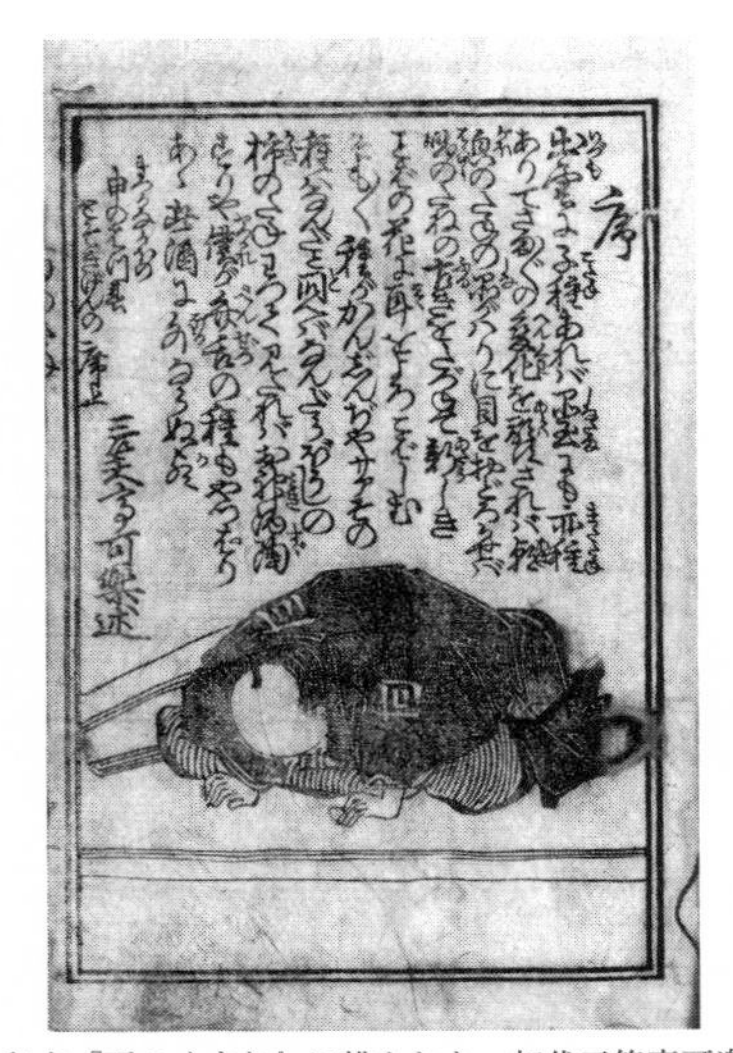

和本『百のくすり』に描かれた、初代三笑亭可楽。

都で販売されています。

因みに、茶道に造詣が深かった三遊亭圓朝が創作しただけあって、茶道具の名称も細かい配慮がなされていますし、茶器を扱ったネタでは、「にゅう」なども拵えました。

私が初演したのは、平成十七年二月二十三日、大阪梅田太融寺で開催した「第三四回・桂文我上方落語選（大阪編）」で、その後も、できるだけ、雰囲気が沈み込まないように心掛けて上演し、全国各地で催される落語会や独演会でも高座に掛けているうちに、かなり身近なネタになったのは、誠に喜ばしいことです。

裏の裏

うらのうら

大阪船場の大店の旦那は、「人がすることでは面白無いよって、何か変わった趣向は無いか?」と、いつもケッタイなことを考えてる。

「桜の花が散って、葉桜の時分が良え」と、五月の微風に吹かれながら、馴染みの芸妓・舞妓・幇間を連れて、桜ノ宮へ葉桜見物に来た。

繁「もし、旦さん。暑う無し、寒う無し、結構な時候で。桜が咲く時分に、お茶屋の連中と花見へ行く御方はありますけど、芸妓や舞妓を連れての葉桜見物は、滅多に無い。旦さんの趣向は、皆の考えも及ばんことばっかりで」

旦「一々、ベンチャラを言わんでも宜しい」

繁「ベンチャラやのうて、本チャラですけど、去年の夏の趣向は、具合が悪かった。『真夏に、冬場の気分を味わう』と言うて、お茶屋の座敷を閉め切って、火鉢や炬燵へ、火の点いた炭を一杯入れて、ドテラを着て、大汗を掻くという」

旦「皆、茹で蛸のような顔をしてたわ」

繁「あの後、二日ぐらい、目眩がしました。それに比べて、葉桜見物は結構！　ほゥ、桃の木もある。桜ノ宮に、桃があるとは面白い！　今、一句浮かびました」

旦「繁八の句は、いつも具合が悪い。去年の花見で、『一句、浮かびました。松尾芭蕉がお辞儀するぐらいの名句を、御披露します！』と言うた。胸を張って言うた句が、『この山は　風邪を引いたか　ハナだらけ』じゃ」

繁「(笑って) わッはッはッは！　ほんまに、名句！」

旦「コレ、何が名句じゃ」

繁「今日の句を聞いたら、皆が感涙にむせんで、私に土下座するぐらいの名句で」

旦「それが、アテにならん。松尾芭蕉がお辞儀をする句が、『ハナだらけ』やった」

繁「騙されたと思て、お聞き下さいませ。『桃よりも』とは、如何で？『桃よりも　姐さん方の　股見たい』と」

旦「コレ、もう帰れ！　芸妓や舞妓が、嫌な顔をしてるわ」

繁「皆、感涙にむせびましたか？」

旦「情け無(の)うて、泣いてるわ」
繁「皆が、土下座をしませんか？」
旦「繁八が、土下座をしなはれ。繁八が『騙されたと思て』と言うと、必ず、騙されるわ」
繁「看板に偽り無しで、言うことに間違いが無い！」
旦「言うことより、やってることが間違(まちご)てるわ。わしも、一句浮かんだ」
繁「ほゥ、旦さんも。ほな、私より良え句で？」
旦「繁八の句より下は、滅多に無いわ。名句とは言えんけど、『葉桜で　お菰(こも)の家も　眺められ』。葉桜見物をしたら、お菰の家までが、目に入ったということじゃ」
繁「そう言うと仰山、お菰が出てますわ。あァ、お菰が寄ってきた。チャイ、チャイ！　この御方は、船場の大家の旦那や。着物を触ったら、汚れるわ。チャイ、チャイ！」
旦「コレ、邪険なことを言いなはんな。自分から望んで、お菰になった者は無い。皆、各々の訳がある」
繁「旦さんは、人が良過ぎます。商売で一山当て損(そこの)うて、夜逃げをした者ばっかりで。情けを掛けるだけ、損ですわ」
旦「一々、薄情なことを言いなはんな。暑い寒いを辛抱して、辛(つら)い暮らしをしてなさる。

いつ何時、お菰と同じ身分になるかも知れんわ。『情けは、人のためならず』と言うて、お金のある時に施しをすると、わしらが困った時に助けてくれる」
繁「いや、アテにならん。お菰にやるぐらいやったら、私の掌へ乗せてもらいたい」
旦「コレ、行儀の悪いことをしなはんな。繁八が居ると、お菰さんも手が出しにくい。お茶屋へ帰って、先に呑んでなはれ。施しをしたら、直に行くわ」
繁「ほんまに、旦さんは酔狂なことを。ほな、帰らしていただきます」
旦「あァ、そうしなはれ。（金を出して）さァ、お菰さん。これだけ渡すよって、皆で分けなはれ。子どもを背負た御方は、えらい別嬪じゃ。何か深い訳があるに違い無いけど、それを聞くつもりはない。あんたを見て、面白い趣向を思い付いた。最前、喧しゅう騒いでた繁八という幇間を覚えてるか？」
女「はァ、旦那様のお恵みを止めておられた御方で」
旦「自慢ばっかりする幇間で、『三年前、別嬪の家内と、神戸で暮らしてた。そのまま居ったら、幇間はしてない』と、ほんまか嘘かわからんような話をする。最前も不人情なことを言うよって、高慢な鼻をへし折って、大きなヤイトを据えてやろうと思う。一寸、耳を貸してくれるか。（耳打ちをして）実は、こんな趣向じゃ」
女「はい、はァ。（吹き出して）プッ！　まァ、面白い御趣向で」

旦「わしの言う通りにしてくれたら、十分に礼をさしてもらうわ」
女「はァ、左様で。ほな、日が暮れに、新町へ行かしていただきます」

旦那は、新町のお茶屋へ帰った。

旦「遅うなって、すまん。皆、楽にしなはれ。皆が窮屈な思いをしたら、わしも寛げん」
繁「ここが他の御方と違て、いつも偉ぶった所が無いわ」
旦「コレ、繁八。羽織を着てると、座敷が堅苦しゅうなる。早う、脱ぎなはれ」
繁「(羽織を脱いで) ほな、失礼致します」
旦「盃を廻して、唄や踊りで、賑やかにしなはれ」
繁「姐さん方も、呑み直しの騒ぎ直し。お盃を廻して、三味線の調子を合わしとおくなはれ。一遍、ワァーッと盛り上がって。ほな、『夜桜』でも踊ります。よッ!」
〔ハメモノ/夜桜。三味線・〆太鼓・大太鼓・当たり鉦で演奏〕
お「(襖を開けて) 恐れ入りますけど、繁八っつぁんを呼んでいただきたい」
一「あァ、さよか。繁八っつぁん、女将が呼んではります」
繁「お座敷が盛り上がってるのに、何や?」

お「へェ、繁八っつぁんの御家内がお越しで」
繁「コレ、阿呆なことを言いなはんな。家内が居らんことは、皆が知ってる」
お「店の上がり框に、子どもを背負た御方が座り込んではるわ」
旦「コレ、繁八。今、話を聞いた。どうやら、御家内が訪ねてきはったような。『三年前、神戸で別嬪の家内と暮らしてた』と言うてたけど、あれは嘘か？」
繁「嘘やございませんけど、家内が来るとは、どう考えても」
旦「この店へ来てはるし、御家内を帰す訳にはいかん。ほな、その御方を通しとおくれ」
お「お許しが出ましたよって、お通りを」
女「はい、御免下さりませ。繁八っつぁんぐらい、薄情な御方はございません！」
繁「一寸、待った！　あんたは、どこの誰方や？」
女「(泣いて) どこの誰方とは、情け無い！　三年前、私を捨てて、どこかへ行ってしもて。あんたに逢うため、どれぐらい苦労をしたことか。あァ、悔しい！」
繁「あんたに逢うたことも無いし、一遍も家内を持った覚えが無いわ」
旦「一寸、待った！　いや、聞き捨てならん。別嬪の家内を自慢してた話は、嘘か？」
繁「いえ、ほんまです」
女「繁八っつぁん、あんたは薄情な！　(繁八の襟を掴んで) あァ、悔しい！」

繁「苦しいよって、手を離しなはれ！」
旦「コレ、邪険にしなはんな。一体、どういう訳じゃ？」
女「幼い時分に父を亡くしまして、母と二人で神戸で暮らしておりました。三年前、繁八っつぁんが神戸へ流れて参りまして。母が気の毒に思いまして、お世話をする内に、深い仲になりました。母が亡くなり、子どもが生まれてからは、お酒を呑む、博打は打つ、女極道をする。大きな借金を拵えて、行方知れず。また、どこかで逢えるかも知れんと、お菰になって、大阪へ流れて、彼方此方と彷徨う内、桜ノ宮へ落ち着きました。最前、繁八っつぁんの姿を見付け、後を随けて参りまして。お風呂へ入り、身綺麗にして参りました。繁八っつぁんは、神武この方、稀に見る薄情者！」
旦「ほゥ、それは気の毒じゃ。コレ、繁八。二人を引き取って、面倒を見なはれ」
繁「もし、阿呆なことを言いなはんな！　この親子は、一向に存じません」
旦「三年前、神戸で別嬪の家内と暮らしてたのは、嘘か？」
繁「へェ、あれは嘘」
旦「ほな、わしに嘘を吐いたか。これは、けしからん！」
繁「いえ、嘘のような楽しい暮らしをしてまして」
旦「こんな別嬪やったら、無理も無い。御家内に、繁八の膳の料理を食べさしたげなはれ」

繁「いや、それは堪忍！　まだ、箸も付けてない」

旦「ほな、失礼が無うてええわ。久し振りやよって、お盃も上げて」

繁「いや、お菰と盃の遣り取りは出来ん」

旦「お風呂へ入って、身綺麗にしてきなさった。そこまで気を遣て来てるのは、余程、繁八を思てのことじゃ。盃の遣り取りをしても、罰は当たらん」

繁「こうなったら、罰が当たっても宜しいわ。あァ、夕べの夢見が悪かった」

旦「ボヤかんと、盃を上げなはれ。上げなんだら、贔屓を止める！」

繁「やります、やります！　こんなことで贔屓が無くなったら、情け無い。(盃を突き出して) あァ、ソレ！」

旦「コレ、盃を突き出す奴があるか。ご家内も盃を空けて、繁八に返しとおくれ。盃が返ってきたよって、繁八も頂戴するのじゃ」

繁「お菰の盃だけは、どうぞ、堪忍！」

旦「何が、お菰じゃ。三年前を思い出して、嬉しゅう呑みなはれ」

繁「思い出すにも、思い出が無い。(口を押さえて) いえ、何でもございません」

旦「呑まなんだら、贔屓は止めじゃ！」

繁「呑みます、呑みます！」

旦「コレ、気色悪そうに呑むのやない。御家内が、お膳の料理を食べなさる。子どもを背負てたら、食べにくい。子どもは繁八が抱いて、あやしたげなはれ。自分の子ども抱くのを嫌がる親が、どこにある。あやさなんだら、贔屓は止めじゃ！」

繁「（泣いて）アハハハハハ！」

旦「コレ、泣き出す奴があるか。やっぱり、親子は争えん。繁八が抱いたら、一遍に泣き止んで、ニコニコと笑い出した。ほゥ、顔も繁八にソックリや。皆、どう思う？」

一「ほんま、ほんま。これだけ似てる親子は、そんなに無いわ」

二「まァ、ソックリ！」

繁「皆まで、何を言う。（泣いて）アハハハハ！」

旦「とうとう、照れ隠しの嬉し泣きか。さァ、御家内。お腹が一杯になったら、下で待ってなはれ。今から繁八に、この後の段取りをさせる。コレ、繁八。御家内に、子どもを背負わしなはれ」

繁「何が、御家内や。世の中に、こんな災難は無いわ」

旦「何を、ゴジャゴジャと言うてる。繁八が背負わさなんだら、贔屓は！」

繁「ヘェ、ちゃんと背負わしますわ！」

旦「コレ、怒り出す奴があるか。その前に、繁八の羽織を子どもに着せたげなはれ」
繁「いや、堪忍！　この羽織は一張羅で、一番大事にしてます」
旦「虎の子の羽織を、子どもに着せるのは美談じゃ。役者が聞いたら、芝居に仕立てる」
繁「あァ、何が芝居や！　こんなケッタイな話が、芝居になるかいな」
旦「一々、ボヤきなはんな。羽織をやるか、やらんか？　やらなんだら、贔屓は！」
繁「やります、やります！　ヘェ、やりますゥーッ！」
旦「ヤケクソにならんと、羽織を着せなはれ。御家内は喜んで、帰りはった。繁八、良かったな」
繁「あァ、何にも良えことは無いわ。ほんまに、身に覚えの無いことで」
旦「三年前、別嬪の家内と、神戸で暮らしてたのは、嘘じゃろ？」
繁「こうなったら、正直に申します。実は、見栄を張りまして。神戸は行ったことも無いし、家内を持った覚えも無い。お菰とは、何の関わりもございません」
旦「正直に言うたよって、わしも言うわ。お菰を、繁八の家内に化けさせた。ホラを吹くよって、ヤイトを据えて、調伏にかけた」
繁「あァ、それで何でも知ってたという訳で」
旦「繁八の慌てる様子を見て、お腹が波打ったわ。お菰と酒盛りをした後で、一張羅の羽織までやるとは、ほんまに阿呆じゃと思た」
繁「やっぱり、阿呆ですなァ」
旦「繁八も、そう思うか？」
繁「えエ、思います。やったのは、旦さんの羽織ですわ」

解説「裏の裏」

昔から「騙したつもりが、騙されていた」ということは頻繁にあり、詐欺師が詐欺に遭ったという記事も、新聞・雑誌で読んだことがあります。

「詐欺師でありながら、阿呆や」と思うのも当然ですが、「上には上がいて、世の中は広い」とも考えられるでしょう。

騙し騙されを滑稽な話に仕立て上げたのが、「茶目八（※東京落語の「王子の幇間(たいこ)」）」「ふぐ鍋」などの落語となりましたが、その中でも「裏の裏」は傑作の一つです。

『落語事典』（青蛙房）の「羽織の幇間」の解説では、「上方種。上方では「裏の裏」「乞食茶屋」という」とありますが、以前、桂米朝師に尋ねると、「「裏の裏」を「乞食茶屋」と呼ぶというのは、聞いたことがない」とのことでした。

「乞食茶屋」というネタは、別に存在しており、二世曾呂利新左衛門の速記でも残っています。無論、噺の内容から考えて、「裏の裏」を「乞食茶屋」と呼んだ者がいたり、そのような時代があったかも知れませんが……。

東京落語では「羽織の幇間」「旦那の羽織」「花見の幇間」という演題で演じられ、明治時代の速記本では『圓左新落語集』（三芳屋書店）、『圓左落語集』（三芳屋書店）、『三遊亭遊三

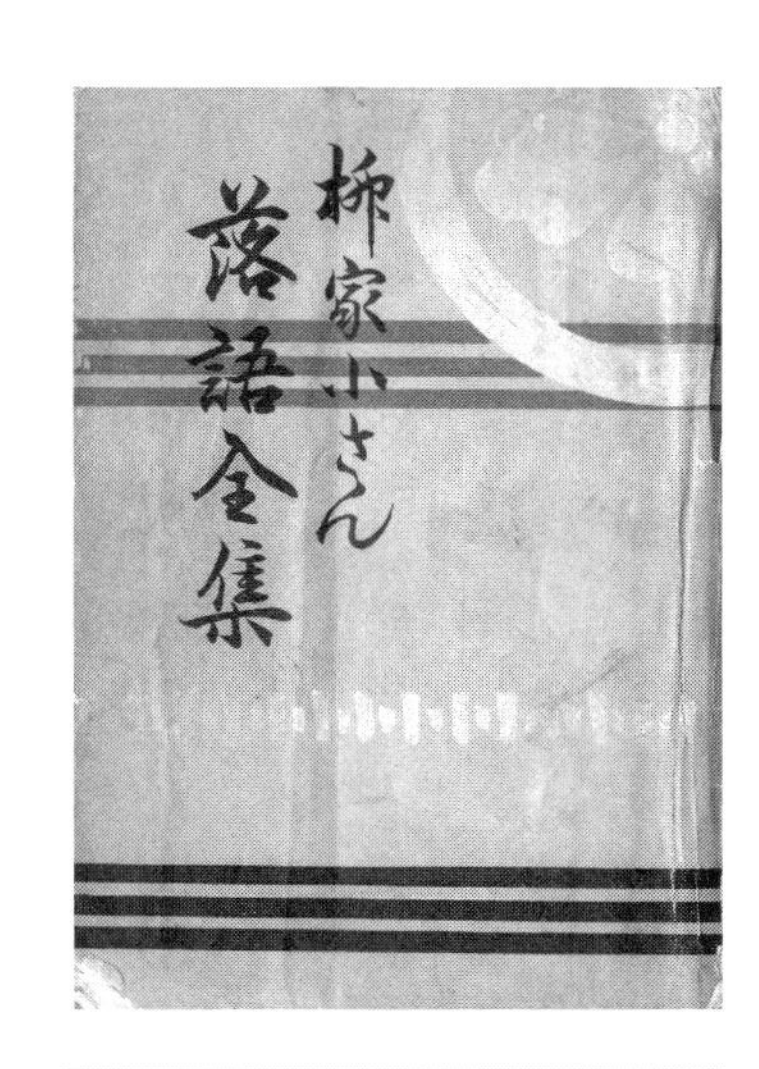

『柳家小さん落語全集』（いろは書房、大川屋、大正２年）の表紙と速記。

432　羽織の幇間

前さんの所へ行きやアしませんかよ』父『モウ些と大きな聲でお願ひ申します』○『什麼がねえな。安兵衛さんはねェ、お前の所の行きやアしませんかよ』父『ア、安兵衛でございますか』○『ウム』父『來ん……』○『ア、親父も狐だ』

羽織の幇間

羽織の幇間といふのを一席申上げます。御承知の如く當今の四月、昔の三月といふ季節になりますと、どんな出嫌ひの者も、一つ向島へ行うとか、上野へ行うとか、花のあるないに拘はらず、人間の氣が浮き立ちまする、所で平常遊ぶ人は何うかといふと、どうも向島でもない、上野でもあるまいと、向島の堤を通り抜けるといふやうな遊びをする人が随分ある者で　主『ア、どうも驚ろいた。漸々雜沓した中を切り抜けて來たが、モウ此所まで來れば此方のものだ。嘸皆な疲労たらう』○『イエ運動には結構でございます。何でございませう、櫻時に一緒に此の龜井戸へ藤や杜

433　羽織の幇間

丹芍藥と皆な咲いたら宜うございませう』主『然う物は自由になるもんぢやアない、事ぞ又藤はぶら下つてない方が宜い』などゝ遊びに馴れた人は靜かな所へ來て遊ぶやうな工合、幇間が兩三名にお婆さん藝者の取巻が附いて一八『ネヱ旦那、旦那』主『何だよ蒼蠅いな。勿論マア幇間が遊びの場所へ來て静いで居ては濟らないが、お前も随分口の蒼蠅男だな』一『へ、、、エー私の弟子で半八といふ、那れをどうか何分御贔負に願ひます』主『だから今日呼んでやつたんだ。今何所かへ行つたな』一『ヘェ何だか大阪に居た時分の御馴染の御客様が彼所へ行くとか行つて跡から追掛けて行きました。へ、、どうも可笑な奴でね、彼奴に油を掛けて何か云ふと、口から出任せ、嘘八百を列べ立つて、随分御退屈の折などには那アいふ者は玩弄物には面白うございます。油を掛ければ何でも口から出任せにお喋舌を致します。イヤどうも私共は藝といふ程の藝も出來ず、只マメニチヨコ〳〵動くだけでお役には立ちませんが、那アいふ者を玩弄物になさると却々可笑うございます』主『イヤ玩弄物

『三遊亭遊三落語全集』（三芳屋書店、大正４年）の表紙と速記。

云ふのだ、何んだへ流許へ持つて行つて、洗ふのかい、洗ふのなら構はねえが……コレサ其許の上板がデコボコになつて居るから、それッ氣を注けないと辷つて轉ぶよ、オイッ、アッ危ない〱」と云つて居る中に、お内儀さんの方では何とかしてこれは壞してやらうといふ料見だから、チョイと足を踏外すと、突然と蓋物をそれへ投出したんで、ガラ〱ガラ〱ビシン　妾「アイタヽヽタヽおゝ痛い」と澁面をする、この体たらくを見た八さんでげす　八「オイ〱先刻から云はねえ事ぢやアない、アレ程危ねえ〱つて云つて居るのに、どうだ手を怪俄しやアしないか　妾「オヤッ、何んだつて手を怪我しやアしなかつたッて、アッ有難い、難有い、厩焚子退朝曰不傷人乎不問馬、お前さんは、この厩焚けたりの眞正物だ、お前さんには實があつた、實があつた、それを妾しが疑つたのは惡るかつた、どうか勘忍して下さい、蓋物は壞れたが妾しの身體はチットも怪我はしやアしないよ、妾しの身體をそれ程までに心配をし

て下さつた」と泣いて喜んだ、すると八公　八「イヤ俺ア然う云ふ譯ぢやアねえが手を怪俄でもされると、お前が明日から髪が結へなくなる、すると俺が遊んで食ふ事が出來ない」

裏の裏

ヨク御酒家のお話しが出ますが、酒は飲むべし飲むべからず、さうかと思ふと酒は百藥の長とか申しまするが、また酒は百病の基とも申しまする、先づ御酒といへば一ト口召上つて居る間はお宜しいもので誠に愛嬌になります、けれども餘り飲過ぎますと、チョツト道をお歩きになつても、彼方へヨッタリ、此方へヨッタリ、合せて八タリ歩きといふ事になりますが、これを側から見ると程見苦しいものはありません、併しまた旦那さま方が御料理屋へ入らつしてチョット一口召上つて居なさる、ズット他人同士、その見ず知らずの人が懇意になつて、來るといふのが酒で…

落語全集』(三芳屋書店)、『柳家小さん落語全集』(いろは書房・大川屋)、『三遊やなぎ名人落語大全』(いろは書房)、『名作落語全集・頓智頓才編』(騒人社)に掲載され、雑誌も『はなし』『百花園』など、数多く採用されました。

東京落語界では、昭和の重鎮だった八代目桂文楽・八代目林家正蔵という師匠連の高座が有名ですが、正蔵師は幇間の一人語りで進めるという独自の演り方で、初代三遊亭圓左の速記を土台にし、村上元三が創作した「あんま」と同様の演出にしたようです。

私が初演したのは、平成十九年四月十九日、大阪梅田太融寺で開催した「第四〇回・桂文我上方落語選(大阪編)」で、その後は、時折、全国各地の落語会や独演会で上演するようになりました。

葉桜見物が舞台となっているだけに、季節限定の落語とも言えますが、構成のユニークさもあり、興味深く聞いていただくことが多いようです。

葉桜見物について、少しだけ述べておきましょう。

葉桜とは、桜の花が散り、若葉が出始めたころから、新緑で覆われた時期までの桜木や、その様を言い、それ以降の時期で、単に葉が茂っている状態を、葉桜とは呼びません。

桜が開花してからは、一分咲き~三分咲き~五分咲き~七分咲き~九分咲き~満開~一分葉桜~三分葉桜~五分葉桜~七分葉桜~九分葉桜~葉桜という順になります。

昔から葉桜見物は洒落た趣向とされていたようで、

与謝蕪村　「葉ざくらや　奈良に二日の　泊り客」
正岡子規　「葉桜や　碁気になりゆく　奈良の京」
　　　　　「葉桜と　よびかへられし　さくら哉」
永井荷風　「葉桜や　昔の人と　立咄」
飯田蛇笏　「葉ざくらや　人に知られぬ　昼あそび」
種田山頭火　「葉ざくらに　人こそしらね　月繊そる」
　　　　　「小供の声をちこちに　葉桜照れり」
　　　　　「葉桜となつて水に影ある」

などという句もあり、葉桜は夏の季語となりました。

ネタの中で「調伏にかける」という台詞（せりふ）が出てきますが、劇作家・演芸研究家の宇井無愁氏は、「『調伏にかける』は、悪意でなく、人を担いで遊ぶことで、大阪の花街用語。一八を調伏にかけたつもりの旦那が、逆に裏をかかれた訳で、『裏の裏』と題したか」と述べており、このせりふは「土橋萬歳」にも出てきます。

お座敷のシーンで、幇間が踊るとき、「夜桜」をハメモノとして使用しますが、葉桜見物が舞台になっているネタを浮き立たせるためには、この曲がピッタリと言えましょう。

文化年間の江戸吉原の夜桜を唄った上方小唄で、歌詞は「夜桜や。浮かれ烏が舞い舞いと、花の木陰に、誰やらが居るわいな。惚（とぼ）けしゃんすな、目吹き柳が、風に揉まれて、ふわり、ふんわりと、おォさ、そうじゃいな。そうじゃわいな」。
「浮かれ烏」は、吉原をヒヤかして歩く者のことで、「吉原雀」と同様の意味です。
「虱（しらみ）茶屋」のハメモノにも使われますが、賑やかな曲だけに、陽気に唄い、三味線も明るく弾き、〆太鼓・大太鼓・当たり鉦・篠笛などで盛り上げる方が良いでしょう。

高校時代、小唄の「夜桜」「上げ汐」を習ったことを、「裏の裏」を上演する度に思い出します。

皮肉な金持ちの旦那に女乞食が加担し、高慢な態度の幇間を懲らしめるという趣向は、そのシーンごとに面白さはありますが、オチの後のお座敷の雰囲気は、一体、どのような感じになったでしょう？

それを想像するのも、落語の面白さかも知れません。

ちなみに、五代目春風亭柳昇師の前座時代、日曜日の寄席で、初代桂小文治が「裏の裏」を演り、客席が爆笑となったのを見て、感動したそうです。

コラム・上方演芸の残された資料より

『サンデー毎日』の元編集長・渡辺均氏の自筆原稿を、入手することができた。

彼は若い頃、江戸の文化文政時代にのめり込み、新進作家として、祇園小説に才を発揮し、織田作之助にも影響を与えたという。そして、戦前・戦後の噺家と付き合いもあり、落語研究家として、『落語の研究』という本まで著した。

入手した中に、新聞に連載されたと思われる「昭和奇人伝・落語家の巻」が入っていたが、掲載されてから五十年以上経っており、今後も衆人の目に触れることはないと思われるため、この度の全集のコラム欄として採り上げることにした次第である。

まず、私の大々師匠・四代目桂米團治から紹介したところ、「早く、続きを読みたい」という意見を多々いただいたことは、望外の喜びとなった。

五代目笑福亭松鶴が刊行し、後の者のバイブル的存在になった雑誌『上方はなし・四九巻』は、執筆・編集を米團治が引き受けたことにより、大仕事が継続されたと言っても間違いではなかろう。

才人でありながら、奇人と呼ばれた四代目桂米團治の、当時の姿を垣間見ていただければ、幸せである。

これはもうズッと昔、三十年以上も前の話。彼が藝の修業にも生活にも何らの希望が持てなくて、自信どころか少々自暴氣味になって神戸でその身をさへ持て餘してゐた時、親切に彼を力づけてくれたのは先代春團治だった。

「若いくせに、こんなとこでウロウロしてたらあかん。大阪には師匠（先代米團治）もゐることやさかい、一日も早う大阪へ帰ったらどうや。何なら、わいのとこへ来てもええがな。」

さう言ってくれる言葉に甘えて、彼は春團治の許に一旦身を寄せたのであったが、やがて師匠がこれを聞いてわざわざ迎へに来てくれたので、それから師匠の家に居候をすることとなった。その時、春團治は彼をソッと別室へ呼んで、

「しかしなあ、お前の師匠は、お前も知ってる通り中々むつかしい人やさかいな、あの家では氣ばっかり使うてたらキリがない。少々はズボラして要領ようせいよ。七時に起きいと言われてその通り七時に起きてたら、今度は六時に起きいと言ひよる。何でも初めの癖が大事や。わたいは十二時まで寝てんと病氣になりまんねと、一番最初からその位に言

うとけよ。」

と春團治式の智恵までつけてくれた。

さて師匠の家へ引き取られてみると、なるほど中々きびしい。さすがに十二時まで寝てゐるといふやうなことは最初から言いかねて黙ってゐたが、七時には堂でも起されて、拭き掃除まで一切をやらされる。しかもどんなに奇麗に念入りにした積りでも、おかみさんの氣に入らないで、必ず一應は何かと叱言を食はされる。

何しろ元々船場の相當な問屋のボンボンに生れて、しかも両親の年を取ってからの子供なので甘やかされもしたし、大勢の奉公人に大事にされて育った彼のことだから、いかに親爺の家業の失敗から逼塞する身分になったとはいへ、いつまでも氣位は高いし剛情だし、あんまりやかましく言はれると今度は反對に、七時を八時に、八時を九時に、終には春團治説の通り十二時まではどうでも寝てゐることに腹を決めてしまった。

さうなるとおかみさんも根負けをして、いつしか諦めてしまったが、その代り朝寝坊の怠け者といふ汚名は近所中へ言ひ触らされて評判となった。

やがて彼には何から何まで辛抱し切れない氣持ちで、とうとう師匠の家を飛び出して他に二階借りをすることになったのだが、さてさうなると困ることは……

桂米團治の巻 ⑧

さて居候をやめて二階借りをしてみると、萬事氣儘自由で氣楽なことこの上もないが、今度は好きな酒一つ飲むことさへ出来ない。

ある夏の日、彼が青い顔をして不景氣らしく悄然と道を歩いてゐると、笑福亭福篤といふ前座に出會った。

「何や、どないしたんや。不景氣な顔してスメで歩いてるやないか。」

福篤からさう言ってひやかされたが、彼は事実、負けぬ氣のカラ元氣を吐くことさへ出来ず、飲みたくても飲めない悲しさと淋しさとを残念ながら披瀝すると、

「それやったら飲める工夫がある。」

といって福篤が教へてくれた方法は、まるで落語をそのまま地で行くやうな話だが、

「師匠が朝顔作りを自慢にしていることは、お前はんも知ってるやろ。」

「知ってる。」

「朝顔の貰い手さへあったら喜ぶ人やないか。うまいこと褒めさへしたら一杯つけてくれることは請合ひや。」

「アさうか。そこイ氣がつかなんだ。早速褒めて来てやろ。大きに。」

といふことで、彼はその足で師匠の家を訪ねて「子ほめ」「牛ほめ」ならぬ「朝顔ほめ」に懸命の辯をふるった上、ぜひ一鉢貰ひ受けたい由までお願ひに及んだので、師匠の満悦はこの上もない。早速豫定通り、氣前よく一杯つけてくれての上機嫌である。

仇敵にめぐり合ったやうに、ここを先途と飲んだ彼は、相當酔ふことが出来たが、さて帰りがけになると、折角頼んでまで貰ひ受けた朝顔を忘れて外へ出たので、家の内から、

「あんなに欲しがった朝顔を忘れて帰ったらあかんやないか。」

と師匠に注意せられて、彼はハッと氣付き、渋々と鉢を小脇に抱へたが、酔ってはゐるし面倒でならないので、松屋町を東へ入った所にあった師匠の家を出てから、本町橋まで来ると、とうとうその橋の上から川の中へ一ト思いにその朝顔の鉢を放り棄ててしまった。

ところが……

本町橋の上から朝顔の鉢を川の中へ放り棄てて、誰知るまいと安心してゐたところが、彼の方こそ自分が酔ってゐるので氣がつかなかったが、生憎、師匠のすぐ近所の乾物屋のおかみさんが通りかかりにそれを見てゐて、彼の傍へ近づくなり、

「何で又あんなことしやはりまんね。」

さう言はれて彼はハッと驚いて、これは悪い人に見つけられたと思ったが、もう取返しがつかないので、突差に考へた辯解が念入りの奇抜なものだった。

「わたいの朝寝は、おかみさんも聞いて知ってはりまッしゃろ」と前置きをしながら、「ところが今日友達から聞いたら、朝顔を川へ放ると朝早くから目がさめるといふことだんね」と好い加減な出鱈目を吐いて、まだその上に、いかにも真実さを加へようとして、「それもな、唯の朝顔ではあきまへんね。サル年が三つ揃はんとあかんのやさうだす。」

「へえ、さよか。」

乾物屋のおかみさんは感じ入ったやうに目を丸くしながら、どこやら真剣さを加へて来たので、彼は一層真面目さうに言葉を續けた。

「それがな。うちの師匠がサルで、師匠のおかみさんもサルでんね。そこイわたいがサルと来てまんね。この三つが揃うてるさかい丁度よろしおまッしゃろ。ほんでに今師匠のとこで、無理にその譯をいうて朝顔を貰うて来て川の中へ放り込みましたんや。」

この三人のサル年であることだけは嘘ではなくて実際の事実ださうだが、何と都合の悪いことには、この乾物屋のおかみさんの子供が朝寝坊で、学校へ出すのに毎朝難儀をしてゐて、しかもその子供がサル年だったとは、さすがの彼にもそこまでの想像は思ひも寄らないことだった。

そこで、乾物屋のおかみさんは、これはいいことを聞いたとばかり喜んで、早速すぐ師匠の家へ行き、今お宅のお弟子さんから聞いたので、私にも子供の朝寝のおまじないに、ぜひお宅の朝顔を貰いたいと所望したので、師匠には一切のことが分って、彼は大目玉を食った。

話は再び元へ戻って、彼がまだ師匠の家に居候をしてゐた時の或る正月二日のことである。

正月は紋日だから、せめて三ケ日だけは席が済むまで酒を飲んではいけないと師匠から厳しくいひつけられてゐたのに、正月ながら猶更ら飲みたくてならないので、彼はその日もソッと隠れて晝から飲んでいたが、丁度新町の瓢亭の二ツ目が振出しで、瓢亭の高座へ上った頃には、もうへベレケに酔ってゐた。

そこで、これは精々喋舌る所の少い演し物を選んだ方が無難だと思ひついて、それには「軽業」ならば殆どお囃子ばかりでゴマカせる話だからこれがいいと考へて「軽業」に取りかかった。

ところが、幾らお囃子ばかりが多い話だといっても、喋舌る所がない譯ではなし、難儀をしながら話の筋を進めてゐたのだが、

「太夫身仕度ナ調ひますれば……」

といふ所へ来ると、もうロレツが廻らなくなって、四五遍も言い直したが、うまく言へな

い。

するといつの間に来てゐたのか、師匠が既に楽屋へ来てゐるらしく、あんなに言いつけてあるのに酔ってゐるといって、大きな声で怒ってゐる師匠の声が、上手の方から舞臺へ聞えて来る。これは大変なことになったと心配しながら、とも角高座を終ったが、舞臺の上手には師匠がゐるに違いないので、丁度都合よく瓢亭では下手へも這入れるようになってゐるために、そのまま下手へ這入って、そこからすぐ表の出口へ出てしまひ、マントは楽屋へ置いたままなので、その晩は寒さに慄えながら次々の席を廻ったといふことだが、あとで彼が聞いた話によると、瓢亭では上手の出入口で師匠は太鼓のバチを持って待ち構へゐたが、彼が下手の方へ逃げてしまったので拍子抜けがして苦笑してゐたさうである。

……豫定の枚數が盡きたので、この位で話を終ることとするが、こんな話ばかり書いてゐると、いかにも彼米團治は、酒ばかり飲んでスカタンばかりしてゐたやうに聞えるかもしれないが、これは殊更らさうした方面の笑ひ話のみを拾い上げてみたからだけのことで、実は世間周知の通り、彼は甚だ稀に見る真面目な性格であり、研究心は強く、殊に藝にかけての苦心と潔癖とは、老来いよいよ純粋さと嚴しさとを加へ、大阪落語の傳統は、松鶴歿き後、今や一に彼の双肩にかかってゐるのである。(昭和廿五年八月)

文我さんのこと

子どもの本専門店 メリーゴーランド店主
増田 喜昭

あれは、五年ほど前だったかな。四日市で『おもしろ落語教室』なるものをやっていて、文我さんは着物を着ないで、落語もやらないで、毎月一回、落語のおもしろさを語っていました。毎回、文我さんが資料を持ち込んで、自分の思い出話も含め、落語の歴史やら、噺家のおもしろいエピソードなどを紹介していました。

ときどき僕も、そのお相手をさせていただいて、ひたすら隣りで笑い続けていたことを思い出します。文我さんは、一度聞いた話は絶対に忘れない、しつこいタイプの人で、困りました。僕が子どもの頃に、肥溜めにはまった話など、会うたびに細かいところを聞きたがり、とうとう僕本人よりも、詳しくリアルにその話が語れる人になってしまうのです。

そのイベント会場の近くに、中古レコード屋があって、時間があると二人して、おもしろいレコードを探しに行ってたんです。

そこの店主がまたおかしな人で、レコードを探してる人に突然、「ドラえもんのコップ、あるんですよ」と言いました。ドラえもんとドラミちゃんの絵の入った、ケース入りのガラスのコップ。かなりめずらしいものでした。何かの商品のオマケに使っていたものらしい。文我さんが、それを買おうとしているのを見て、「ええな、ええな」と僕がうらやましがっていると、「もう一セットありますよ」と店主。「あ、僕も買います」と僕。すると、文我さんが、一緒にお金を払ってくれたのです。

楽屋にもどって、箱を開けて中味を見て、「なかなかよいもんですねえ」と言ったら、文我さんはうかない顔をして、「私のはドラミちゃんが二つ入ってます」と言ったのです。「ええっ！　じゃあ、僕のと交換しましょう。僕はドラミちゃん二つでもいいので。もともと文我さんに買ってもらったものですから」と僕。「そうですか、悪いですね」と文我さん。

ま、そんなにたいした話じゃないのですが、こういうやりとりの中の文我さんの、ちょっと子どものような顔が、なかなかよいのですね。ちゃんと二つ揃ってないと落ち着かない。どんな事にも妥協しないからこそ、こんなに次々と、古い落語の資料が、文我さんのもとへ吸い寄せられるように集まってくるのです。

この『桂文我上方落語全集』を第三巻まで買ってる人、読んでる人なら、もうわかってると思いますが、読み手は、もうこのシリーズの次を読む楽しみを知ってしまったのですね。

実は、この原稿を依頼されてから僕は、ああ、あのドラえもんのコップのこと書こう……。などと軽く考えていたのです。ところが、まる一日かけて第一巻、第二巻と読み進んで行くうちに、その解説のところがめちゃくちゃおもしろくて、これはいけない、一字一句読み逃してはならんと、虫メガネを引っぱり出して、解説の資料の中の小さな写真や文字を読み始めていたのでした。

文我さんとは、もう三十年のお付き合いで、年に二回、夏と冬にはメリーゴーランドで、落語会。もちろん子どもの本屋ですから、親子寄席がメインで、夜は大人向けの落語会。そして、その後「おもしろゼミナール」と称して、文我さんの集めた珍品、貴重本、古いレコードなどなどの紹介のコーナーがありました。このコーナーは評判がよくて、次第にマニアックなお客さんが増えていきました。というより、三十年もやってると、かつて子どもだった人たちが、大人になって参加してたりするので、当然マニアックな人が増えるのです。

三十年間、年二回もやってたら、持ってくる資料がなくなるのじゃないの、と心配する声があるのですが、僕の想像では、そんなことはない。あと百年でも続けられる資料やお宝が、文我さんの家の裏の倉庫に眠っているにちがいないのです。もちろん、ドラえもんのコップもね。

さて、子どものために落語をやってほしいとお願いした、三十年ほど前のことを思い出してみると、あの頃、若い文我さんには、特に子ども向けに、お子様ランチのような落語をやる気はなく、子どもにわかるネタを選んで持って来たのです。僕は、笑い転げる子どもたちを後ろで眺めながら、やっぱり本物やったな、と心の中でほくそ笑んでました。

子どもの本屋を始めて四十五年、僕はずっと子どもたちに、本物の大人と出会わせることをやってきました。童話作家、絵本作家、動物学者、植物学者、昆虫の写真家、探検家。そういう大人にあこがれる力が、子どもたちを育てるのだ、ということを僕は、その人たちから教わったのです。

子どもたちに話すときの、文我さんの顔を、もし、チャンスがあれば、この全集の読者の方も、どこかで見てほしいと思います。もちろんCDなどで、子どもの笑い声や、先にオチを言ってしまう声や、床をたたく音は聞こえますが、やはり、たまには、子どもの前の生（ナマ）の文我さんの顔、見てほしいです。

いわゆる「ドヤ顔」というのでしょうか、もちろん、大人の寄席でも、オチを言う一秒前の、今から言うぞ、という顔がたまらなくよいのですが、これが子どもの前になると、より純粋な顔といいますか、子どもと仲間の顔になっているのです。

この第三巻には「二人癖（ににんぐせ）」「絵手紙」「胴乱（どうらん）の幸助」「ベンチャラ屋」「豊竹屋（とよたけや）」「景清（かげきよ）」「花筏（はないかだ）」「饅頭怖（まんじゅうこわ）い」「癪（しゃく）の合薬（あいぐすり）」「てないど」「五人裁（さば）き」「高野駕籠（こうやかご）」「歯抜き茶屋」「大仏餅（だいぶつもち）」「裏の裏」の一五の噺が入っています。すべての噺のオチを語る、文我さんの得意満面の、眼を輝かせた顔が浮かびます。

文我さんがいつも言うように、「落語は、オチに向かって、物語を構築していく芸能」なので、もちろんどの噺も、その解説を読むと、より、その物語を文我流に作り上げていくプロセスと、演じるための工夫を知る楽しみが増えていきます。

例えば、「絵手紙」の解説を読めば、音は中古レコード店で手に入れたＳＰレコードから、活字は古本屋で購入した『三友落語高座の色取』から、とさらりと書いていますが、この中の、石を二つ封筒に入れて、「コイシコイシ」と読ませるくだりは、まるで上質の恋物語のような感動があります。

まるで体操競技の選手のように、難易度の高いネタを次々にクリアしていく様子を、ドキュメンタリーみたいに、一緒に感激しながら楽しませてもらいましょう。

僕も、コロナ禍のおかげで、なかなか読めなかった古い文学の名作を、たくさん読むことができ、今頃あらためて、古いは新しいということに気づいています。いつの時代からか、新しい物、新製品やいま売れている物に振り回されて、テレビやスマホに振り回されて、本物を見分ける感受性が薄れてしまった気がします。

そんな中、『桂文我　上方落語全集』を、なんと、五十巻まで出したいという、文我さんの心意気に拍手を送りながら、僕も本屋として、古き良きものを、ちゃんと次の世代に残していけるよう、文我さんと同じ時代を走って行きます。

●参考文献

倉田喜弘・清水康行・十川信介・延広真治〔編〕『圓朝全集』〈全十三巻+別巻二巻〉岩波書店、二〇一二年~二〇一六年
三遊亭円生『圓生全集』青蛙房、一九六〇年~
前田勇〔編〕『近世上方語辞典』東京堂出版、一九八八年
金指基〔原著〕公益財団法人日本相撲協会〔監修〕『相撲大事典』〈第四版〉現代書館、二〇一五年
富田宏〔編〕『古典落語名作選』金園社、一九七〇年
飯島友治〔編〕『桂三木助集』青蛙房、一九六三年
牧村史陽〔編〕『大阪ことば事典』講談社学術文庫、一九八四年
前田勇〔編〕『上方語源辞典』東京堂出版、一九六五年
五代目笑福亭松鶴〔編〕『復刻版・上方はなし』〈上下巻〉三一書房、一九七一年
桂米朝『続・上方落語ノート』(青蛙房、一九八五年)
桂米朝『上方落語ノート』〈第一集-第三集〉岩波現代文庫、二〇二〇年
今村信雄『落語事典』青蛙房、一九五七年
長谷川正康『歯の風俗誌』時空出版、一九九三年
宇井無愁『落語の根多――笑辞典』角川文庫、一九七六年

■著者紹介

四代目 桂 文我（かつら ぶんが）

昭和35年８月15日生まれ、三重県松阪市出身。昭和54年３月、二代目桂枝雀に入門し、桂雀司を名乗る。平成７年２月、四代目桂文我を襲名。全国各地で、桂文我独演会・桂文我の会や、親子で落語を楽しむ「おやこ寄席」も開催。平成25年４月より、相愛大学客員教授に就任し、「上方落語論」を講義。国立演芸場花形演芸大賞、大阪市咲くやこの花賞、NHK新人演芸大賞優秀賞、芸術選奨文部科学大臣新人賞など、多数の受賞歴あり。令和３年度より、東海テレビ番組審議委員を務める。

・主な著書

『桂文我 上方落語全集』第一巻・第二巻（パンローリング）
『復活珍品上方落語選集』（全３巻・燃焼社）
『らくごCD絵本　おやこ寄席』（小学館）
『落語まんが　じごくごくらく伊勢まいり』（童心社）
『ようこそ！　おやこ寄席へ』（岩崎書店）など。

・主なオーディオブック（CD）

『桂文我 上方落語全集 第一巻【上】【下】』
『桂文我 上方落語全集 第二巻【上】【下】』
『上方落語 桂文我 ベスト ライブシリーズ１』
『上方落語 桂文我 ベスト ライブシリーズ２』
『おやこ寄席ライブ 1～10』（いずれもパンローリング）など。
他に、CDブック、DVDも多数刊行。

2021年10月 1 日　初版第 1 刷発行

桂文我 上方落語全集 <第三巻>

著　者　　桂文我
発行者　　後藤康徳
発行所　　パンローリング株式会社
　　　　　〒 160-0023　東京都新宿区西新宿 7-9-18　6 階
　　　　　TEL 03-5386-7391　FAX 03-5386-7393
　　　　　http://www.panrolling.com/
　　　　　E-mail　info@panrolling.com
装　丁　　パンローリング装丁室
組　版　　パンローリング制作室
印刷・製本　株式会社シナノ

ISBN978-4-7759-4258-1
落丁・乱丁本はお取り替えします。